운종가의
색목인들

운종가의 색목인들

셜록, 조선을 추리하다

1

표창원 · 손선영 장편소설

庚六一51人貳Z

엔트리

차 례

홈즈를 두고 간다고 생각하니 마음이 동요했다. 내가 마이링겐까지 다녀오는 동안 결국 홈즈가 스위스 소년을 안내자로 삼아 여행하기로 결정했다. 홈즈는 폭포를 한동안 구경하다가 여유롭게 로젠라우이로 산을 넘어갈 테니 밤이 되면 거기서 만나자고 약속했다. 그곳을 떠나려다 홈즈를 돌아보았을 때, 그는 바위에 기대 팔짱을 끼고 서서 폭포의 거센 물살을 내려다보고 있었다. 내가 이 세상에서 본 홈즈의 마지막 모습이었다.

(「마지막 문제」 중, 1891년 5월 4일로 추정)

홈즈가 범죄왕 모리어티 교수의 습격을 받고 절벽에서 떨어져 행방불명이 된 것이 3년 전이었다. (중략)

나는 책장 쪽으로 뒤돌아보았다. 그런 뒤 다시 얼굴을 돌렸을 때, 내 친구 셜록 홈즈가 살며시 미소를 짓고 서 있었다. 나는 홈즈를 뚫어지게 바라보다 몇 초 뒤 그대로 기절해버렸다.

(「빈집의 모험」 중, 1894년 4월 5일로 추정)

셜록 홈즈, 조선에서 사망하다

"비켜, 비키라고!"

외침 소리에 사람들이 돌아보았다. 순간 홍해가 갈리듯 사람들이 비켜섰다. 조선인 표현으로, 저들은 경을 칠 정도로 놀랐을 테다. 노란 수염에 금테 안경을 쓴, 조선말을 하는 대머리 서양인이 얼마나 무서웠을까.

크흡. 웃음을 삼키며 알렌은 제물포항을 바라보았다.

멀리 수평선과 맞닿은 구름이 느리게 움직이다 섬 뒤로 사라졌다. 잔잔한 파도는 섬 아래에서 끊임없이 반짝거렸다. 바다 위에는 어선과 상선 들이 파도에 따라 일렁거렸다. 상선을 오가는 보트가 해안에 가까워졌다.

일거리가 없나 어슬렁거리는 게으른 인부들이 삼삼오오 선창에 모였다. 도태하고 전진하는 격변의 시기, 19세기 말 조선의 모습이었다.

말고삐를 그러쥐었다. 백여 야드(90여 미터) 남은 해안을 보며 박차를 가했다. 사람들이 말을 피해 비켜서다 대머리 외국인을 보고 화들짝 놀랐다. 그들을 향해 외쳤다.

"하나님의 가호가 함께하기를!"

알렌이 외친 조선말에, 비키던 몇몇 조선인이 엉덩방아를 찧는다. 장난을 치려던 건 아닌데 결국 장난을 친 격이 되고 말았다. 알렌은 그렇게라도 그들이 자신에게 관심을 가져주기를 바랐다.

조선은 몰라보게 달라지고 있었다. 눈앞, 개항한 제물포가 바로 그 증거였다.

단발을 한 조선인이 말 옆으로 스쳐간다. '신체발부 수지부모'라는, 마치 영원불멸의 철칙 같던 신념도 조금씩이나마 힘을 잃어간다. 풍습이 바뀌고 있는 것이다. 역사도 새 국면에 접어들었다. 농사꾼들이 악정에 못 이겨 봉기했다. 그들을 양반이 이끌기도 했다. 문화 역시 마찬가지. 끈을 묶는 조선 옷은 단추를 잠그는 슈트로 조금씩 변해간다. 그뿐인가. 조선의 왕마저 신문물에 마음을 열었다. 호레이스 뉴튼 알렌, 바로 그가 구중궁궐이 개화한 증거였다.

우정국 낙성식에서였다. 민영익이 왕을 보호하다 칼에 베였다. 생사를 헤맸다. 관리들은 우왕좌왕했다. 고종은 격노했다. 어의부터 불려 왔다. 급기야 지방 유명 의원들까지 왕 앞에 무릎을 꿇었다. 그러나 그들은 치료를 포기했다. 민영익에게는 죽음만 남았다. 이때 알렌이 나섰다. 대신들은 반신반의, 의원들은 코웃음을 쳤다. 외과적 상처였다. 봉합이 필요했다. 그런데 치료 시기를 놓쳐 민영익은 너무 많은 피를 흘렸다. 원기를 다스리는 건 다음 처치에 해당됐다.

되짚어보니 가호가 따랐다. 무슨 생각으로 영익을 치료하겠다 나섰을까. 절체절명의 시간을 이겨낸 민영익이 세 달 만에야 눈을 떴다. 알렌도 울고 왕도 울었다. 세 사람은 얼싸안고 좋아했다. 이 때부터 왕이 변했다. 쇄국과 개국 사이에서 갈팡질팡하던 과거를 끝냈다. 지금은 건청궁을 촛불이 아닌 에디슨의 전깃불로 밝힌다. 이 얼마나 지극한 변화인가.

조선의 개화!

생각해보면 말이 안 된다. 반도에만 틀어박혀 침략 없이 방어만으로 5천 년을 기꺼이 버틴 이들이 조선인이다. 침략만이 전쟁은 아니다. 문화의 격변 또한 보기에 따라 전쟁이 된다. 예수가 나고 1890하고도 한 해가 지났다. 1891년 만에야, 조선인은 제대로 된 전쟁을 치르게 되었다. 개화라는 전쟁! 그리고 단 8년 만에 알렌은 영익의 둘도 없는 친구가 되었다. 알렌은 더없이 조선을 사랑하게 되었다. 친구의 전쟁은, 또 조선의 전쟁은 바로 알렌의 전쟁이기도 했다.

히히잉. 생각에 빠진 알렌을 깨우듯 급작스레 말이 속도를 늦추었다. 거지 꼬마가 끼어들었다. 아이에게 주머니에 있던 동전닢을 던져주었다. 아이가 재빨리 길을 비키며 동시에 말했다.

"힘든 일이 있을 땐 언제든 불러주세요. 비호입니다."

어. 아이에게 무어라 대답하려는 찰나, 어느새 아이는 인파 속으로 숨어들었다. 비호, '날아다니는 호랑이'라.

아이가 사라진 방향은 포구의 상점이 늘어선 곳이었다. 이곳에서는 외국인과 조선인이 함께 모여 상점을 꾸리고 서로를 돕는다. 이들의 결속력은 놀라울 정도여서 마치 한 식구처럼 살고 있었다. 술집, 옷 가게, 기념품점, 심지어 프랑스식 레스토랑도 있었다. 아이는 그곳 어딘가로 모습을 감추었다.

고개를 들었다. 상선이 보였다. 희미하게 타운선(陀雲仙)이라는 한자가 보였다. 타운센트 상사의 상선이었다. 청나라를 거쳐 제물포에 다다른 배는 정박하려 연안에 선체를 가져다 대는 중이었다. 알렌은 황급히 박차를 가했다.

뭐였더라, 이름이.

청나라에 거주하는 영국인 성공회에서 간호를 도울 아가씨를 보냈다고 연락이 왔다. 긴 항해는 아니었어도 냄새나는 선원들과 거친 물살은 여인을 지치게 만들었으리라. 백의의 천사는 남을 돕는 것도 중요하지만 스스로 안정하는 것도 중요하다. 그런데 그녀의 이름이 뭐였더라?

알렌이 말에서 방황하던 때로부터 한 시간 전, 타운센트 상선은 발칵 뒤집혔다.

누군가 외쳤다.

"사람이 죽었다!"

사람이 죽었다. 사람이 죽었어. 말에 살이 더해진다. 마약쟁이가 죽었다. 감금되었던 사람이 죽었다. 셜……즈가 죽었다! 지하 선실에서 시작된 목소리가 갑판까지 빠르게 전파되었다. 그러다 갑자기 공허하게 소실되었다.

"살릴 수 있어요!"

사람이 죽었다, 성급하게 고함을 내지른 기관사에게 여인이 반박했다. 여인은 맥이 잡히지 않는 남자의 심장을 거세게 내리쳤다.

"살아. 살아나라고. 지금까지도 버텨냈잖아. 한 시간만 가면 제물포라고."

남자의 심장이 발작을 일으켰다. 지금껏 버텨왔으면서.

"병원이 코앞인데 여기서 죽는다는 건 너무 가혹하다고."

내리치던 주먹에서 힘이 빠졌다. 여인의 눈에 원망의 눈물이 맺히기 시작했다. 가슴 압박부터 해보자. 여인은 간호사 일을 배우며 수없이 되뇌었던 응급 구조 매뉴얼대로 남자의 가슴을 한 번 더 압박했다. 입술을 깨문 여인이 고개를 들었다. 천장에 달린 전구가 불안하게 깜빡거렸다.

그래, 해보는 거다.

여인은 몇 번이나 가슴을 내리치다 다짐했다. 그러고는 크게 숨을 삼켰다. 여인은 남자의 입술에 입술을 포갰다. 벌침처럼 숨을 내쏘았다. 한 번, 두 번. 그리고 가슴 압박.

몇 번을 거듭했다. 뒤에 서 있던 기관사가 킬킬거리며 낮게 읊조렸다.

"내 방도 비었어. 내 심장도 발작을 일으켰고 말이야. 무엇보다 난 죽지 않았거든."

"이 남자도 죽지 않았어요."

급하게 대꾸한 여인은 숨이 다한 남자의 심장에 주먹을 내리꽂았다.

"제발, 제발 살아나라고."

여인의 눈물이 하염없이 손등으로 떨어졌다. 심장을 내리칠 때마다 눈물은 파편으로 변해 사방으로 튀었다.

"제발, 제발."

어느새 힘이 다한 여인은 가슴을 두드리다 절망하고 말았다.

"이제, 그만해. 응? 죽었어, 죽었다고."

기관사가 시무룩해진 목소리로 와선의 팔을 잡았다. 남자의 손을 뿌리치며 와선은 마지막으로 힘을 모았다. 머리 뒤까지 팔을 젖혀 남자의 심장을 때리려 할 때였다.

"당신은……."

죽었던 남자가 깨어났다.

"악마를 살려냈군요."

남자는 곧바로 정신을 잃었다. 반대로 배 바깥에서 시작된 생기 넘치는 목소리가 지하까지 다다랐다. 제물포다!

"제물포다!"

배가 제물포에 당도했다. 선원의 우렁찬 목소리에 알렌은 번뜩 정신이 들었다. 그녀 이름이?

"아 유 어 닥터? 닥터 알렌?"

익숙한 손놀림으로 말을 쓰다듬은 조선 여인이 알렌을 바라보았다. 알렌은 너무 놀라 하마터면 말에서 떨어질 뻔했다.

"겨겨겨, 경을 칠 뻔했소이다. 아가씨는?"

"와선입니다. 와선 루이즈 리. 경은 절에서나 외우는 거지요."

그제야 떠올랐다. 간호를 도울 여인의 이름, '와선 루이즈'라고 했다. 루이즈라는 이름 탓에 선입견을 가졌다. 5.6피트(약 170센티미터) 정도의 키, 정갈하게 땋아 내린 머리. 그리고 그녀는 영국 여인에게나 어울릴 법한 하늘색 드레스를 입었다. 조선 여인치곤 껑충하게 큰 키라 조선인인지 의심스러웠다.

크게 걱정했었다. 며칠 전 조선 거리에서 난자당한 여인이 발견되었기 때문이다. 문제는 그녀가 금발에 푸른 눈을 가진 영국인이라는 점이었다. 처음 있는 일이었다. 그러나 몸을 파는 거리의 여인인 탓에 오히려 영국인들이 나서서 사건을 무마시켰다.

조선인이라 다행인 건가. 알렌은 엉뚱한 생각을 접으며 와선을 바라보았다.

"플리즈! 허리 업."

와선이 알렌을 재촉한다. 침착한 손동작인데 묘하게 급박함이 느껴졌다. 알렌은 얼른 말에서 뛰어내렸다.

"무슨 일입니까?"

"생명이 위독한 사람이 배 안에 있습니다."

"하여튼 선원들이란! 술에 중독되었거나 패싸움이라도 했나 보군요."

"아니오!"

단호하게 대답하며 와선이 앞장섰다.

"자책하며 목숨을 내던지려는 사람 같았어요. 선원이 아니었다고요."

와선이 배에 오르자 짐을 부리던 선원들이 그녀에게 인사했다. 거친 선원들일 텐데 악의 없는 표정이 의외였다.

"저들을 사로잡은 비결이 뭐요?"

슬쩍 뒤로 얼굴을 돌린 와선이 의외의 동작을 취한다. 술잔을 말아 쥔 듯한 손동작을 하며 고개를 뒤로 꺾는다. 캬, 소리는 뺀 채로. 조신한데도 섹시한 느낌이었다. 문득 그런 생각이 스쳐간다. 신비한 여인이다!

"두주불사!"

이렇게 속삭인 와선이 씩, 입꼬리를 올리고 앞장을 섰다.

하긴, 그랬을 테지. 동양이든 서양이든 마음을 트는 데 술만 한 것은 없다. 알렌은 와선의 뒤를 따르며 저도 모르게 키득거렸다.

와선의 발걸음이 지하로 향했다. 선원실을 지나더니 기관실도 지나친다.

"어라, 이 아래는?"

"네, 일종의 감옥이지요. 선원이 다섯 명이 넘게 달려들었는데도 포악해진 남자를 제압할 수 없었습니다."

그제야 와선이 멈추어 선다. 눈앞에는 철창이 있었다. 그 너머에 남자가 누웠다. 두 손은 결박되고 두 발 역시 압박되었다. 남자에게서는 미미한 기력조차 느껴지지 않았다.

와선이 문을 당겼다.

알렌은 성큼 앞으로 걸어갔다. 남자의 눈 아래가 검었다. 볼은 야위었다. 눈꺼풀을 들자 와선이 때맞추어 램프를 가져왔다. 느리게 동공이 반응한다. 남자의 입술을 열었다. 치아가 잘 관리되었다. 상류층이거나 최소한 그에 준하는 계급이었다. 반대로 역겨운 냄새가 코를 찔렀다.

"한동안 아무것도 먹지 않았어요. 의식이 없었거든요. 아편중독입니다."

"아편중독이라……."

알렌은 마음이 저려왔다. 타국에서 죽음을 맞이하는 미국인을 보는 것은 늘 아팠다. 남자는 십중팔구, 조선에서 사망하게 되리라. 저도 모르게 '아멘, 아메리칸!'을 외치고 말았다.

"아직 속단은 이릅니다. 그리고 저 사람은 영국인입니다."

이런. 와선의 말에 탄식이 터졌다. 속단은 이르다?

"어떻게?"

"남자의 중독은 오래되지 않았습니다. 먹지 않아 기력이 쇠했고, 이유는 모르겠지만 끝없이 자책하며 삶에 대한 의지를 잃었습니다. 반드시! 살릴 수 있습니다."

와선이 이마를 닦았다.

당찬 와선의 의지가 알렌에게도 와 닿았다. 민영익을 치료하던 지난날이 떠올랐다. 그를 살리기 위해 무엇이든 다 했다. 어쩌면 저 남자도 와선이 살려낼지 모르겠다. 그것도 운명이라면 운명이다.

다치게 하거나 죽이는 것도, 반대로 깨어나게 하고 살리는 것도.

남자의 다리를 압박한 동아줄을 끊었다. 남자를 부축하며 와선에게 물었다.

"그렇게 확신하는 이유라도 있소?"

"저와 알렌……?"

"지금은 총영사이자 대리 공사요. 아 그게 뭐라고. 그냥 닥터라고 부르시오, 닥터 알렌!"

"네, 닥터 알렌. 당신도 좋은 의사이지만 제 아버님은 조선 최고의 명의랍니다."

코웃음이 날 뻔했다. 조선의 의술을 폄하하는 것은 아니지만 조선 최고의 명의라면 궁에서 수없이 보았다. 어깨에 팔을 두른 영국인은 비록 숨은 쉰다지만 죽은 목숨이나 다름없었다. 알렌이 어렵다면 조선의 명의도 어렵다.

"내가 어렵다면, 그도 어려울 것이오. 그리고 이 친구는 어려울 것 같다오."

에두른다고 했지만 멍청하게 들렸다.

앞장서 걸어가던 와선이 멈춘다. 주먹을 꽉 쥐더니 고개를 돌렸다. 그녀의 눈에는 눈물이 어렸다.

"저와 닥터 알렌, 그리고 제 아버지, 세 사람의 의지라면 이 남자를 살려낼 수 있습니다. 모르십니까? 제 아버지는 조선 최고의 명의이신 이제마입니다."

급작스레 다리에 힘이 풀렸다. 이제마? 모르겠는걸. 와선이 저토록 확신하는데 이름조차 모르는 의원이라니.

"제 눈으로 똑똑히 보았지요. 비록 무관이었지만⋯⋯."

무관! 이번에는 정말 코웃음이 나버렸다. 조선의 무관이라면 눈에 보이지도 않는 총알을 막겠다며 칼과 창을 들고 설치는, 시류에서도 한참을 벗어난 사람이지 않은가.

"뛰어난 의술로 두 번이나 할머니를 살렸어요. 저와 제 아버지가."

"허, 이런. 뭐라고 말을 해야 할지. 일단 기억해두겠소. 제마, 이제마라."

와선이 앞장서 걷기 시작했다.

알렌이 배에서 내리자 마차가 기다리고 있었다. 와선은 현명하고 상황 대처도 빨랐다. 재빨리 알렌을 찾았고 그와 함께 환자를 배에서 내리게 했다. 마차 역시 선원들에게 손을 써둔 게 틀림없었다.

"제가 말을 탈 테니, 닥터 알렌께서 마차를 타십시오."

말을 마치기 무섭게 와선이 말에 올랐다.

제중원으로⋯⋯ 가자고 말하려 했다. 허망하게도 와선은 앞서 달려가버렸다. 거참, 씁쓰레한 기분에 입맛을 다시며 남자를 살폈다.

남자는 족히 6피트는 넘어 보였다. 조선에서는 제왕의 코라고 부르는, 매부리코가 인상적이었다. 살이 없는 볼과 날렵한 턱선에서 강인함이 느껴졌다.

"어쩌다 여기까지 오신 게요? 조선은 당신 같은 고집스러운 남자보다 사기꾼이나 익살스러운 사람들에게 어울리는 곳이란 말이오."

알렌은 혼잣말을 하며 남자를 진찰했다. 그의 호흡은 일정하지 않았다. 느리다가도 빨라진다. 때론 소스라치게 놀라는 듯했다. 혼몽이었다. 와선의 말처럼 아편중독이 확실했다. 팔을 걷었다. 오른팔에 주사 자국이 많았다. 다른 약물까지 주사했던 게 분명했다. 남자를 살려내기는 와선의 말과 달리 쉽지 않아 보였다.

살고 죽는 것은 신의 소관, 그러나 와선의 말처럼 최선을 다해보리다. 알렌은 남자에게 다짐했다. 마부에게 최고 속도로 한양으로 달리라 명령했다.

어느덧 말이 한양에 다다랐다. 성문을 지나 제중원에 도착했다. 기다렸던 듯 제중원의 하급 관리들이 달려왔다. 아첨하기 좋아하는 중배가 얼른 말했다.

"어허이고. 선생님과 같은 파란 눈을 가지신 분이 이 나라에서 죽어서야 쓴답니까. 어서 안으로 들이지요."

끙, 힘겹게 일어섰다. 성큼 다가온 중배가 남자를 업었다. 중배는 환자실로 달려갔다. 환자실 침대에 와선이 있었다. 남자를 눕히기 무섭게 이마에 물수건을 얹었다. 그러곤 주사액을 재빨리 동맥에 꽂는다.

"그런데 이분은?"

"새로 온 간호사네."

알렌이 사람들에게 말했다. 서양 의술을 다루는 간호사는 절대적으로 부족했다. 제중원도 마찬가지였다. 알렌의 힘으로 간호까지 가르치는 것은 역부족이었다. 그에 비해 와선은 교육을 잘 받았다. 앞으로 많은 사람을 살려낼 것이 분명했다.

"저기 닥터, 환자 카드는 없습니까?"

와선이 뒤돌아보며 물었다.

눈치를 보던 중배가 재빠르게 환자실 옆 책상으로 다가갔다.

중배에게 카드를 받아 든 와선이 환자 기록지에 병명과 환자의 이름을 써 넣었다. 병명, 아편중독. 이름, 잠시 고민하던 와선이 한글과 한자를 함께 기재했다. 洩綠 欽注(설록 흠주). 그리고 영어를 기재한다. Sherlock Holmes.

"설록 흠주라, 푸른 폭포에 굽이쳐 흐르는 물이라니! 좋습니다요."

한자를 읽은 중배가 뜻을 알렌에게 설명했다.

알렌도 남자의 이름을 소리 내어 읽었다. 셜록 홈즈, 음가를 바꾼 표기, 셜록 흠주라, 나쁘지 않았다. 그리고 영어를 보았다.

가만, 그런데. 셜록 홈즈? 아니지, 그럼. 아니다, 아닐 거야. 그는 죽었다고 보도되었다. 고개를 흔들며 알렌은 원기를 북돋을 약을 챙기기 시작했다.

낙엽이 떨어지기 시작한 11월 중순의 일이었다.

1

셜록 홈즈, 조선에서 살아나다

치료에 실패했다. 남자의 의식은 돌아오지 않았고, 맥은 더욱 쇠
약해졌다. 죽음이 경각에 달했다. 한탄하듯 침대맡에 걸린 카드를
건드렸다. '洩綠 欽注−Sherlock Holmes'라고 적힌.

알렌은 절망했다. 지켜보던 의원들도 덩달아 낙망했다. 의사로
서 환자의 죽음을 기다리는 고통을 어찌 말로 다 할까. 게다가 파
란 눈의 영국인이, 알렌과 똑같은 사람이, 조선 땅에서 사경을 헤
맨다.

죽어가는 남자를 위해 한양에 있는 영국인 대부분이 제중원을
찾았다. 타운센트 상선 선원들도 쾌유를 빌었다. 겉으로는 병문안,
실제로는 와선을 보기 위해 방문한 것 같았다. 와선은 이틀째 자리
에 없었다. 선원들이 아쉬워하며 돌아갔다. 다시 방문하겠다고 선
원들이 말했다.

이튿날 밤늦게 와선이 돌아왔다. 와선과 함께 중년의 남성이 제
중원을 방문했다. 6피트가 넘는 키에 장대한 기골을 가진 남자였

다. 오지 말아야 될 장소에 왔다는 듯 남자의 눈에는 낙담이 가득했다.

와선이 남자를 알렌에게 소개했다.

"아버님이십니다."

와선의 아버지는 한숨을 내쉬었다.

"이제마라고 합니다. 지난해까지만 해도 진해 현감으로 있었소."

아. 알렌의 입에서 신음이 터졌다.

구식 군대와 신식 군대의 알력 다툼은 조선을 뒤흔들었다. 개화와 수구 사이 전쟁의 와중에 벌어진 일이었다. 신식 군대의 도입에 불만을 품은 무인들은 한둘이 아니었다. 특히 알렌은 신식 군대를 관리했던 민영익과 둘도 없는 친구 사이였다.

"그것참. 영익의 일을 따지려거든 관두시오. 나와는 상관없는 일입니다."

"틀렸소이다. 대업을 앞둔 장수를 파리나 잡는 일에 부른 것이 원통할 뿐이오. 딸아이만 아니었다면……."

이제마의 말이 알렌의 심기를 건드렸다. 알렌은 화가 났다. 조선에 서양 의술을 가르치려던 것도 나누기 위함이었다. 그런데 파리를 잡는 일이라니, 이 시건방진 남자란! 그런데 이제마가 한 번 더 못을 박는다.

"조선인은 이 땅에서만 살아왔소. 왕의 선조도, 노비의 조상도 이 땅에서만 살아왔단 말이오. 조선인에게는 조선인에게 맞는 의

술이 필요하오. 그런데 당신 때문에 조선인에게 맞지 않는 해괴한
서양 의술이 들어오면서 조선 의술의 기준을 더 확고하게 다시 가
다듬어야 할 필요성이 급박해졌다는 말이외다. 그런데 조선은 당
신의 외과술을 마치 기적이라도 되는 양 떠받들고 있지 않소!"

"도대체가, 무슨 소리를 하고 싶은 것이오? 그딴 소리나 떠드시
려거들랑 썩 꺼지시오."

알렌도 참지 않고 대꾸하면서 씩씩거리며 남자의 앞으로 다가
갔다. 마치 임오군란에서 신식 별기군과 구식 군대의 싸움 못지않
았다.

알렌과 이제마는 서로를 노려보았다. 일촉즉발의 상황이었다.
이때 와선이 끼어들었다.

"민영익 나리께 알렌 공사가 있듯 알렌 공사에게 아버지가 있지
말라는 법은 없지요."

와선이 에둘러 말했다. 영익을 구한 알렌은 영익과 막역지우가
되었다. 알렌이 구하려는 환자를 이제마가 살려낸다면 알렌과 이
제마도 그런 사이가 되지 않겠느냐는 뜻이었다.

"부끄럽구나."

이제마가 와선의 말에 수긍했다.

"환자는 어디에 있느냐? 중독 증상이라고 하였느냐?"

와선이 앞장서고 이제마가 성큼 따라갔다.

와선을 처음 보았던 날처럼 이제마가 재빠른 손놀림으로 남자
를 치료했다. 그러고는 와선에게 귓속말을 전했다. 알렌은 마치 그

림자처럼 변해버렸다. 제마가 치료하는 모습을 지켜볼 수밖에 없었다.

와선은 화로를 챙겨 와 탕약을 달였다. 알렌은 무슨 재료인지도 신경 쓰이지 않았다. 아직 깨어나지 않아 이름조차 묻지 못한 남자는, 아니 절대 그 이름일 수 없는 셜록 홈주는, 그저 죽음을 기다리고 있었다.

"이 남자, 이름이 정말 셜록 홈즈라고 하던가?"

"딱 한 번 저와 눈을 맞춘 뒤 이렇게 말했습니다. '아이린, 나요, 셜록 홈즈.' 그래서 남자 이름이 홈즈이려니 했던 겁니다."

와선의 말에 알렌은 실색했다.

와선의 뒷모습을 보았다. 조선에서는 찾아보기 드문 신식 여성이다. 드레스를 입고 하얀 에이프런을 두른 채 환자를 돌보는 그녀는 성경을 읽고 남자에 맞서 의견을 말하며 변화의 중심에 서 있다. 여성에게 멋있다는 것은 아름답다와 같은 뜻이 된다. 와선은 멋있었고, 그래서 아름다웠다.

"어떻습니까, 아버님. 깨어날까요?"

와선이 제마에게 속삭였다.

제마가 들리지 않게 대답한다. 곧이어 제마는 고개를 저었다.

뜻을 알 수 없었다. 와선도, 또 제마도, 알렌은 그저 모르겠다.

물론 아름다운 여성에게도 수긍하기 힘든 구석은 있는 법이다. 지금이 그랬다. 아버지가 조선 제일의 명의라고 와선은 주장했다. 조선 제일의 명의는 갑신정변 때 죄다 만났다. 이제마는 평범한 지

방 하급 관리에 불과하다. 그마저도 스스로 그만둔 실패한 관리자였다. 알렌이 조선에서 차지하는 중요도에 비하자면, 조선말로, 제마는 새 발의 피에 불과한 사람이었다. 그런데 알렌은 제마와 와선을 통제하지도 제지하지도 못했다.

동이 트고서도 알렌은 두 사람을 지켜보았다. 아편중독인데 제마는 침을 놓았다. 그사이 와선은 부지런히 탕약을 달였다.

동트기 직전, 와선에게 물었다.

"와선, 무슨 약인가?"

"이독제독, 독으로 독을 다스리겠다 하십니다. 저도 정확히는 모르겠습니다만 폐에 좋은 독이라면 지네일 테고 몸 전체에 있는 독을 제압한다면 두꺼비의 독일 것입니다."

토할 뻔했다. 지네에 두꺼비라니. 될 대로 되라는 마음도 있었다. 제마가 남자를 살려내지 못한다면 오히려 알렌의 위신이 서게 된다. 즉 치료에 관해 알렌이 불가능하다면 불가능하다는 사실만 확고해지는 것이다!

반면 제마는 포기를 몰랐다. 와선도 마찬가지였다. 노곤함을 이기지 못한 알렌은 결국 늦은 오후가 되자 수마에 빠졌다. 눈을 떴을 때는 이미 다음 날 아침이었다. 화들짝 놀란 알렌이 두 사람을 살폈다. 두 사람은 여전히 남자를 치료하고 있었다.

"와선, 조금 자두는 게 어떠하겠나? 내가 대신 하겠네."

"알아서 하겠습니다."

와선이 고개를 숙였다. 상황을 알아차린 제마도 살짝 목례를 했다.

"그럼 알아서……."

당황한 알렌은 그만 쥐를 본 소처럼 환자 곁에서 빠져나오고 말았다.

며칠이 지났다. 알렌은 대리 공사 역할과 선교사 업무, 조선에 거주하는 영국인과 미국인을 아우르는 일만 해도 벅찼다. 자연스레 제중원 일은 지금 원장인 찰스 빈턴에게 맡겨야 했다. 중배가 다급하게 달려왔다.

"나으리, 공사 나으리."

알렌은 직감했다. 설록 홈주는 죽었다.

"그래, 언제 죽었느냐?"

마음을 다잡으며 물었다. 순간 중배가 얼어붙는다.

"저, 저, 선생님. 그게 아니라, 저……."

"괜찮으니 말해보아라."

알렌은 회중시계를 꺼냈다. 시중을 드는 예분이가 "나리, 가비입니다." 하고 고개를 숙였다. 알렌은 뜨거운 커피를 입가에 댔다. 쌉싸래한 향기가 얼굴 주변에서 중배의 곁까지 날아갔다. 코를 벌름거리던 중배와 눈이 마주쳤다. 고개를 갸우뚱하던 중배가 납죽 엎드렸다.

"그게 저, 공사님, 촌구석 의원인 제마가…… 남자를 살려냈습니다."

하마터면 커피를 엎지를 뻔했다. 벌떡 자리를 박차고 일어났다.

알렌은 중배가 따라오는 것조차 아랑곳없이 말을 내달렸다. 중배의 충성은 좋고도 나빴다. 사람이 살았다는데, 좋지 않을 의사는 없다. 살인자를 살려내야 한다고 해도 의사라면 살린다. 죗값을 치르는 것은 차후 문제다.

거친 김을 뿜어내며 말이 멈추어 섰다. 말아 쥐었던 고삐를 놓았다. 제중원으로 뛰었다. 알렌을 본 의녀들과 의원들이 허리를 숙였다. 그래, 그래, 손을 흔들며 알렌은 환자실로 들어갔다.

제마가 격식을 차린 채 침대 맞은편에 서 있었다. 반쯤 젖혀진 커튼 너머로 남자가 보였다. 침대에 앉은 남자가 제마와 와선을 번갈아 보며 무언가 이야기를 나누었다. 침대 곁에서 와선이 입을 가리고 웃었다. 알렌은 고삐 풀린 말처럼 달려왔다가 우아한 귀족 부인처럼 멈추었다.

놀란 세 사람의 눈길이 알렌에게 다가왔다.

"나나나, 나는, 나는 아아아, 알렌이오."

바보같이 말을 더듬고 말았다. 하긴, 조선어이지 않은가. 말하고 웃어버렸다. 남자가 조선말을 알 리가 없다.

"아임 어, 아이……."

영국말도 더듬어댔다. 그때였다.

"I'm Sherlock! 설……록. 흐흠……주."

남자의 목소리만큼은 박력에 넘쳤다. 몇 번이나 '흠주'라는 발음을 연습한 듯했다. 그는 큰 시험을 마친 모습으로 알렌을 향해 웃었다. 그러고는 눈을 가늘게 뜨더니 알렌을 아래위로 훑어보았다. 남자는 이내 "아하, 음." 하는 감탄사를 내며 긴 손가락으로 입술을 만진다.

　남자는 알렌과 눈을 딱 맞추었다. 남자의 눈은 깊고 그윽했다.

　"알렌, 당신은 정직한 사람이군요. 반대로 체면은 그리 신경 쓰지 않네요. 말을 달려 왔고, 여기까지 뛰어왔군요. 목적은 단 하나, 내가, 이 홈즈가 살아났다는 사실을 확인하기 위해서. 그 저의에는 여기 계신 닥터 리……에 대한 불신이 자리했군요. 또 하나, 내가 정말 셜록인지 확인하려는 것도."

　악센트가 강한 영국식 영어였다. 닥터 리, 하고 말하며 제마를 바라보던 셜록은 고맙다는 듯 고개를 끄덕였다.

　"나, 셜록은 살아났습니다. 비겁하게도. 죽어도 죽지 못한 채, 살아도 사는 게 아니건만. 어쨌든 당신은……. 적어도 이 나라에는 좋은 선물이겠군요. 체면보다 실리를 중시하고 환자를 위해 뜀박질을 할 줄 아는 남자라면, 좋은 의사라고 볼 수 있겠지요. 다만 최근에 당신은 실제로 환자를 돌보기보다 다른 일에 몰두하는군요. 당신같이 정직한 사람에게, 그래요, 정치는 어울리지 않습니다! 당신을 속물로 바꿀지도 모릅니다."

　남자의 말에 알렌은 얼어붙고 말았다. 셜록이라고 했다. 스쳐가는 풍문은 들었다. 못하는 게 없는 탐정이라던 이야기. 그러나 남자가 진짜 셜록인지 아닌지는 알 길이 없었다. 그런데 이제는 알겠다. 남자의 말에서 확신했다. 남자는 진짜 셜록 홈즈였다.

　"당신은……."

　"맞습니다. 저는 셜록 홈즈입니다. 베이커가 221번지에 살고 있는 탐정이 바로 저입니다. 그리고 저는……."

불쑥 제마가 끼어들었다.

"쉬십시오. 쉬어야 합니다."

제마의 말을 와선이 통역했다.

"당신이 탐정인지 아닌지는 중요하지 않습니다. 내게는 그저 한 명의 환자일 뿐입니다. 살아났으니 살아가십시오. 당신이 해야 할 일을 하십시오."

따끔한 당부였다. 셜록은 와선이 전해준 제마의 말을 듣고 깊이 고개를 끄덕였다. 그러다 불쑥 와선의 말을 따라 했다.

"살아났으니…… 살아가라."

이제마는 와선에게 몇 가지 당부 사항을 전달했다. 그러고는 알렌과 셜록을 향해 인사했다.

"당신의 사주와 팔자를 알고 싶다면 언제라도 찾아오기 바라오. 당신의 체질 역시 정확하게 진단해드리리다. 그럼, 행복하시오."

제마는 뚜벅뚜벅 걸어서 제중원 바깥으로 멀어져갔다.

"아버님이?"

"기인이십니다. 미스터 셜록을 치료하면서 계속해서 그가 태양인이라고 말씀하셨습니다. 남녀에 대해 편견이 없고 누구에게나 공평하지만, 강직한 품성 탓에 악한들과는 절대 어울리지 않을 분이라고요."

철학인가, 의학인가. 신묘하도다. 알렌은 저도 모르게 제마의 탁월한 통찰력에 탄복했다. 이 남자가 영국을 들었다 놓은 그 셜록이라면, 제마가 내다본 식견은 정확했다. 그런데 여기에 와선이 더 놀라운 말을 덧붙였다.

"어질고 강직하지만 사람과의 관계에서 에티켓을 크게 중시하지 않아 타인에게 무례하게 보일 거라 말씀하셨지요. 하지만 정작 타인에게는 특별한 관심이 없고 사물에 대한 탐구와 직관력에 대한 갈망 탓에 오히려 에티켓은 잊어버리는 편일 거라 귀띔하셨습니다."

"앱소루틀리 라이트!"

흐음, 콧소리를 내더니 셜록은 유쾌하게 웃어젖혔다.

"닥터 리는 의사보다 탐정에 어울리겠습니다. 그가 영국에 살았다면 좋은 친구가 되었겠군요. 제마의 말처럼 쉬어야겠습니다. 너무나, 너무나도 피곤하군요."

셜록은 눈을 감았다. 바닥이 난 체력 탓인지 금세 새근새근 콧소리가 일정해졌다.

알렌은 와선을 향해 손을 내밀었다. 의사들이 머무르는 휴게실로 가자는 뜻이었다. 살짝 고개를 숙인 와선이 알렌의 뒤를 따랐다.

"제마가 조선 제일의 명의라고 해도 이의를 제기하기 힘들군요."

알렌이 얼른 자리에 앉으며 말했다.

"과찬이십니다."

"그런데 제마가 하는 일이……."

"조선인에 대한 체질과 습성에 따라 몸에 맞는 음식과 약물 등을 광범위하게 나누고 통일하는 작업에 몰두하고 있습니다. 저도 잘은 모릅니다만, 조선인의 체질을 네 가지 정도로 나누는 작업이라고 했습니다. 그 분류에서 미스터 셜록은 태양인에 해당한다는 뜻이었고요."

"체질을 나누다니, 말도 안 됩니다. 그런 일은 불가능합니다. 어쨌든 앞으로 셜록의……. 아니, 셜록 같은 사람에게는 조선을 알려줄 사람이 필요할 겁니다. 만약 그가 당대 최고의 탐정 셜록 홈즈라면, 이곳에서도 사건이 따라붙겠지요. 사건은 탐정을 알아보는 법이니까요. 그러니 당분간 와선이 그의 병도 치료하며 조수가, 이 말은 실례하오, 친구가 되는 것은 어떻겠소?"

"조수가 아닌 친구요?"

반색하며 와선이 물었다.

"그렇지만 셜록이……."

"탐정인 셜록에게는 탐정의 운명이 따라붙을 겁니다. 그에게 와선은 반드시 필요한 사람일 테고요."

"필요한 사람이라……. 친구이자 필요한 사람."

"이제 와선에게 셜록을 넘기지요. 셜록을 전담하세요. 적어도 조선에서는, 그가 무엇을 하든 와선과 함께이게 하세요. 그럼 저는……."

알렌이 일어섰다. 알렌은 와선과 제마, 홈즈에게서 어떤 운명의 연결선을 느꼈다. 하지만 와선에게 셜록을 맡긴 것이 전적으로 옳은 결정이었음을 당장은 알지 못했다. 적어도 그 사건이 벌어지기 전까지는.

2
불가능한 죽음, 화살이 되어 날아오다

칼을 들고 휘둘렀다. 그게 전부였다. 칼은 힘의 상징이었다. '나'의 다른 말이기도 했다.

칼을 휘두른 뒤부터 두려움이 사라졌다. 오히려 다른 사람들이 그를 두려워했다. 남자는 쾌감을 맛보았다.

칼은, 그래, 권력이었다. 어둠의 권력!

냄새나는 선창을 걸으며 참을 수 있는 이유도, 웃음을 파는 여자들을 보며 참을 수 있는 이유도 권력이 있기 때문이다. 무엇보다 선이, 반드시 착하고 옳을 이유는 없다.

악을 처단하는 선지자가 없다면, 악은 악대로 재배되고 자라며 커져서 열매를 맺게 된다.

남자는 뭇사람들의 눈길이 껄끄러웠다. 후드를 당겨 얼굴을 깊이 가렸다.

걷고 또 걸었다. 다만 불빛에서 멀어지지 않으려 했다. 이곳은 낯선 땅, 낯선 도시이다. 만에 하나 이곳에서 길을 잃는다면 상당한 추태를 감수해야 할지도 몰랐다.

사실 낯선 땅이 처음은 아니었다. 인도와 극동은 패잔병들에게 새로운 일터를 제공했다. 고상한 척하는 패잔병들, 특히 서열에서 밀려나버린 왕족이나 지위를 잃어버린 귀족에게도 좋은 사람을 만나게 해주었다.

영국이었다면 생각할 수도 없는 일이었다. 영국은 범죄자들에게 관대하지 않았다. 실패자들에게도 마찬가지였다. 한번 어긋나 나락으로 처박히면 앞에서는 웃어도 뒤에서는 힐난한다. 웃음이 사라진 뒤엔 기회도 사라진다.

이곳은 극동에서도 새로운 일터였다. 이들은 누구보다 낯설었고, 이들의 규범은 어디보다 강력했다. 알을 깨고 나오려는 의지조차 보이지 않았다. 물론 이 말은 타운센트의 한 일꾼이 남자에게 건넨 말이었다.

"알을 깨고 나오지 않아요? 그럼 강제로 알을 깨버리면 되잖아요!"

남자가 말했다.

"그러려고 했을걸요. 그런데 인도와 달리 돌아가기로 했다는 것 같아요. 나도 모르죠. 높으신 양반이 술에 취해 한 말이니까. 왜 그 있잖아요, 선교사라는 이름을 달고 영국이나 미국에서 쫓겨나다시피 한 고상한 양반들 말이오."

"아하, 있지요. 잘 알아요, 저도. 동전 한 푼 없으면서 체면 지키기에 급급한 사람들 말이죠. 얼른 멀리 보내려는 높은 양반의 소개서 하나를 가슴에 품고 여기까지 와야만 하는 패배자들요!"

"오호, 그렇죠, 패배자들요."

선원은 패배자들이란 말에, 잠시 호흡을 멈추었다. 안 봐도 뻔했다. 선원 역시 패배자일 테니까. 그런데 패배자들로 가득한 이 도시에도 정치가 존재했다. 인도와 달리 돌아가기로 했단다. 그런데 어떻게 돌아가려는 걸까?

"여자 그립지 않아요?"

선원은 재빠르게 말을 바꾸었다.

"그립죠. 저도 남자니까요."

남자는 거짓말로 대답했다. 런던의 밤거리가 신물이 나지 않았더라면, 남자로 인해 런던은 쑥대밭으로 변했을 것이다.

"참, 이곳에도 좋은 곳이 있다고 합디다. 이곳은 런던이랑은 다르게 술도 판대요. 고상하죠. 술을 마시고 논대요. 얼근하게 취하면 이곳 여자들을 품에 안는 거죠. 밤새도록."

선원은 동한다는 듯 사타구니를 한번 움켜쥐었다.

아하. 뜻을 담지 않은 감탄사로 선원의 말에 애매하게 대답했다. 선원은 이곳에 다섯 번째 오는 거라며 오래된 신문지 위에 약도를 그렸다. 그러고는 세 곳을 짚어주었다. 그중 한 곳에 영어를 하는 여인이 있다며 웃었다.

"그 여자 인생도 쫑 난 거지, 안 그래? 그나마 우리 같은 사람이야 정직한 노동을 한다지만, 피부색도 다른 사람을 손님으로 받는 거라구. 볼 장 다 본 거지."

선원은 의미심장한 미소를 지었다. 그는 여자 이야기를 꺼낸 뒤 태도가 돌변했다. 능글거리며 말이 거칠어졌다. 그러더니 덧붙인다.

"오늘은 내가 그 여자를 만날 거니까. 자네는 내일 가라고, 오케이?"

결국 하고 싶은 말은 이거였던가. 어차피 선원들에게 비밀은 없다. 선원이 짚어준 영어를 하는 여인도 결국에는 알게 될 얘기였다. 남자는 조용한 곳까지 선원을 데리고 갔다. 가슴에 있는 갈고리 모양의 칼로 선원을 찌르려 했다. 긋고 낭자하려 했다. 그때 선원이 누런 이를 드러내며 웃는다. 제길……. 선원은 남자의 취향이 아니었다. 살인마저도.

선원이 곱게 말린 궐련을 건넸다.

"중국산인데, 보기보다 좋아. 내가 피워보니 영국 것보다 낫더라고."

선원은 성냥을 그어 궐련에 가져다 댔다. 남자는 불기운을 빨아들였다. 불기운은 칼의 마력을 진정시켰다.

그래, 기다리자. 이 나라를 이해할 때까지.

남자에게 밤이 찾아왔다. 선창의 밤은 메마르고 비렸다. 밤을 헤매는 일이, 특히 여자를 찾는 일이 질릴 법도 한데 늘 가슴이 뛰었다. 오늘은 어떤 여자를 찾아낼 수 있을까. 아니 얼마 만이던가. 좁은 배에 갇혀 칼 같은 바닷바람을 맞으며 참아왔던 날이.

선창에서 멀어져 골목으로 접어들 때였다. 파란 눈의 남자 둘이 말한다.

"한양으로 가자고. 거기에는 없는 게 없대. 파란 눈을 가진 창녀들도 많다더라고."

명백히 선원으로 보였다. 두 선원은 환락을 찾고 있었다.

"저기, 혹시 한양까지 같이 갈 수 있을까요?"

남자가 물었다.

"아하, 자네도 선원이구만. 딱 보니 알겠네그려. 돈은 가지고 있지? 뭐 날이 날이니 차비는 내가 내지. 마차를 부르면 될 거야."

두 선원은 오늘 남자를 처음 보았다는 사실조차 무색하게 어깨동무를 한다. 남자는 선원이 하는 대로 내버려두었다.

곧 마차가 내달렸다. 말의 거친 숨소리가 밤공기를 갈랐다.

한양이라. 남자는 묘한 흥분을 맛보았다. 한양이라면, 런던과 같은 곳인가? 창녀가 많고, 뒷골목은 더럽고, 술과 노름이 난무하는.

남자는 손가락으로 칼끝을 매만지며 겨우 흥분을 가라앉혔다. 밤은 깊어졌다. 말의 숨소리는 더욱 높아만 갔다.

한성부 부윤인 내직로에게 당직 사관이 달려왔다.

"내 부윤, 내 부윤! 망측한 사건이 터졌습니다요."

문밖에서 다급한 목소리로 외친다.

브라운이 젊고 신망 있는 관료라며 선물했던 회중시계를 꺼냈다. 4시 23분. 도성의 문은 열려 있을 시간이었다. 내직로는 고름을 단단히 고쳐 메고 일어섰다.

문을 열자 행랑아범과 당직 사관인 김수도가 보였다. 그는 김수도와 함께 사랑방으로 들었다.

"무슨 다급한 일이기에 이 시간에 오셨는가?"

"저기, 상인인 강석범을 아시지요?"

김수도가 물었다.

"알다마다. 기생을 부리는 재주가 출중한 상인이 아니던가."

바야흐로 여인네의 입김이 드세지는, 지금껏 보기 힘든 시절이었다. 과거라면 기생은, 양반에게는 소유의 대상이었고 평민에게는 동경의 대상이었다. 그러나 기생도 나이가 들면 퇴물 취급이나 받아야 했다. 초경을 즈음한 열다섯 살이 가장 각광을 받는 나이였다. 스물이 넘어가면 재색이 꽃을 피웠고, 스물 중반을 넘어서면 다른 살길을 모색해야만 했다.

이들 퇴물 기생을 모아 장사를 하는 사람들이 생겼다. 단순히 술을 팔기보다 기녀의 재주와 마음을 팔았다. 미모는 한풀 꺾일 나이일지 몰라도 재주는 경지에 오를 때였다. 장사치는 이를 팔려는 것이었다.

나라의 변화도 한몫했다. 수십 년 전만 해도 양반이면 양반 대접을 받았다. 지금은 지위보다는 재주가, 재주보다는 재물이 사람을 좌우했다. 색목인들이 대거 조선에 자리하며 벌어진 변화였다. 미국인이나 영국인을 보좌하거나 길잡이 역할을 하는 청나라와 왜국의 사람들도 재력을 일등으로 쳤다.

기녀의 주변에는 돈이 돌았다. 그리고 돈의 주변에는 사람들이 들끓었다. 기녀의 재주가 출중할수록 더 큰돈이 모였고, 주요한 외국인들이 모습을 나타냈다. 고관대작들도 새로운 조선을 이야기하며 이들과 함께 자리했다.

강석범은 이를 눈여겨본 상인이었다. 그는 은퇴를 하려는 기녀들을 모았다. 어설프게 청요리를 흉내 내려는 요리사보다 은퇴한 숙수들이 왕이 먹던 요리, 조선을 대표하는 요리를 상에 올렸다. 강석범의 생각은 적중했다. 가장 조선다운 술자리가 서양인들에게 각광을 받았다. 이제 강석범이 한양의 중심인 종로를 장악하는 것은 시간문제였다.

"강석범이 죽었습니다. 그런데 그 죽음이 아무래도 해괴합니다."

"강석범이? 그런데 해괴하다?"

"아무래도 설명하는 것보다 직접 가보시는 게 어떠하실런지요? 아침이면 도성 전체에 소문이 퍼질 겁니다. 모여든 구경꾼으로 강석범의 집은 쑥대밭으로 변할 게 빤합니다. 그뿐이겠습니까. 기별서리는 행여 권력에 관여된 일인가 싶어 붓을 들고 와 돈이 만들어질 건수가 있나 들쑤셔낼 게고, 글월 비자들은 궁녀들에게……."

내직로는 저도 모르게 탁자를 두드려댔다. 그제야 행랑아범의 부인이 차를 내왔다.

"차는 되었다. 가보자."

차를 물린 뒤 내직로는 김수도와 사랑방을 나왔다.

새벽은 여전히 짙은 쪽빛이었다. 문지기 아범이 대문 앞으로 말을 몰아 왔다. 마구가 정갈하게 얹혀졌다. 새벽 공기에 입김을 내

뽑는 말을 쓰다듬었다. 김수도가 눈인사를 하더니 묶어둔 말에 먼저 올랐다. 내직로도 말에 올랐다.

그들은 새벽을 가르며 달렸다.

강석범이 사는 곳은 서대문 근처였다. 이제 분으로 시간을 읽는 것이 익숙해졌다. 아마도 30분에서 40분 후면 서대문에 도착할 수 있으리라.

말이 가쁜 숨을 내쉬며 신작로를 달렸다. 어느새 서대문이 가까워졌다. 김수도가 속도를 늦추는 게 보였다.

내직로는 박차를 가하던 말에서 고삐를 당겼다. 사건을 보러 간다는 마음가짐은 어느새 날아갔다. 전력으로 말을 타고 새벽을 달리는 일은 그만큼 상쾌했다.

그들은 솟을대문이 으리으리한 어느 집 앞에 멈추어 섰다. 문 앞에서 대기하고 있던 나졸 하나가 문 안으로 무어라 소리쳤다. 금세 문이 열렸다.

김수도와 내직로의 말을 나졸이 마판으로 데려갔다. 내직로의 말이 마치 눈을 맞추듯 한번 되돌아보았다. 다가가 말을 쓰다듬어 주었다. 말은 그제야 빠르게 나졸의 움직임을 따랐다.

"말이 충직하군요."

"하물며 말도 저럴진대……."

내직로는 하려던 말을 멈추고 말았다. 세상은 썩었다. 매관매직은 이제 평범해졌다. 그뿐인가. 양반 계급에 목을 맨 상인과 평민들은 일을 하지 않는 양반의 특성을 파악해 족보를 샀다. 또 양자나 여러 부정한 방법으로 족보에 이름을 올려 양반 행세를 했다.

철학 역시 변하고 있다. 얼마 전까지만 해도 머리를 깎은 남자들을 보면 돌을 던지거나 욕을 해댔다. 그러나 지금은 신학문을 배운 사람으로 취급한다.

변화!

그 앞에서 조선인은 점점 무력해져가기만 한다. 무엇이 옳고 그른 것인지 왕조차 답해주지 않기 때문이다.

이런 말을 김수도에게 해봤자 부정한 관리라며 뒤에서 욕을 해댈 것이다. 오히려 봉이 김선달이라면 믿어주는 세상이니 모르는게 낫다. 지금 같은 세상에서는 서로의 속마음 따위.

성큼 몇 걸음을 걸어 건물 앞으로 다가갔다. 나졸들이 불을 밝혀 놓았다. 옆으로 굽실거리며 고개를 숙인 노비들이 보였다. 마치 그들이 죄를 지은 듯했다. 자연스레 눈길이 대청마루로 옮아갔다. 누워 있는 남자가 보였다. 그러나 다르다. 살아 있는 사람과 확연히 구별된다. 생명이 빠져나갔기 때문인가.

저 남자가 강석범인가. 낮게 되뇌었다. 순간 내직로는 자신도 모르게 숨을 삼켰다. 대청마루 구석에서 여인의 그림자를 보았기 때문이다.

"보셨습니까? 강석범이 애지중지하는 기생이라고 합니다. 이름이 천지연이라고 하더만요."

"그런데?"

"지아비의 죽음이라는 거죠. 따라서 죽겠다는 걸 겨우 말렸습니다. 그랬더니 저렇게 망부석처럼 꿈쩍 않고 자리에 주저앉아버렸습니다."

천지연이라. 그렇다면 유부기라는 뜻인가? 강석범을 남편으로 모시는?

"어째서 강석범과?"

"고아랍니다. 열두 살에 강석범을 만났는데 요즘 말로 뭐라나, 첫사랑? 그런 거라 사람들이 쑤군대더군요. 아 참, 저 여인의 재주는 창가랍니다."

"창가?"

"거 왜 있잖습니까, 부윤. 새문안교회 출신들이 불러서 전국에 퍼진 신식 노래요."

그런 것도 재주에 속하나. 엉뚱한 생각이 스쳐갔다. 하긴, 그것도 재주라면 재주인 게지. 문득 수긍하게 된다. 새로운 것을 받아들이려 노력하면서도 생각은 자꾸 반문하고 반목한다. 내직로는 그제야 알았다. 천지연은 기생이면서도 예수교 신자인 것이다.

나중에 물어야겠다. 왜 예수교 신자이면서 기생으로 사는 것인지. 내직로는 속으로 생각하며 대청마루로 다가갔다.

가까이 다가갈수록 시체가 확연히 보였다. 시체는 옆으로 뉘어졌다. 그 위를 홑이불로 덮어놓았다.

내직로가 김수도에게 눈짓했다. 김수도는 다시 나졸에게 눈짓한다. 나졸이 마루로 올라가 홑이불을 벗겨냈다. 동시에 흡, 숨을 삼키고 말았다.

강석범의 시체는 활을 맞은 모습이었다. 뒤에서 강석범을 뚫어 화살촉이 가슴을 뚫고 나왔다. 다만 화살촉이 겨우 가슴을 뚫은 것으로 보아 멀리서 활을 맞았거나 힘이 약한 사내가 쏜 화살로 판단되었다.

"죽음은 안타까우이. 새로운 일을 많이 할 사람이었는데. 뒤에서 화살을 쏘다니, 쏜 사람이 비겁했네그려. 그렇지만 평범하다면 평범한 죽음이 아니지 않은가. 뒤에서 누군가에게 활을 맞은 것이 왜 해괴하다는 것인지……."

내직로는 김수도를 보았다.

"자세히 좀 살펴보십시오."

내직로는 마음을 단단히 먹었다. 시체를 보는 일이 솔직히 달가울 리 없었다. 가까이 다가갔다.

화살촉에 姜(강)이라는 글씨가 보였다. 가만, 그렇다면 화살이 강석범의 것? 황급히 대청마루를 살폈다. 서서 바라보는 저만치 왼쪽에 활대가 아무렇게나 뒹굴고 있었다.

"왜 이렇게 마루를 어둡게 했는가?"

시체와 사건을 살피려면 대낮처럼 환히 불을 밝혀도 모자랐을 터였다. 내직로는 저도 모르게 김수도를 닦달했다.

"그게, 가까운 몇 사람 빼고는 시체 주변을 최대한 보이지 않게 해놓느라 그랬습니다. 해괴한 소문이 궁에도 좋을 게 없을 듯해서……."

김수도가 말끝을 뭉갰다.

"이런. 그랬는가. 내 생각이 짧았네."

사려 깊다는 생각에 다시 한 번 김수도를 보았다. 내직로는 김수도에게 눈짓한 후 함께 흑피혜를 벗고 대청마루로 올랐다.

홑이불을 완전히 걷어냈다. 그제야 상투부터 버선까지, 죽은 강석범을 샅샅이 훑을 수 있었다.

강석범의 표정은 일그러졌다. 활이 가슴을 뚫었기 때문인지, 아니면 생전에 부여잡은 의지 때문인지는 알 수 없었다. 목을 살폈다. 약간의 찰과상이 보였다. 옷을 벗겨보고 싶었다. 그러나 이 분야는 전문적인 지식을 가진 사람의 몫이었다.

제중원을 맡고 있는 빈턴 선교사가 떠올랐다. 조선의 의술은 절대적인 변화를 맞고 있었다. 외과의들의 약진이 대표적이다. 제중원 원장인 빈턴이 바쁘다면 브라운을 통해 과거 원장인 알렌에게도 연락해볼 수 있으리라.

화살을 살폈다. 화살은 등을 뚫고 가슴으로 튀어나왔다. 화살촉에 피가 어려 음각된 '강'이라는 글자가 더욱 돋보였다. 그 '강'이라는 글자가 의문스러웠다.

죽은 강석범의 등을 보았다. 화살의 뒷부분이 보이지 않았다. 부서져 떨어져나갔거나 누군가 부순 뒤 가져갔다는 뜻이 된다. 의아한 것은 몸을 뚫지 않은 등 뒤쪽 화살의 남은 부분부터 부서진 화살 사이 반 척(약 10센티미터)이 조금 못 된 곳이 피에 젖어 있었다. 누군가 화살을 뒤에서 뽑으려 했거나 건드려 부서뜨렸다는 뜻이다.

"시체는 어떻게 쓰러져 있었다고 하던가?"

"모로 눕기는 했는데 화살촉이 있는 가슴 부분부터 땅에 닿아 있었지요."

김수도가 내직로의 질문에 답한다.

내직로가 벌떡 일어섰다. 화살은 뒤에서 날아왔다. 뒤를 살폈다. 멀지 않은 곳을 별채가 막고 있다. 그렇다면 누군가 별채에서 화살을 쏘았을까? 아니다. 별채가 있는 정도의 거리에서 화살을 쏘았다면 웬만해서는 화살이 사람을 완전히 뚫고 나오거나 그에 상당한 정도로 몸을 뚫었어야 한다. 그런데 화살을 건드린 걸 감안해도 이 화살촉은 강석범의 가슴을 겨우 뚫은 정도에 불과했다.

이상하다. 보통 화살을 겨누어 맞힐 정도의 실력이라면 이래서는 안 된다. 김수도의 생각도 내직로와 같지 않았을까? 뒤를 살피던 내직로가 김수도를 보자 그도 고개를 젓는다. 여자라면? 가만, 저 기생이라면?

고개를 마루 구석으로 돌렸다.

기생이 보였다. 천지연이라 했던가. 기생이라는 사실을 몰랐다면 양반집 규수라고 해도 어느 하나 부족해 보이지 않았다. 아니다, 저 여인은. 직감이 내직로를 부추겼다. 생각을 감추며 물었다.

"저기……. 이 화살은?"

"바깥어른의 것입니다."

천지연이 잠시 숨을 골랐다.

"바깥어른의 집안이 과거 대대로 무관의 집안이라 들었습니다. 물론 집안이 몰락하며 장사치가 되어버렸지만……. 화살은 분명이 집안의 것입니다."

강석범에 대해 천지연이 설명한다.

몰락한 양반. 무관의 집안. 서른다섯 살의 사내. 누구보다 먼저 세상이 변했다는 것을 감지한 인물. 어떻게든 재력으로 나라의 중심에 끼려던 투지의 신지식인.

강석범은 어젯밤 늦게 동업을 하는 미국인과 함께 술을 마셨다고 한다. 사업상 대화에서 천지연은 늘 외면을 받았다. 멀리서 지켜보던 천지연은 두 사람을 남겨둔 채 잠자리에 들었다.

"이번에 승부를 보려 했습니다."

"승부라니요?"

"사업을 번창시킬 일생일대의 기회라고 했습지요."

다소곳하게 무릎을 꿇은 천지연이 그윽한 눈길로 내직로를 바라보았다. 흡, 숨이 막히는 듯했다. 가히 절세의 미모였다.

"왜 결혼을 하지 않으셨소?"

"원치 않으셨습니다. 바깥어른이라 부르는 것도 원치 않으셨고요. 때가 되면 이유를 말씀해주시겠다고만 하셨습니다."

바보같이. 시체를 앞에 두고 엉뚱한 것을 묻고 말았다. 몇 번이나 숨을 삼키고 천지연을 보았다.

"생은 생이고 사는 사지요. 산 사람은 살아야 하니. 다만 죽음에 의혹이 있다면 한 점 의심도 없이 밝혀야겠지요. 강석범이 보려던 승부가 무엇이오?"

"기생에 관계된 것이라 들었습니다."

"기생이라니? 기생이라면 지금 하는 일이랑 하등 다를 바 없지 않소?"

"자세한 사연은 알지 못합니다. 함께 일을 하는 외국인 무역상이 있었습지요. 어제도 그분과 이곳에서 술을 드신다 하셨습니다. 아마도 그분께 여쭤보시면 세세하게 알려줄 것입니다."

천지연이 익숙한 발음으로 한 남자의 이름을 말했다.

마이클 델라.

의문은 세 가지 정도로 압축되었다.

첫 번째. 어떻게 해서 강석범은 자신의 화살에 맞게 되었을까.

여기서 의문은 더욱 커진다. 강석범의 화살이었다. 누군가 가져 갔다고 치자. 그런데 화살을 등에서부터 맞았다. 대청마루 뒤가 뚫려 있다고 해도 곧바로 별채가 막고 있다. 누군가 표적을 정해 멀리서 화살을 쏜다는 것은 불가능하다.

두 번째. 어젯밤에 무슨 일이 있었을까.

강석범은 마이클과 술자리를 한 것 같았다. 살인자가 집 안 내부에 있었다면, 왜 자고 있었던 천지연을 살려둔 것일까. 또한 집 안 내부에 살인자가 있었다면 서로가 안면을 튼 사이라는 뜻이 된다. 마이클의 일행이라고 볼 수도 있다. 그렇다면 마이클은 어떻게 되었을까?

세 번째. 강석범이 승부를 보겠다던 사업은 무엇일까.

여러 정황으로 미루거나 경험으로 보아도 남자의 무리한 사업이 원한의 발단이 될 확률이 높았다.

이 세 가지 의문을 우선해서 강석범의 죽음을 파헤쳐보자.

생각을 갈무리하며 내직로는 마루 바깥을 보았다. 죽은 강석범의 시체 옆으로 섰다. 뒤로는 야트막한 산이, 눈앞으로 화창한 하늘이 보였다.

좋은 지리를 갖추었다. 그런데 이곳에서 강석범이 화살에 맞았다. 마루 뒤에는 별채가 있다. 별채 어디에서도 화살을 겨누기가 쉽지 않다. 앞은 솟을대문이 막아섰다. 귀신이 아닌 바에야 화살을 뒤로 쏘고도 피 묻지 않은 화살이 등을 뚫고 나올 수는 없다. 무조건 화살은 뒤에서 맞은 것이다.

내직로에게 새로운 의문이 떠오른 것은 바로 이때였다. 앞뒤가 막힌 이곳에서 강석범이 화살을 맞았다니, 어떻게? 과연 그게 가능해? 내직로의 머릿속이 어지러워졌다. 소름이 돋으며 공포가 다가왔다. 김수도가 말한 '해괴하다'의 정체를 깨달았기 때문이다.

고개를 저으며 내직로는 혼잣말을 내뱉었다. 이 죽음은 무언가 불합리하다!

3
마법사, 그대의 이름은 셜록 홈즈

"자, 이제 배를 가를 겁니다. 보기가 힘들지도 모르니 고개를 돌리셔도 됩니다."

알렌은 여인에게, 여인은 내직로에게 말한다. 모골이 송연할 텐데 여인은 꿋꿋하게 시체에서 눈을 떼지 않았다.

명주로 입을 막았지만 욕지기가 밀려들었다. 여인의 말처럼 내직로는 고개를 돌리고 싶었다. 참혹한 광경이었다. 사람이 죽으면 저렇게 되는 건가.

알렌을 통해 많이 배웠다.

시체에는 반드시 흔적이 남는 법이란다. 억울함이 없도록 하라, 라던 『신주무원록』과 같지만 달랐다. 둘 모두 해결을 염두에 둔 이야기이다. 그러나 알렌이 말하는 서양의 이야기가 이성에 바탕을 두었다면, 조선 아니 동양의 것은 감정에 기반하고 있다.

내직로는 알렌이 말하는 흔적을 찾으려 모두의 반대를 무릅썼다. 그만큼 해부를 한다는 것은 위험을 무릅써야만 한다. 다행히 강석범이 기생이나 관리하는 치였기에 내직로의 말을 끝까지 반대하지 못했다.

내직로는 한성부 판윤에게 이렇게 말했다.

"돈이 최고라는 사람이었습니다. 그 결과가 살인이라는 사실을 밝혀 세상 사람들에게 고하는 것이야말로 철학이 사라지는 시대에 그 어떤 행동보다 모범이 될 것입니다."

고민하던 판윤이 말했다.

"배를 가르도록 하라!"

배를 가르는 것을 두고도 알력 다툼이 벌어졌다. 청을 통해 외과술을 배운 의원과 브라운을 통해 계보가 형성된 서양의학파 사이에서 '내가 최고다' 인정을 받으려는 사람들 때문이었다.

내직로는 판윤보다 더 크게 말하고 싶었다. 바보 같은 정치인들아! 그러나 그는 판윤의 숨소리보다 작게 속으로 삼켰다. 나 역시 바보 같은 정치인이오!

관리가 된 지 햇수로 10년. 서른 초반이 되도록 열심히 살았다. 그러나 모르겠다. 산다는 것이 저렇게 배를 갈라 오장육부를 꺼내 보이는 일보다 나은 것인지.

"……하십니다."

"네?"

알렌을 돕는 간호사였다. 이와선이라고 했던가. 강단 있고 이지적이며 올곧은 여인이라는 느낌이었다. 아름다웠다. 색이 넘쳐 반하게 되는 천지연과는 상반되는, 묵화와도 같은 여인이다.

"화살이 정확히 심장을 관통했다 하십니다. 즉사를 하였거나 큰 고통 없이 눈을 감았을 것이랍니다."

알렌이 내직로를 바라보며 무언가를 말했다. 가만히 듣고 있던 와선이 내직로를 향해 물었다.

"부윤 어른. 소녀가 궁금한 것이 있습니다."

눈을 내리깔며 묻는 모습에 그만 넋이 나갈 뻔했다.

"마, 마마, 말하거라."

말이 통하지 않을 텐데도 알렌이 내직로를 바라보며 쿡 웃는다. 잠시 시간을 두었다 알렌이 말한다.

"내직로 부윤. 우리 와선 간호사를 보며 반했나 봅니다. 하긴 의녀들과는 느낌이 다를 테니. 시체 부검에 관한 것은 저도 조선말이 어려워 통역을 부탁했으나 당신의 말더듬은 말하지 않아도 보이는군요."

알렌의 말에 오히려 와선의 얼굴이 붉어졌다. 헛, 큰기침을 내뱉은 뒤 내직로는 강석범의 죽음에 관한 의문을 늘어놓았다.

"저기 사체라는 말은 동물에나 쓰는 말입니다. 사람이라면 응당 시체이지요."

짐짓 알은체를 했다. 내직로는 목소리에 힘을 주었다.

"무엇보다 이상한 것은 어떻게 강석범이 화살을 맞았는가 하는 것입니다. 강석범은 그의 집 대청마루에서 화살을 맞았습니다. 보시다시피 가슴을 관통했고요. 강석범의 집 앞은 야트막한 내리막 길이라 담에 올라서거나 하지 않는 한, 집 앞에서는 화살을 조준할 수가 없습니다."

"담에 올라섰을 수도 있지 않습니까?"

알렌이 물었다. 그런데 순간 이와선이 아니라고 고개를 젓는다. 알렌이 알아듣게끔 영어로 무어라 이야기한다. 알렌이 크게 고개를 끄덕였다. 무슨 일인가 싶어 저절로 와선에게 눈이 고정된다.

"화살의 방향이 달라졌을 거라 와선이 말하는군요. 듣고 보니 그러네요. 거상의 집이라면 큰 대문이 있었을 거라고. 무엇보다 뒤에서 화살을 맞았으니 너무나 멍청한 질문이라고 와선이 말하는군요."

알렌이 격의 없이 웃었다.

"실은 뒤에서도 활을 쏘기가 힘들었습니다. 뒤에는 별채가 있었습니다. 별채에는 부인이라고 해야 할지……."

천지연의 수척한 얼굴이 떠올랐다.

"여하튼 다른 사람이 잠들어 있었습니다. 인시가 지나, 그러니까 새벽 3시경에 별채에 있던 천 여인이 일어났습니다. 그리고……."

내직로는 시체를 바라보았다.

"죽은 강석범을 발견했다 합니다."

와선과 알렌이 고민에 빠지는 모습이었다.

"더 해괴한 것은 화살이 바로 죽은 강석범의 것이었답니다. 천 여인이 기억하기로, 또 집 안에 있던 하인이 기억하기로도 사랑방에 있던 활과 화살은 어떤 경우에도 타인에게 넘겨주는 일은 없었답니다. 몰락한 양반이었던 탓에 과거를 기억하는 가보 같은 것이었다는군요."

내직로는 알렌을 향해, 사실은 와선을 향해 최대한 친절하게 설명했다.

"불가능한 살인에는 불가해한 음모도 도사리는 법이지요."

와선이 생각에 잠긴 채 중얼거렸다.

"네?"

내직로는 와선의 말을 듣지 못해 되물었다.

"아, 아니옵니다. 소녀가 그만 주제넘은 말을 꺼내고 말았습니다. 심려하지 마십시오. 제가 실언을 했습니다."

와선이 얼른 고개를 숙였다. 그런데 내직로의 마음이 동했다. 저리도 소탈하고 아름답다니. 매파를 통해 혼인을 청해보아야겠다는 엉뚱한 생각마저 들었다.

"Over the rainbow, Wizard comes here."

알렌이 내직로에게 말했다. 내직로가 뚱한 눈으로 와선을 보았다.

"무지개 너머에서 마법사가 이곳에 왔다고 하십니다."

"마법사라니?"

"조선에는 살인 사건을 수사할 수 있는 디텍티브……. 마땅한 조선말이 없군요. 탐정이랄까요, 아니라면 정탐꾼이라고 할까요……. 어쨌든 그런 사람이 없습니다. 그런데 평민이든 양반이든 관청을 거치지 않고 살인 사건을 수사한다면 오히려 반대에 부딪치지 않겠습니까?"

"당연한 말이오. 엄히 국법으로 다스려야 할 일이 아니겠소?"

"그렇지요. 하지만 영국이나 미국에서만 해도 이런 탐정의 활약은 놀랍지 않습니다."

"그렇다면 마법사라는 말은?"

"세계적으로 명성이 자자한 마법사, 아니 탐정이 이곳에 있다는 말씀을 알렌 경께서 비유적으로 표현하신 것입니다. 부윤 어르신께서 허락만 하신다면 사건을 해결하러 무지개 너머까지 갈 수 있다는 뜻이겠지요."

"무지개 너머의 마법사라!"

고민은 오래가지 않았다. 내직로는 알렌을 향해 고개를 끄덕였다. 알렌이 콧노래를 부르며 앞장섰다.

내직로는 칼을 허리춤에 차고 알렌, 와선과 함께 한성부를 나왔다.

"제중원까지 걸어갑시다. 사람들도 구경하면서."

한시가 급하다 말하고 싶었다. 그런데 멀찍이 알렌이 앞장서 간다. 그제야 알렌의 깊은 마음을 알 수 있었다. 알렌은 내직로가 와선을 마음에 들어 한다는 걸 대번에 알아차렸다. 그래서 제중원까지 걸어가자고 말해 내직로에게 와선과 이야기를 나눌 시간을 벌어준 것이었다.

"저저저, 알렌 공사님. 같이 갑시다."

바보같이 말을 더듬고 말았다. 그러자 와선이 쿡, 웃음을 터뜨렸다. 내직로의 마음도 모른 채 어디선가 낙엽이 날아와 얼굴을 더듬었다. 그 바람에 알렌이 몇 걸음 더 앞섰다.

"저기, 마법사의 이름이라도 알고 싶습니다."

"가보시면 알 겝니다."

알렌의 말에 와선이 입술을 가리며 웃었다.

내직로는 와선과 나란히 걸었다. 심장 한곳이 뜨겁게 뛰었다. 그런데 와선이 듣지도 보지도 못한 이야기를 했다.

랭보를 아느냐, 혹시 신식 창가를 불러본 적 있느냐, 서양의 옷, 즉 양복을 입어본 적 있느냐, 여성의 직업 참여에 대해 어떻게 생각하느냐…….

내직로는 그만 알렌을 향해 크게 소리치고 말았다.

"공사님, 같이 가십시다."

생각해본 적 없던 질문이어서 무던히 당황하고 말았다.

가만히 뒤돌아보던 알렌이 걸음을 멈추고 기다린다. 그가 빙긋 웃었다.

시간을 벌어준 것이라 생각했건만 알렌에게 당했다. 황급히 알렌에게 걸어가 곁에 서자 그가 묻는다.

"저래도 괜찮으시다면 제가 다리를 놓아드리시요."

알렌은 껄껄껄 웃어젖혔다.

거리 곳곳은 물건을 사려는 사람들로 넘쳐났다. 그들을 피해 종각에 다다랐다. 종각에서 우측으로 꺾자 광통교가 저 멀리 모습을 드러냈다. 광통교를 지나 구리개(현재의 을지로)에 다다랐다. 제중원이 보였다.

제중원 문 앞에 이르자 처음 듣는 가락이 들려왔다. 놀라서 와선을 바라보았다.

"어머. 바이올린이네!"

내직로와 알렌을 향해 목 인사를 한 와선이 제중원 안으로 뛰어들었다.

어리둥절해진 내직로는 눈길로 와선의 꽁무니를 좇다 알렌에게 이끌리다시피 제중원으로 들어갔다. 환자실 안에는 사람들이 모여 있었다. 침대 하나를 빙 둘러싼 모양새였다. 무리 속에서 낭아한 소리가 울려 퍼졌다.

어떻게든 무리 속으로 끼어들려는 와선이 신기하게 느껴졌다. 내직로는 와선에게 다가갔다.

"무엇입니까?"

"바이올린입니다."

와선에게 외국인 한 명이 귓속말을 했다.

"멘델스존의 〈무언가〉라는 곡이랍니다."

내직로는 와선의 말 하나하나에 충격을 받았다. 더 정확하게는 귀신에 홀린 듯했다. 어찌 이리도 문화가 다른 여인이 조선에 있었단 말인가. 그런데 한편으로 신비하고 아름다웠다. 저토록 솔직하게 감정을 표현하는 여인이라니. 묵묵히 슬픔을 감추고 무릎을 꿇은 채 앉아 있던 천지연과는 너무나 대비되는 모습이었다.

"만데……."

발음조차 되지 않았다. 그동안에도 처음 듣는 소리가 환자실을 타고 넘었다. 느린가 싶더니 어느새 흥겨운 노래로 바뀐다. 마치 베틀을 돌리듯 경쾌해졌다.

　이때 바이올린을 켜던 남자가 침대에서 환자실 중앙으로 나왔다. 연주에 몰입한 듯했다. 그런데 아니었다. 연주자는 바깥으로 나와 내직로를 살펴보는 중이었다. 흘금 눈길을 주었을 뿐이지만 분명했다.

　유려하게 연주를 멈추더니 그가 허리를 숙여 인사한다. 환자들이 남자를 향해 박수를 보냈다.

　침대를 둘러쌌던 사람들이 금세 흩어졌다. 알렌과 와선이 무어라 말하기도 전에 남자가 내직로를 향해 손가락을 까닥거렸다. 가까이 오라는 뜻인 것 같았다.

　"모욕적이군!"

　"이해하십시오. 조선에는 얼마 전에 처음 오셨습니다."

　와선이 내직로를 어르는 찰나 남자가 무어라 말했다. 제법이나 빠른 말투였다. 순간 와선이 얼어붙는다.

　"불가능한 살인 때문에 오신 것이 아니냐고 물으십니다."

　불가능과 살인, 처음 듣는 단어의 조합이었나. 때문에 신선히게 들렸다. 불가능한, 살인이라니! 뜻을 생각하다 볼이 경직되었다.

　불가능한 살인!

　하마터면 비명을 내지를 뻔했다.

　살인을 해결해야만 한다는 일념에 사로잡혀 어떤 살인 사건인지 생각해보지 않았다. 그런데 저 남자, 가려운 곳을 정확히 긁었다. 내직로가 이 사건을 판윤에게 읍소해 해부를 한 이유가 그것이었다. 불가능한 살인.

"어, 어떻게 그것을 맞히셨는지 물을 수 있겠소?"

뒤돌아보았다. 알렌은 팔짱을 끼고 상황을 관망했다. 마치 다 알고 있다는 듯. 반대로 와선은 내직로의 말을 통역하기 바빴다.

"칼을 찼다는 것은 군인이거나 비슷한 일, 영어로 폴리스라고 하는데, 조선말로 무어라고 해야 할지요. 관원 정도라고 할까요. 그냥 지금 부윤이 하시는 일이라고 생각하시면 될 듯합니다. 거기에 알렌 경의 약간의 과장이 더해져 홈즈 씨를 마치……."

"마법사!"

내직로는 낮게 신음하고 말았다.

알렌의 말이 틀리지 않았다. 어쩌면 저 남자는 마법사일지도 모르겠다. 까짓 체면, 버리기로 하자. 조선인이었다면 경을 칠 일이겠지만 영국인이다. 그에게 사건에 대해 고견을 듣는다고 포장한다면 판윤이나 당상관들도 고개를 끄덕이며 넘어가지 않을까.

내직로는 알렌과 함께 침대 곁에 앉았다.

와선이 내직로를 소개하자 그는 곧바로 사건에 대해 설명했다. 강석범의 죽음, 불가능한 살인에 대해. 그런데 설명이 끝나자마자 홈즈는 껄껄 웃기 시작한다.

"사건은 해결되었습니다. 아, 죄송합니다. 정정하지요. 사건이 불가능하지 않다는 것을 해결했다고 할까요. 다만 범인에 대한 것은 알지 못하겠습니다. 그것은 조금 더 사건을 들쑤셔보아야겠습니다. 언제 제가 현장으로 가볼 수 있습니까?"

홈즈는 여전히 웃음을 잃지 않은 채 내직로에게 물었다.

"지금이라도 가능합니다."

그때 갑자기 홈즈의 손이 덜덜덜 떨리기 시작했다. 이내 눈이 까뒤집히는가 싶더니 정신을 잃었다. 와선이 재빨리 알렌과 함께 치료에 돌입했다. 와선이 속삭였다.

"아편중독입니다."

내직로는 낮게 한탄했다. 불가능한 살인에, 마약 환자라니. 내직로는 마법사, 아니 귀신에 홀린 듯 주저앉고 말았다.

4
조선 의녀 와선, 홈즈의 왓슨이 되다!

와선은 화들짝 놀랐다. 홈즈는 이렇게 말했다. 사건은 해결되었습니다. 다만 범인은 알지 못하겠습니다.

'천리안(千里眼)'이라는 말이 있다. 가만히 앉아 천 리를 내다보는 혜안을 가졌다는 뜻이다. 바람에 실려 오는 모든 이야기를 듣는다는 '순풍이(順風耳)'와 함께 도교의 수호신이다. 범상하지 않은 사람이라고는 생각했지만 홈즈는 마치 천리안이자 순풍이인 듯했다.

알렌과 처음 만났던 날, 그는 고개를 저으며 한숨을 쉬었다. 그리고 혼잣말을 했다. 아닐 거야. 그 셜록 홈즈는 아닐 거야.

'그 셜록 홈즈'라는 알렌의 말은 어떤 의미였을까. 생각에 잠긴 와선을 내직로가 쏘아보았다. 한심하다는 눈빛이었다. 하긴 그럴지도 모르겠다. 남이 보기에, 홈즈가 내뱉은 말은 그저 아편중독자가 지껄인 헛소리에 불과할 뿐이었다.

홈즈의 숨소리가 일정해졌다. 느려졌던 맥박도 돌아왔다. 한숨을 돌리고 홈즈의 얼굴을 보았다. 많이 나아졌다. 그는 잠시 발작을 일으켰을 뿐이다. 아편중독은 청나라 사람들을 갉아먹었다. 조선인도 그렇게 되지 말란 법은 없다. 나라 전체가 아편으로 사라질지도 모른다.

"깨어나면 한성부로 연락하시겠나?"

내직로의 목소리에는 확신이 빠져 있었다. 다만 와선을 바라보는 눈빛만은 총총했다.

"그리하겠나이다."

와선이 대답하자 내직로는 미련 없이 되돌아섰다. 하긴 내직로에게는 살인 사건의 해결이 우선이다. 홈즈야 그저 스쳐가는 나그네에 불과할 것이다.

내직로가 떠나고 하루가 지났다. 홈즈는 마치 한 살배기 어린아이처럼 옹알이를 하고 고통에 신음하기를 반복했다.

이슥한 밤이 되었다. 고통에 신음하는 홈즈의 손을 가만히 쥐었다. 와선은 그를 위해 기도했다. 당신은 조선에 당도하며 저와 처음으로 눈을 맞춘 사람입니다. 깨어나세요, 아프지 마세요.

남들이 보았다면 사랑하는 사람을 위해 혼신을 다하는 성인처럼 생각하지 않았을까. 와선은 화들짝 놀라 손을 놓았다.

환자인가, 아니면 그 이상인가. 가만히 홈즈를 바라보았다. 알렌은 이미 가늠을 끝낸 듯했다. 알렌이 그랬다. 홈즈를 그녀에게 맡기겠다고. 비단 간호만을 말한 것은 아니었으리라.

한숨이 일었다. 알렌은 조선의 아녀자에게 남자를 맡긴다는 말이 어떤 뜻인지 깊이 생각이나 했을까. 그런데 픽 웃음이 새 나왔다. 내가 이렇게 고리타분한 사람이었다니. 와선은 스스로에게 놀라 고개를 저었다.

아버지 이제마는 방랑자이자 기인이었다. 서자라는 신분도 한몫했다. 학식이 뛰어나도 양반보다 아래이고, 기술을 배우면 상놈보다 못하다는 소리나 듣는다. 그게 서자였다. 부모가 죽어도 제사에도 끼지 못하는 천민과 다름없는 존재! 아버지에게 서자라는 신분은 올가미나 다름없었으리라.

한번은 아버지가 만주 일대를 방랑했다. 살아가는 목적을 잃어버렸기 때문이라고 했다. 아버지 나이 스무 살을 갓 넘어섰을 때였다. 만주를 돌아 함경도까지 다다랐다. 정평에 이르러 하룻밤 신세를 지게 되었다. 잠을 자려다 벽에 발린 글을 보게 되었다. 성현은 배움으로 된다, 라는 간단한 글이었고, 이를 풀어 설명했다. 백여 년 전 관리였던 한석지의 글이었다.

눈이 번쩍 뜨였다. 그때까지 아버지는 신분의 벽에 신음하고 있었다. 벼슬에 나가지 않은 이유도 그래서였다. 서자인 아버지는 스스로 체념했다. 만주 여행은 아버지를 바꾸어놓았다. 이후 아버지는 무시로 만주 일대를 나다녔다. 아버지 스스로 배움으로 성현이 되려는 길을 걸었던 것이다.

언제인가 그랬다. 만주를 배회할 때 이미 사상과 의학은 완성했노라고. 무예 역시 마찬가지였다 한다. 아버지 이제마는 무와 문, 의학에까지 두루 통달했던 것이다.

아버지는 만주를 돌며 새로운 철학을 받아들였다. 모두가 평등하다는 천주교의 말에 귀가 열렸다. 물론 이러한 것들을 곧이곧대로 받아들이지 않고 아버지는 조선에 맞게 변형하고 바꾸었다.

최근에 부쩍 아버지가 다방면에 열을 올리는 이유도 그래서였다. 아버지는 "조선에는 새로운 의학이 필요하다! 조선인의 체질을 분류하고 세분화시키면 질병도 미리 예방할 수 있다! 그러려면 체질에 따라 쓰는 약조차 달라야 한다. 먹고 입고 쓰고 생각하는 방식도 변해야 한다."라고 말했다.

아버지는 이를 사상의학이라 칭했다. 사상의학을 완성한 것은 이미 오래전이었다. 아무리 좋은 이론이라도 실체와 실천이 없다면 거짓 탁상공론에 불과하다. 이론을 실체로 검증하는 데 시간이 걸렸다. 아버지 스스로 확신이 필요했던 탓이리라.

아버지의 이야기를 받아 적으며 와선은 꿈을 꾸었다. 의학서를 만드는 꿈이었다. 아마도 열두 살 즈음이었으리라. 그날도 빼곡히 한지에 글을 받아 적었다. 그러다 문득 아버지의 눈길을 느꼈다.

"왜 그러십니까, 아버지?"

와선이 웃으며 물었다.

"나는 서자였다지만 너는 여자라서 어쩌누?"

아버지의 표정은 어느 때보다 서글퍼 보였다. 와선은 그때, 아버지의 이야기를 알아듣지 못했다. 그런데 지금은 누구보다 잘 안다. 이 땅에 계급이 있다면 양반, 중인, 상민, 천민에 이어지는 다음이 여자가 아닐까.

아버지는 귀를 열고 눈으로 보아야 한다 가르쳤다. 와선을 외국으로 보내려 한 것도 이 때문이었다. 아버지의 곁에서 글을 쓰고 약을 지으며 지내겠다고 우겼지만 허사였다. 결국 조선에 왔던 선교사를 따라가게 되었다.

10년이 넘는 동안 눈물로 세월을 보냈다. 아버지가 그랬다. 양반을 양반 바깥에서 보자면 그들만큼 썩어빠진 존재도 없다고. 아버지의 말은 틀리지 않았다. 바깥에서 조선을 생각하고 바라보며 알게 되었다. 이제 조선은 변해야 한다. 다만 무엇부터 해야 할지 와선은 알 수 없었다.

"무엇을 해야 좋을지 모르겠습니다."

와선을 양녀로 입양해 데려갔던 선교사에게 물었다. 그녀의 이름이 루이즈였다. 와선의 미들 네임에 루이즈가 사용된 이유기도 했다. 와선을 데려갔던 선교사 루이즈는 미네소타에 있는 미니애폴리스에 살고 있었다.

"아버지가 의사이지 않느냐?"

루이즈 여사가 물었다. 반은 맞고 반은 틀린 질문이었다.

"의사는 힘들겠지만 간호사가 되어보는 건 어떻겠니? 나라는 그저 울타리란다. 사람이 먼저지. 사람을 살릴 수 있다면, 나라도 살릴 수 있을 거야."

루이즈의 말이 깊은 울림이 되었다. 그즈음에야 뼈저리게 아버지의 말이 다가왔다.

나는 서자였다지만 너는 여자라서 어쩌누?

아버지가 자신을 해외에 보낸 이유를 와선은 그제야 깨달았다.

와선은 결심했다. 아버지가 아닌 자신이 살아가기 위해서였다. 조선에서 말하는 의녀, 적어도 간호사라면 해볼 만하겠다. 플라타너스 잎이 바람에 낙하하던 열일곱 살 늦가을이었다.

"눈물을 닦으세요."

번뜩 정신이 들었다. 조금 전까지 의식을 잃었던 홈즈가 와선에게 말한다.

"당신은 총명합니다. 헛된 과거나 잘못된 굴레에 스스로를 가두지 마세요. 당신이…… 아이린과 같은 도둑이 되지 않는다면, 아니 도둑이 될 수 없기에, 저는 누구보다 당신을 지지할 것입니다."

홈즈는 잠꼬대 같은 이야기를 건넸다.

아이린이 누구지? 잠시 생각에 빠졌다. 10년 넘게 미국에서 생활했다. 영어를 익히기 위해 하루도 거르지 않고 신문을 읽었다. 아이린이라는 유명인이 있었던가.

와선은 고개를 저었다.

순간 홈즈가 아, 감탄사를 내뱉었다. 기억에 잠긴 듯했다. 그러나 와선에게 설명할 마음은 없는 듯 침대에 누워 긴 손가락으로 입술을 매만졌다.

"거울을 좀 주시겠습니까?"

홈즈가 부탁했다.

간호사실을 뒤져 손거울을 홈즈에게 건넸다.

문득 홈즈의 얼굴을 들여다보았다. 가뭇한 수염이 얼굴 전체를 덮었다. 날카롭게 쏘는 눈이 수염 속에서 빛났다 사라진다. 가느다란 매부리코는 빈틈없어 보였다. 특히 각진 턱이 더해지며 쉽게 타협하지 않을 듯한 강인한 인상을 풍겼다.

무엇을 보고 싶었던 것일까. 저 얼굴이었을까. 그런데 홈즈가 거울을 와선에게로 돌렸다.

"당신을 바로 보십시오. 당신은 어떻게 생겼습니까?"

타인에게서 처음 듣는 질문이었다. 거울을 본다는 것은 오롯이 내 얼굴을 본다는 지극히 개인적인 의미를 담고 있다. 그런데 홈즈가 와선의 얼굴을 비추며 어떻게 생겼는지 물었다. 당황스러웠다.

"자자, 조금 마음을 가라앉히고 당신의 얼굴을 보세요. 어떻게 생겼습니까? 그것을 한번 표현해주시겠습니까?"

머뭇거리던 와선이 용기를 냈다.

"동그랗고 통통한 얼굴입니다."

순간 홈즈가 와선의 말을 정정한다.

"동그랗고 보기 좋게 통통한 계란 모양의 얼굴입니다."

홈즈의 말에 와선은 풉, 웃음을 터뜨리고 말았다. 홈즈를 슬쩍 곁눈질하니 그도 웃고 있었다.

"쌍꺼풀이 없는 눈에 살짝 하늘색 마스카라가 더해졌습니다. 웃으면 눈은 반달이 되고 그때는 눈이 거의 감기다시피 합니다. 옅은 분홍색 루즈를 발랐고 그런 탓인지 얼굴 전체를 보면 조선인이라는 느낌보다는 어정쩡한 서양인의 냄새가 나는 듯합니다."

"아니! 그것으로는 약합니다. 당신의 얼굴에는 의지가 느껴집니다. 특히 꼭 다문 입술에서 스스로 마음속에 담아둔 강렬함이 보입니다. 언뜻언뜻 당신은 자주 하늘을 바라봅니다. 그것은 저 너머에 두고 떠나온 또 다른 가족을 생각하는 것일 수도 있고, 아니면 의지가 관철되지 못하는 조선의 상황에 염증이 났는지도 모릅니다."

하, 와선은 한숨을 내쉬고 말했다.

"당신은 왼손잡이입니다. 특히 잘 훈련된 왼손은 어떤 상황에서도 주사를 놓을 줄 압니다. 오랫동안 조선의 음식을 그리워했다면 오른손을 써야겠지만 양손을 모두 사용합니다. 이것은 당신의 합리성을 말합니다. 적어도 당신이 가진 의지와 합리성은, 변화를 맞은 조선에 상당한 힘이 될 것입니다. 그러니⋯⋯."

홈즈는 힘에 겨운지 잠시 말을 멈추었다.

"갈등하지 마십시오. 무엇보다 당신을 미국으로 보낸 아버지를 원망하지 마세요. 이곳으로 돌아온 당신을 아버지는 오랫동안 그리워했습니다. 당신도 마찬가지고요. 사람은 그래요, 때론 돌려 말하는 것보다 직설적으로 말하는 게 나을 때가 있지요. 당신도, 아버지도, 무언가 가지고 있는 뜻을 펼치지 않고 있습니다. 못 해서가 아니라, 하지 않고 있는 것입니다. 조선인으로서 조선에 대한 책임을 다하십시오. 나머지는 역사가 알아서 할 것입니다."

마치 엄격한 교장처럼 홈즈가 말한다.

와선은 홈즈를 바라보았다.

"그래도 될까요?"

무심결에 묻고 말았다.

"당연히! 왜 안 되겠습니까?"

Of course. Why not? 간단한 두 문장에 그만 마음이 무너져내렸다.

"아버지를 찾아가세요. 그간 못 했던 이야기를, 딸처럼, 아니 딸로서 하십시오. 기다리고 있을 겁니다."

와선의 주먹에 꽉 힘이 들어갔다. 그녀는 눈물이 나려는 것을 겨우 참았다.

"아니요. 그것보다 저에게 먼저 생겨난 일이 있습니다. 그것은……."

"아하."

홈즈는 마치 와선의 속마음을 읽었다는 듯 눈을 감았다.

와선은 더 이상 말하지 않았다. 알렌이 홈즈를 그녀에게 맡기겠다고 했다. 우선은 그 책임이 먼저였다. 내직로는 홈즈를 찾아왔다. 해괴한 사건에 대한, 정확하게는 불가능한 살인 사건 해결을 위해서였다. 꽉 쥐었던 주먹에 스르르 힘이 빠졌다.

"저에게는 좋은 파트너가 있었지요. 그의 이름은……."

말을 꺼낸 홈즈가 뜸을 들였다. 그의 표정에서 고통이 느껴졌다. 아편 때문이 아닌, 마음 어딘가에서 저미는 고통이었다. 와선도 알 수 있었다. 와선이 미국에서 보내는 내내 밤이면 찾아오던 불청객이었다.

"운명이라는 것이 존재할까요?"

홈즈가 물었다. 그의 눈이 어느 때보다 반짝거렸다.

"제가 당신을 배에서 만난 것부터가 운명이 아닐까요?"

운명이라는 말에 문득 한 남자가 떠올랐다.

와선은 미국에서 상해로 갔다. 그곳에서 조선으로 오는 배편을 구하는 데 몇 개월이 걸렸다. 마땅한 배가 없어서였다. 어느 날 한 무역상이 생글생글 웃으며 다가왔다. 배를 알아봐주겠다며 와선에게 편의를 제공했다. 좋은 호텔과 멋진 드레스를 선물했다. 영국 성공회 사람들을 소개시킨 것도 그였다. 마롱휘. 상해를 떠나기 전 그가 물었다.

"나와 결혼해주시겠습니까?"

"조선에서 해야 할 일이 있습니다."

와선은 매몰차게 거절했다.

마롱휘의 눈에는 뚝 떨어진 목련처럼 낙담이 어렸다. 그러나 와선을 처음 만났던 날처럼 곧바로 생글생글 웃었다.

마롱휘가 말했다.

"기다리겠습니다. 아니, 상해에서 모든 것을 정리하고 당신을 찾아가겠습니다."

"그러지 마십시오. 당신은 당신의 일이 있고, 저는 저의 일이 있습니다."

와선은 마롱휘를 말렸다.

마롱휘는 생글생글, 웃으면 보조개가 생기는 얼굴로 와선의 의지를 무너뜨리려 했다. 그때 마롱휘가 그랬다.

"당신은 저의 운명입니다. 사람은 그래요, 때론 운명이 모든 것을 좌지우지하지요. 누군가는 그 운명을 죽을 때까지 알아보지 못합니다. 불행한 일이에요. 그러나 저는 운명을 만났습니다. 와선, 바로 당신입니다."

어느새 와선은 마롱휘의 이야기를 홈즈에게 건네고 있었다.

"좋은 후견인을 두셨군요. 저 역시 좋은 후견인이 있습니다. 그의 이름은……. 그렇군요, 당신을 알게 된 이상 그의 이름은 언급하지 않겠습니다. 다만 운명이 있다면, 그것은 왓슨의 기도가 이루어진 것이라고 해야겠습니다."

홈즈가 속삭이듯 말하는 통에 이름을 정확하게 듣지 못했다. 와선이라고 말하는 것 같았다. 다시 말해달라는 의미로 와선이 홈즈를 똑바로 보았다. 그러자 홈즈는 아무 일도 아니라는 듯 손을 내저었다.

대답을 해줄 줄 알았는데 홈즈는 한참을 말이 없다. 그러다 불쑥 말을 꺼냈다.

"내 부윤은 사건을 해결했다고 하던가요?"

와선은 살짝 고개를 저었다.

"음……. 당신이 이곳에서 정식 간호사로 일하려면 몇몇 절차를 밟아야 한다고 들었습니다. 길게는 일주일에서 한 달 이상 걸릴 거라고 알렌이 말하더군요."

나쁜 사람. 알렌은 이미 홈즈와 거래를 끝냈다는 뜻이다.

"와선, 저에게는 당신이 생각하는 운명적인 사람보다 다른 의미의 운명적인 파트너가 필요합니다."

홈즈의 말에 흡, 숨을 삼켰다.

파트너. 홈즈를 와선에게 맡긴다. 뒤바꾸면 와선을 홈즈에게 맡긴다는 뜻이 된다. 도대체 저 남자는 무엇을 하는 사람이기에 이리도 깊은 통찰력을 보여주는 것일까. 알렌이 말하던 '그 셜록 홈즈'는 결국 '그 셜록 홈즈'였다는 뜻이었을까. 저 남자는 어떤 피를 가진 것인가, 아니 어떤 혈통을 타고난 것인가?

"와선, 당신이 저의 파트너가 되어주실 수 있겠습니까?"

홈즈는 와선을 바라보며 더욱 힘주어 말한다.

"저에게는, 제가 조선에 온 것이나 당신이 나를 살려낸 이상 당신이 필요합니다."

홈즈의 말에 와선은 강한 운명을 느꼈다. 조금 전과 달리 와선은 힘주어 고개를 끄덕였다.

5

조선에 찾아드는 악몽, 그대의 이름은 살인자

고즈넉한 밤이었다. 마차의 바퀴 소리 외에는 어떤 소리도 들리지 않았다. 달빛에 가을이 반사되었다. 형형한 색을 입은 가을이 마차 창가로 스쳐갔다. 같은 나무처럼 보이는데도 색깔이 달랐다. 이렇게 오밀조밀한 가을은 처음 보았다.

남자는 안도를 느꼈다. 그것은 살인을 한 다음에나 오는 것이었다. 살인을 생각하니 낭만에 잠긴다. 살인은, 어떤 스릴보다 강렬하고 황제의 명령보다 절대적이었다. 그리고 살인은 추억을 남긴다.

인도에서는 인도만의 추억을 남겼다. 갠지스 강에 발을 들였고 그들의 종교에 대해 배웠다. 1년여 그들과 섞여 부대꼈다. 부랑자이기도 구도자이기도 한 삶이었다. 마치 인도인이 된 듯했다. 그러나 남자는 더 강한 자극을 원했다. 날이 무뎌지는 칼에 피를 묻히고 싶었다.

인도의 밤을 헤맸다. 결국 참아내지 못했다. 남들이 뭐라 하든 남자는 '성스러운 의식'을 결행하고 말았다. 더럽고, 무지하며, 그저 몸을 팔기에만 급급한 여자들에게 죄를 물었다.

그런데 오히려 남자가, 몸을 사리고 숨어야만 했다. 어찌 된 일인지 인도는 작은 영국이며 작은 프랑스였다. 그를 알아보는 눈이 많았다. 결국 다음 목적지를 물색했다. 중국, 마치 물이 흐르듯 중국으로 숨어들었다.

중국은 위대한 나라였다. 영국만큼이나 전통을 중시하고 역사를 사랑했다. 완전히 다른 문화와 사람에 남자는 압도당했다. 특히 상해는 런던보다 거대하게 느껴졌다.

몇 년을 중국에 빠졌다. 배우는 즐거움이 살인만큼이나 기뻤다. 하지만 중국에서도 마찬가지였다. 중국을 알면 알수록 어둠도 함께 알게 되었다.

고도로 발달한 중국은 마치 소돔과 고모라처럼 느껴졌다. 칼을 뽑아 거리 곳곳에서 휘두르고 싶었다. 그래도 참았다. 고도로 발달하는, 또 첨단으로 치닫는 상해를 보는 것은 살인 다음으로 흥분되고 기쁜 일이었기 때문이다.

중국의 철학에 특히 심취했다. 한자를 배웠다. 공자를 알게 되었고, 맹자에 대해서도 배웠다. 서양의 역사가 시작될 즈음에 성선설과 성악설을 주장한 사람이 있었다니. 믿기 힘든 사실이었다.

열심히 배웠다. 그리고 몇 가지를 깨우쳤다. 이치도 마찬가지였다. 세상 모든 일에는 이치라는 게 있다. 중국에서 알게 된 말 중 가장 마음에 들었다. 그리고 이치를 깨달았다.

'살인은 정화 작업이다!'

'살인은 세상에 만연한 죄를 스스로 제거할 수 있는 가장 빠르고 유용한 수단이다!'

놀랍지 않은가. 영국에서도 알아내지 못한 것을 중국에서 배우다니. 그뿐인가. 중국은 세상을 과학적으로 분해하려 했다. 영국이 본 눈과는 사뭇 달랐다.

인간을 분석한 것 역시 마찬가지였다. 사주와 팔자, 인생을 네 개의 큰 가지와 여덟 개의 작은 가지로 나누었다. 그리고 달과 날에 따라 수백 가지로 세분화했다.

놀라웠다. 순수한 호기심은 한동안 남자의 의지를 짓눌렀다. 그러나 채 1년을 넘기지 못했다. 강렬한 욕구 때문이었다.

칼을 들고 다시 상해의 거리로 나섰다. 누구보다 우아하게 죄를 묻고 싶었다. 불을 향해 뛰어드는 부나방 같은 거리의 여자들을 정죄하고 싶었다. 그들의 가슴에 새겨주고 싶었다. 살인은 정화 작업이다.

거리의 여자, 너희들은 그저 세상의 쓰레기들일 뿐이야! 너희가 더 빨리, 더 많이 제거될수록 세상은 순수해진다고.

남들은 이를 두고 살인이라고 말한다. 죄라고 말한다. 그러나 남자의 의견은 달랐다. 더러운 여인을 처단하는 일은 순수했다. 무엇보다 세상에서 죄를 사라지게 하는 작업이었다. 그런 면에서 남자가 행하는 '살인'은 '성스러운 행위'였다.

처음에는 확신이 서지 않았다. 영국에서 특히 그랬다. 스스로 성스럽다고 생각하는 것은 아닌가. 반문하며 길을 떠났다. 방랑자가 되었다. 그런데 인도와 중국의 역사를 통해 깨닫게 되었다. 두 나라에서도 비슷한 사례들이 존재했다. 결국 확신하게 되었다.

나는 성스러운 신의 일을 행하는 사도이다!

나는 죄를 추방하는 정의의 사자이다!

이곳 조선에서도 마찬가지다. 조선 역시 썩어 있다고 상해에서 들었다. 상해에서 일을 마무리하자 남자의 관심은 조선으로 옮겨 왔다. 남자는 지체 없이 조선으로 향하는 배에 올랐다.

항구는 활기차고 사람들은 정이 넘쳤다. 눈을 맞추는 사람들마다 고개를 숙여 인사를 한다. 조선은 농축된 아름다움이 넘치는 나라였다. 한동안은 조선을 만끽하리라. 배우고 익히며 조선을 머릿속에 새겨 넣으리라.

남자는 성스러운 결단을 내려야만 할 때가 찾아올 것을 안다. 그러나 조선을 배운 뒤라야 한다. 이 철칙이 변해서는 안 된다. 그저 한 사람의 살인자로 전락해서는 안 된다는 뜻이다. 성스러운 일은, 성스러운 일을 행해야 할 때와 장소가 있는 법이다.

갑작스레 말이 울었다. 생각을 멈추며 눈을 들었다.

늦가을의 달이 휘영청 하늘 중간에 걸렸다. 어느덧 밤이 깊어가고 있었다. 말이 내뱉는 숨소리가 속도에 따라 커졌다 작아지기를 반복했다. 마부가 말을 단속하며 채찍을 휘둘렀다. 다시 한 번 말이 울었다.

1년. 1년이면 칼을 휘두를 수 있을까. 물론 이 말을 입 밖으로 내뱉는다면 순화될 것이다. 조선을 배우는 데 1년이면 족할까요, 라고.

남자는 스스로에게 질문하며 슬며시 눈을 감았다. 말의 고른 숨소리 사이로 채찍 소리가 스며들었다.

획, 채찍이 날아올라 살에 파묻혔다. 채찍이 떠나간 살에는 계곡 모양의 자국이 찍혔다. 폭포수처럼 피가 터졌다.

질끈 눈을 감고 기도했다. 아버지 하나님. 저에게 이 위기를 돌파할 힘을 주세요.

"이 창녀의 자식 같으니라고!"

아버지는 술에 절었다. 채찍은 아버지가 지닌 단 하나의 무기였다. 양몰이를 하던 채찍이 왜 나에게 날아드는 걸까. 아이는 이해하기 힘들었다. 다만 참아야 했다. 아이가 채찍을 거부하면 채찍의 방향이 달라진다.

아버지가 창녀라고 말하는, 어머니에게로 채찍이 날아가게 된다.

그것만은 막으리라. 아이는 이를 악물었다.

채찍이 피를 머금었다. 유연한 활 모양을 그리다 이내 살갗으로 달려들었다. 피를 머금어 끈적끈적해진 채찍이 살에 박혔다 더 큰 계곡을 만들고 떠난다. 그때마다 아버지는 아들을 향해 욕을 퍼부었다. 창녀의 자식 같으니라고.

왜 내가 욕을 먹어야 할까.

마음속에서 의문이 들끓었다. 거의 동시였다. 아버지가 심장에 못을 박는 말을 활처럼 쏘았다.

"너는 태어난 것부터가 저주야!"

아들의 의문은 살짝 뒤바뀐다. 왜 내가 태어나야 했을까. 왜 나는 좋은 어머니를 만났는데, 반대로 아버지에게 나는 저주가 되었을까.

아랫입술을 너무 앙다물어 피가 배어 나왔다. 채찍은 어떻게든 참을 만했는데 아랫입술의 아픔이 가슴을 때렸다. 아이는 그만 주저앉고 말았다.

"저녁은 먹어두어라. 그래야 채찍을 감당할 테니까."

아버지는 채찍질을 멈추었다. 아버지의 구두 소리가 멀어졌다. 그제야 아이는 안도했다.

어머니는, 어머니는 어디에 있는 거지?

아이는 어머니마저 채찍질의 노예가 될까 덜컥 겁이 났다.

아이는 흐르는 피에도 아랑곳없이 계단을 기다시피 올랐다. 한 걸음 내디딜 때마다 등에서는 불꽃이 일고 무릎은 힘없이 꺾였다. 그래도 힘을 냈다. 어머니를 보러 가자.

삐걱거리는 나무 계단을 올라 문을 밀었다. 거실은 어두웠다. 초를 켜려다 2층에서 들리는 웃음소리에 고개를 들었다. 아이의 뒤편, 2층 방 하나에서 불빛이 새어 나왔다.

이번에는 계단을 오르기가 도무지 무서웠다. 낮게 가르랑거리는 웃음소리는 처음 듣는 소리였다. 가래가 끼는지 때론 기침이 섞인 웃음소리에 그만 온몸에서 힘이 빠져나갔다.

아니다, 이러면 안 된다. 어머니를 구해내야 한다.

아이는 부엌으로 다가가 칼을 들었다. 어떤 경우에도 미끄러지지 않게 단단히 쥐었다. 그리고 사력을 다해 계단을 올랐다. 힘들고 어려웠다. 한 걸음 뗄 때마다 눈에서 눈물이 뚝뚝 떨어졌다. 고통이 눈물의 무게보다 무겁다는 사실을 실감하는 순간이었다.

살짝 열린 문틈까지 겨우겨우 다다랐다. 문틈으로 칼날을 먼저 들이밀었다. 그때 보고 말았다. 어머니였다. 낮은 목소리의 사내와 어머니는 부부라도 되는 양 서로를 껴안고 시시덕거렸다. 분노가 일었다.

그때 아이의 귀에 아버지의 목소리가 날아들었다. 창녀의 자식 같으니라고. 아이는 피가 터져 곤죽이 된 입술을 또 한번 질끈 깨물었다.

무슨 일이 벌어졌던 것일까.

아이의 손이 남자의 배에 닿아 있었다. 사내의 배에서 뜨거운 기운이 퍼지는가 싶더니 낡은 셔츠가 붉게 물들기 시작했다.

순간 눈에서 번쩍 불꽃이 일었다. 어머니가 아이에게 따귀를 날렸다.

"널 데리고 오는 게 아니었는데. 그냥 버렸어야 했는데."

어머니는 다시 한 번 아이에게 따귀를 날렸다.

번쩍 눈을 떴다.

남자는 자신의 가슴에서 지갑을 빼내려던 선원과 눈이 마주쳤다.

"어허허. 미안해. 자네가 너무 곤하게 잠들었길래."

1년을 참자고 다짐했다. 그래야만 했다. 이곳에서 과연 칼을 휘둘러도 되는 것인지 신이 말해줄 때까지. 머릿속에서 울림을 만들어주는 신은 언제든 화답할 것이다.

남자는 물었다. 칼을 휘두를까요?

머릿속 신은 잠시 생각하는 듯 고민했다. 곧 신이 대답했다. 목을 그어버려.

남자는 지갑의 반대편에 있던 안주머니에서 칼을 꺼냈다. 곧바로 익숙한 동작으로 활 모양의 선을 그렸다.

선원이 지갑을 떨어뜨렸다. 거의 동시에 목을 쥐며 뒤로 물러났다. 선원은 무엇인가 말을 하려는 듯했다. 그러나 가르랑거리는 소리를 낼 뿐 단어 하나 말하지 못했다.

덜커덩거리는 마차의 왼쪽 문을 열었다. 남자는 무지막지한 팔힘으로 선원을 바깥으로 내동댕이쳤다. 옆자리에 있던 다른 선원과 눈이 마주친 것은 그때였다.

"나, 난 아냐. 저런 나쁜 놈은 알지도 못한다고. 죽어도 싸지. 왜 남의 지갑을 훔쳐, 훔치기를."

옆자리에 있던 선원은 아무 일도 없었다는 듯 심드렁하게 팔짱을 끼었다. 곧바로 눈을 감고 잠을 청하는 모습이었다. 선원의 파르르 떨리는 손에서 공포를 느낄 수 있었다.

공포! 그것은 압도적인 힘이었다. 누구도 무릎 꿇게 하며 복종하게 만드는 마력이 있었다. 선원에게서 공포를 읽은 남자는 칼을 오른쪽 품에 넣었다. 그러고는 마차 바닥에 떨어진 지갑을 주웠다.

이제 마차 안에는 두 사람만이 남게 되었다. 악을 보고 묵과하며 공포에 무릎 꿇는 바보 같은 선원과 공포를 손에 쥐고 죄를 처단하는 남자, 두 사람만이.

마차는 계속해서 가을 속으로 파고들었다. 달빛은 더욱 휘영청 밤하늘에서 빛났다.

신은 분명 머릿속에서 말한다. 죄를 처단하라. 세상에서 죄인들을 제거하라. 그런데 왜 신은 꿈속의 어머니만은 이리도 선명히 보여주는 것일까. 머리 꼭대기에서 반짝이는 저 달빛처럼 어머니는 왜 무시로 나타나는 것일까.

하지만 안심도 된다. 적어도 남자가 어머니의 꿈을 꾼다는 것은 살아 있다는 증거일 테니까.

"그거 아시오?"

남자는 옆자리에 앉은 선원에게 물었다.

선원은 무심한 듯 눈을 감고 있었지만 여전히 손끝을 떨고 있었다. 몇 초나 되었을까. 선원은 결국 눈을 뜨고 되물었다.

"무엇을 말이오?"

"세상에서 죄인 하나가 사라지면 그만큼 죄 하나도 사라진다는 사실 말이오."

남자의 말에 선원은 잠시 고민하는 것 같았다.

"하긴, 그렇기는 할 게요. 그렇지만 죄를 짓지 않는 인간은 없지 않소. 죄인을 처단하는 것은 좋은 일이지요. 죄인은 선한 사람들을 위해서라도 사라져야 하고요. 다만 생각해보시오. 죄 하나를 사라지게 하기 위해 사람을 제거한다면 이 세상에, 남아나는 사람이 있겠소?"

"오호."

선원의 말에 남자는 신선한 충격을 받았다.

그럴 수도 있겠다. 그러면 문제가 되겠는걸. 남자는 잠시 왼손을 품에 넣어 칼을 매만졌다. 남자는 그에게 명령을 하는 신에게 물었다.

모든 사람이 사라지면 저만 살아야 합니까?

크하하하. 신이 웃었다. 이런 바보 같으니라고. 네가 칼을 쥐고 죄를 처단한다고 해서 이 세상 모든 죄인들을 만날 수 있다고 생각하나? 너에게는 너의 사명이, 다른 사람에게는 다른 사명이 있는 것이야.

그러면 저는 저의 죄인들만을 처단하면 되는 것입니까?

다시 물었다. 신이 대답하지 않았다. 몇 번을 물었다. 그러나 신은 대답하지 않았다. 아마도 신은 1년이 지나도록 나타나지 않을 것이다. 늘 그랬다.

그래, 1년만. 남자는 속으로 다짐했다. 1년만 참자.

"오늘이 며칠이오?"

남자는 옆에 앉은 선원에게 물었다.

"올해가 B.C. 1890년 아니오. 오늘이 내 증조할머니의 아흔 번째 생일이외다. 그래서 내가 왜 여기까지 왔나 하고 생각하니 한심해지더군요. 당신을 보고 나니……."

선원은 말실수를 한 탓인지 홉 숨을 삼켰다.

"아니, 내 말은 증조할머니의 아흔 번째 생일이라는 말이오. 오늘은 1890년 11월 15일이라오. 여기 말로 15일은 '보름'이라고 합디다."

선원은 보기보다 수다스러웠다. 그러나 남자와 눈이 마주치자 얼른 팔짱을 다시 끼며 눈을 감았다.

1년이라. 그러면 1891년 11월 15일까지 어떻게든 기다려보자. 그동안 조선을 공부하고 배우자.

남자는 선원처럼 팔짱을 꼈다. 눈을 감으려다 오히려 더 크게 눈을 뜨고 말았다. 말이 속도를 줄이며 왼쪽으로 도는데 거대한 불빛이 보였다. 마치 하나의 유기체처럼 불을 밝힌 도시, 조선에서 가장 크다는 한양이 남자를 맞이하고 있었다.

6
셜록 홈즈, 살인 사건에 뛰어들다

하루 만에야 홈즈가 깨어났다. 내직로에게 그 사실을 알리고 오라고 사령 아이를 시켰다. 아이가 나간 지 벌써 한 시간이 넘어간다. 말은 없지만 홈즈 역시 내직로를 기다리는 눈치였다.

와선은 출근하며 종로 통에서 사온 꿀경단을 건넸다. 네 개가 기름종이에 싸여 있었다. 기름종이를 펼친 홈즈가 아하, 감탄을 내뱉었다. 홈즈가 종이를 펼친 꿀경단은 자색 빛깔이었다.

"여인에게 어울리는 색깔이군요."

되레 홈즈는 경단을 와선에게 내밀었다. 문득 웃음이 나려는 걸 참았다. 와선도 포크와 나이프를 들고 고기를 썰던 서양인들이 처음에는 전부 칼을 쥔 강도로만 보였다. 와선은 경단을 입에 넣고 꼭꼭 씹었다.

와선을 살피던 홈즈가 재빨리 경단 하나를 펼쳤다. 녹색이었다.

"먹기에는 좋지 않은 색깔이군요."

"건강한 색깔이지요. 홈즈 씨가 변해야 하는 색깔이기도 하고

요."

아하. 씁쓰레한 대답과는 달리 홈즈는 달달한 꿀경단을 맛있게도 먹었다. 홈즈가 경단 하나를 더 펼쳤다. 이번에는 노란 색깔이었다. 홈즈는 유쾌하게 눈웃음을 지었다.

그때 환자실의 문이 열렸다. 사령 아이이리라. 와선은 사령 아이에게 줄 꿀경단 하나를 품에서 꺼냈다.

"아이야……."

와선이 고개를 돌리자 거대한 그림자가 오전의 햇살을 타고 침대 발치까지 다다라 있었다. 관복을 입은 내직로였다.

성큼성큼 내직로가 침대 곁으로 다가왔다. 그러더니 홈즈에게 격식을 차려 인사를 한다.

홈즈도 내직로의 인사에 목례로 답했다.

내직로를 뒤따라온 사령 아이가 나무 의자를 가져왔다. 와선이 나무 의자를 침대 곁에다 놓았다. 그제야 와선에게도 정중히 인사를 건넨 내직로가 의자에 앉았다.

"답답해서 말이오."

내직로의 한마디에 와선은 상황을 짐작했다. 슬쩍 얼굴을 돌리려는데 홈즈와 눈길이 마주쳤다. 홈즈는 와선의 표정을 살피고 있었다. 곧바로 짐작했다. 조선말을 모르는 홈즈는 와선의 표정을 통해 상황을 유추했던 것이다.

"상황이 어떻다고 여기셨습니까?"

와선이 홈즈에게 물었다.

"본말전도군요. 와선이 설명해야 하지 않소?"

"이미 짐작하셨으리라 여깁니다만."

이때 내직로가 불쑥 끼어들었다.

"설마 두 분이……."

침착하려 애쓰던 와선은 내직로의 엉뚱한 말에 그만 웃음을 터뜨렸다.

"혹시 사건이……."

이번에는 홈즈가 불쑥 끼어들었다.

"그럴 리가요. 저와 홈즈 씨가 사귀는 사이인지 묻는군요."

와선이 설명하자 홈즈가 유쾌하게 웃었다. 홈즈는 사건의 추이를 물었다.

내직로는 솔직하게 답했다. 사흘 전과 같이 사건은 진전되지 않았다, 범인은커녕 그림자조차 파악하지 못했다, 라고.

살인이 벌어지면 두 가지에 초점을 맞추기 마련이다. 원한 관계와 금전적 이득. 강석범은 두 가지 모두 깨끗하지 않았다. 그는 무리하게 돈을 끌어모았다. 기생을 모으기 위해서였다.

기생을 모으려면 막대한 자금이 필요했다. 강석범은 각 관청에서 부패한 관리에게 노예를 사거나, 남편이 있는 유부기도 마다하지 않았다. 유부기의 경우 오히려 몸값이 높았다. 왜인과 청나라, 서양인 들이 드나들며 자연스레 기생들은 품귀 현상을 빚었다. 오죽하면 왕의 요리사였던 은퇴한 숙수마저 요릿집을 만들기에 이르렀을까.

여기서 증오와 원한을 가질 수 있는 사람들이 생겨났다. 기존에 한두 명, 기생으로 영업하던 주점들이 피해를 보았다. 게다가 너 나 할 것 없이 기생이 나오는 요릿집으로 가자며 주당들이 설쳐댔다. 유행과 풍속도가 변했다. 강석범은 시류를 읽었을 뿐이지만 원하지 않는 피해자가 생겨나고 말았다.

금전적 이득 역시 마찬가지였다. 강석범이 모았던 기생은 줄잡아 30명이 넘었다. 기생을 세력으로 장사를 하던, 또는 장사를 하려던 상인 가운데 강석범은 가장 큰 세력으로 성장했다.

원한과 이득이 사라진다면? 강석범의 죽음은 강석범에게 집중되던 수익을 분산시키게 된다. 말하자면 기존의 세력 판도로 되돌아간다는 의미이기도 했다.

"강석범은 원수도 많고, 그가 죽어서 이득을 보는 사람도 많다는 거로군요. 내직로 부윤이 어느 한 사람을 특정하지 못하는 것은 특징적인 사람이나 세력이 부각되지 않기 때문이고요."

홈즈가 내직로의 말을 정리했다.

와선도 내직로의 말을 이해했다. 원한 관계에서 벌어진 다툼은 금세 혐의를 가진 사람이 드러나기 마련이다. 이익 관계에서도 마찬가지다. 그런데 강석범은 죽음으로 인해 수많은 관계와 이해가 단번에 해결되어버린다. 어느 한 사람을 특정하기가 어렵다.

"이러기도 쉽지 않겠네요."

"그렇습니다, 낭자. 이런 죽음도 쉽지 않습니다. 다만 ……."

"다만?"

조선말은 끝까지 들어야 한다고 했다. '그런데'나 '다만' 같은 반대나 단서가 붙어 이야기가 시작되면 새로운 전개로 돌입한다.

"천지연이 꼼짝달싹하지 않습니다."

가만히 이야기를 듣던 홈즈의 입에서 "역시 여자인가."라는 이야기가 나왔다. 와선은 괜스레 묻고 싶었다. 혹시 여자에게 덴 적이 있으십니까, 하고.

눈치 빠른 홈즈가 검지를 펼치더니 "엉뚱한 상상은 금물입니다." 하고 입술을 올려 가짜 미소를 만든다.

"역시 여자인가."

와선은 홈즈가 내뱉은 말을 되받았다.

내직로가 고개를 갸우뚱했다. 두 사람의 대화를 알 리 없는 그는 천지연에 대해 더 자세히 설명했다.

"지금까지 알아낸 바로 천지연은 장악서 소속의 기녀였습니다. 대가 끊길 뻔한 궁중무를 전수받았더군요. 그런데……."

잠시 머뭇거리던 내직로가 말을 이었다.

"강석범이 뛰어난 재색에 반해 뒷돈을 주고 거래를 했다는군요."

"그게 가능합니까?"

와선이 놀라 물었다.

"저도 믿기지는 않습니다. 그러니 한성부에 몸을 담고 나랏일을 하는 저의 말이라 생각하지 말고 들어주시오."

내직로가 다짐을 두듯 와선과 홈즈에게 경고를 한다.

"관직까지 사고파는 시대입니다. 양반 족보까지 사고팝니다. 기녀야 오히려 우습지요. 어느새 조선은 돈이면 다 되는 나라로 변했습니다. 열심히 공부하고 일해서 나라의 관리가 되고 부자가 되는 시대가 아니라는 말씀입니다."

이런 상황이 발전을 거듭해 백 년까지 이어진다면 세상은 재앙으로 가득하지 않을까.

문득 와선은 아버지인 이제마가 떠올랐다. 이제마는 나이가 차도록 벼슬길에 오르지 않았다. 서자라는 족보 정도는 고치면 그만이었다. 가문에서도 장원에 급제하는 인재가 나온다면 두 손 들어 환영할 일이다. 그런데 아버지는 그리하지 않았다.

나중에 벼슬에 오른 것도 반란을 진압한 공로를 인정받아서였다. 그 공으로 문관도 아닌 무관이 되었다고 들었다. 벼슬이라는 게 탐탁하지 않았던지 한 해 만에 사직했다. 아버지의 깊은 고뇌는, 그래, 모르겠다. 진심으로 모르겠다.

아버지는 오래전에 모르겠다, 라는 말을 자주했다. 한번은 이런 적도 있었다.

"와선아, 고통과 경험은 말이다, 객관화시킬 수가 없다. 나는 아무렇지 않은 고뿔도 상대는 죽을 정도로 아플지 모른단다."

어린 와선의 머리를 쓰다듬으며 아버지는 이렇게 덧붙였다.

"이 애비는 말이다, 남의 고통과 경험을 객관화시켜 적용할 수 있다면 병마저도 객관화시켜 고칠 수 있다고 본다. 그러나 너도 알 것이다. 이 애비는, 와선이 너의 고통도 어찌하지 못하는 돌팔이에 불과하다. 서자인 아버지에 족보에도 오르지 못하는 똑똑한 딸의 깊은 회한은 어찌 고치는 것이누. 애비는 모르겠다. 하지만 사람들의 병을 객관화시키는 것, 그래서 예방하고 고치는 일은 애비가 조선에서 해야 할 일이다."

지금도 와선은 아버지가 했던 말의 의미를 정확히 알지 못한다. 생각해보면, 홈즈에게는 아편을 하며 스스로 죽을 자리에 누웠던 고통이 와선에게는 아무것도 아닐 수 있다. 반면 홈즈의 경험은 내직로가 한성부 부윤으로도 해결하지 못하는 사건을 단번에 꿰뚫게 하였다. 고통과 경험에서 비롯된 일들이다.

아버지의 말처럼 경험과 고통은 객관화시킬 수 없다! 나지막하게 읊조린 말에 홈즈가 손을 튕겨 소리를 냈다.

"아버지의 말씀이군요."

"어찌 아셨습니까?"

"와선에 대한 관찰을 통해 알게 된 것입니다. 그나저나 현장에 한번 가보고 싶습니다만."

홈즈가 와선과 내직로를 번갈아보며 말했다.

"괜찮으시겠습니까?"

와선이 홈즈의 상태를 살폈다. 피곤한 기색은 여전했다. 와선이 판단하기에 홈즈가 기동하여 멀리까지 움직이는 것은 무리였다.

"알렌 공사를 통해 바퀴 달린 의자를 구해왔습니다."

내직로가 바깥을 향해 큰소리로 "들이라!" 하고 명령했다. 그러자 휠체어가 환자실로 들어왔다. 순간 홈즈의 얼굴이 똥이라도 씹은 것처럼 변했다.

"천하의 홈즈가 휠체어 신세를 지라고요?"

홈즈는 고개를 저으며 일어섰다. 그의 강단은 대단했다. 어떻게든 일어나더니 또 어떻게든 걸어간다.

위태로운 듯 보이는 홈즈를 내직로가 뒤에서 부축하듯 뒤따랐다.

와선은 결국 두 남자를 보필하듯 뒤따르게 되었다. 이래서야 홈즈만 맡는 게 아니라 내직로까지 수행하는 꼴이다. 참기 힘들어 앞장을 섰다. 그러다 픽 웃고 말았다.

이곳은 조선이다. 여인의 법도와 남자의 법도를 가려 그 이상의 선은 넘지 않는 나라이다. 다만 미국에서 생의 절반 이상을 보낸 와선을, 또 그녀의 생각을 내직로가 이해할 리 없다.

마차가 준비되어 있었다. 홈즈와 와선이 오르자 곧바로 출발한다. 경쾌한 오전의 햇살을 뚫으며 마차가 내달렸다. 기분이 상쾌해졌다. 말이 꽤나 속도를 낸다. 쉼 없이 박차를 가해 서대문 근처에 다다랐다. 야트막한 언덕을 올라 강석범의 집 앞에 이르렀다.

으리으리한 집이다. 과거라면 사대부에게나 어울릴 법했다. 이런 집을 상인이 쓰다니, 10여 년 사이에 조선도 많이 변했다.

문 앞을 지키고 섰던 나졸이 내직로를 보자 꾸벅 인사를 한다. 뒤이어 나타난 홈즈와 와선을 보더니 고개를 갸우뚱거렸다. 그러나 내직로의 손짓 한 번에 바로 자리를 비켰다.

집으로 들어서자 커다란 집에는 어울리지 않는 공허함이 감돌았다. 그런데 홈즈가 자리에 못 박힌 듯 움직이지 않고 정면을 쏘아

보았다. 마치 보이지 않는 누군가와 대결이라도 하는 느낌이었다.

"와선. 이 집의 뒤를 보려면 어떻게 해야 하는가?"

와선이 통역하자 내직로가 본채 뒤뜰로 홈즈를 안내했다. 그곳에서도 홈즈는 정면을 쳐다보았다. 약간 눈을 들어 공중에 뜬 무언가를 보고 있는 듯했다.

차마 말을 걸 수 없는 분위기라 와선은 그저 본채에 다가갔다. 그 순간 꿈쩍 놀라고 말았다. 여인의 고통스러운 비명 소리가 들려왔기 때문이다. 신발을 신은 채 황급히 본채 마루로 올라갔다. 그러고는 안방 문을 거칠게 열었다.

한 여인이 대들보에 무명천으로 목을 걸었다.

"내직로 부윤!"

와선이 크게 고함을 내질렀다.

와선이 달려가 버둥거리는 여인의 발을 어떻게든 지탱하려 했다. 여인은, 자살하려 하고 있었다. 여인은 위태롭게 버둥거렸지만 대들보에 걸린 천은 꿈쩍도 하지 않았다. 와선이 버티지 못하고 주저앉을 것만 같을 때 내직로가 달려 들어왔다.

내직로는 여인을 안은 채 고함을 내질렀다.

"내 허리춤의 칼을 뽑으시오."

와선은 내직로가 시키는 대로 칼을 뽑았다. 이번에는 내직로가 말하기 전에 칼로 대들보에 걸린 무명천을 잘라버렸다.

여인과 내직로가 기우뚱 방바닥에 쓰러졌다. 순간 오열하는 소리가 방 안에 퍼졌다. 아프게, 마치 태풍처럼 방 안을 휘감았다.

"사건의 진상은 그것으로 해결되었군요."

언제 다가왔는지 홈즈가 와선의 귀에 대고 속삭였다.

와선은 홈즈의 말에 어이가 없어 눈을 크게 뜨고 보았다. 사건의 진상이 해결되었다니?

"저 같은 년은 그저 죽어야 합니다. 지아비가 없는 삶을 어찌 견딘단 말입니까?"

여인이 고통스럽게 소리쳤다.

순간 와선은 화가 치밀었다. 주저앉은 여인 곁으로 다가간 와선이 여인의 뺨을 후려쳤다.

"여자라고 해서 자신의 삶이 없는 것이 아니다. 너는 너대로의 삶이 있고, 강석범 수장은 그 나름대로의 삶이 있었던 것뿐이다. 살아났으면 살아가야지. 강 수장이 너를 살리기 위해 죽었다는 생각은 해보지도 않은 게냐?"

와선이 일갈했다.

"나를 살리기 위해? 이 천지연을 살리기 위해 석범 나으리가 죽었다는 말입니까?"

"살아가야 할 게 아니냐. 듣기로 너를 돈을 주고 샀다고 했다. 그렇다면 왜 돈을 주고 팔지 않았겠느냐? 그만큼 너를 사랑했기 때문이겠지. 너를 그만큼 살려야 했겠지. 그렇다면 어떻게든 강 수장의 유지를 이어받을 생각은 하지 않고 방구석에 처박혀 죽을 날을 보았단 말이냐!"

순간 내직로가 슬며시 비키며 일어났다. 여인의 일은 여인이 알아서 하라는 뜻으로 여겨졌다.

천지연은 빠르게 진정되었다.

양어머니였던 루이즈 여사가 그랬다. 사람을 살리는 일은 육신도, 정신도 함께여야 한다고. 천지연은 정신이 병들었다. 이럴 때는 반대 측면에서 그만한 충격을 주는 것이 상책이다. 다만 쉽게 포기하는 여자들을 보면 화가 치미는 것은 참기 힘들었다.

천지연을 바라보는 와선에게 홈즈가 귓속말로 다가왔다.

"박력 있군요. 대신 저 여인에게 어떻게든 강석범에 관해 들어야 합니다."

그제야 다리가 풀려 와선도 주저앉아버렸다. 그런데 홈즈가 한 번 더 쐐기를 박는다.

"이 사건은 이제 시작입니다. 마치 이 집 뒤에 자리한 산처럼 거대한 사건이 도사리고 있을 겁니다. 그리고 단초는 저 여인입니다."

와선은 홈즈를 향해 속삭였다.

"당신 참 나쁜 남자군요. 상황을 이용해, 또 여자를 이용해 사건을 해결하려 들다니."

7
해괴한 죽음이 자살일 리 없다!

"어쩔 수 없지요. 살인 사건은, 사건을 모두 지켜보았을 죽은 자가 말해주지 않는 법이니까요."

"그런데 사건의 진상이 해결되었다니요?"

"머리 좋은 와선이라면 눈치챘으리라 여겼는데."

비난인 건가. 머리 좋은 와선이라니. 이 남자, 지칠 만하면 와선을 자극한다. 무언가 대꾸하려는 찰나에 홈즈가 선수를 친다.

"일단 모든 일은 다음으로 미룹시다. 지금으로서는 제가 가지고 있는 카드가 너무 적습니다."

홈즈는 묘한 여운을 남기며 와선 대신 천지연에게 시선을 고정했다.

어느새 진정했는지 천지연도 홈즈와 와선을 번갈아 보며 상황을 살폈다. 와선의 말이 먹혀들었다는 의미이리라. 와선이 천지연에게 물었다.

"몇 살이더냐?"

"올해 스물이 되었습니다."

"앞으로 살날이 창창하다. 헛된 생각은 버리거라. 한참 동생이니 말은 놓으마. 그리고 내직로 부윤께 듣기로 너는 창가를 한다고 들었다. 그렇다면 적어도 예수교에 몸담았거나 안다는 뜻이 아니냐? 그런데 자살을 하려 하다니."

미안했지만 또 한심했다. 한심하기 짝이 없다는 말은 속으로 꾹 삼켰다. 이제 스무 살이다. 그런데 지아비를 따라 죽으려 하다니.

순간 홈즈가 와선에게 몇 가지를 속삭였다. 와선은 놀라서 숨을 삼켰다. 첫 번째로 홈즈가 부탁한 것을 천지연에게 물었다.

"너는 지아비가 죽기 전날 밤, 왜 술자리에 참석하지 않았더냐? 자주 있는 일이었더냐?"

홈즈는 알렌과 내직로를 통해 이미 몇 가지 단서를 얻었던 모양이다. 강석범이 죽기 전날, 동업을 하는 마이클 델라와 술자리를 했던 것, 최근에 사업으로 승부를 보려 했다는 것, 그리고 술자리에 천지연이 동석하지 않았다는 것까지.

"글쎄요, 정확히는 처음이었던 건지 어떤지. 저는 늘 그리 생각했습니다. 제가 해야 할 일은 그저……."

천지연이 잠시 머뭇거렸다.

"도련님을 기쁘게 해드리는 것이, 저의 일이라고요."

분명 저 말은 거짓말이다. 이런 순간에도 강석범을 두둔하고 감싸다니. 한심하기 그지없었다. 와선은 참지 못하고 영어로 말했다.

"Silly girl!(바보 같은 꼬맹이!)"

홈즈가 고개를 젓는다. 그런데 눈은 웃고 있다.

번뜩 정신이 든 것처럼 천지연이 이야기했다.

"기억해보니 처음입니다. 제가 열네 살이 되어 일을 시작할 때부터 도련님을 뵈었습니다. 이곳에 들어와 살기 시작한 것이 열여섯 살이었습니다. 이즈음부터 도련님은 적극적으로 바깥일을 추진했습니다. 집에까지 손님을 데려오는 일은 잘 없었습니다."

이때 홈즈가 와선에게 되물었다. 어쩌면 홈즈도 거짓말이라는 걸 눈치챘으리라. 말을 바꾸어 천지연이 손님 접대에 빠진 것은 평소답지 않은 일인지 물었다. 와선이 고개를 끄덕였다. 홈즈는 와선을 보더니 생각에 잠기는 듯했다.

"끝난 줄 알았더니 끝난 것이 아니었구나. 진심으로 저 여인을 보호해주려 했는지도 모르겠는걸……."

홈즈가 한탄하며 말했다.

와선은 금세 홈즈의 말을 깨달았다. 홈즈는 사건의 진상을 파악했다고 말했다. 끝났다는 표현도 썼다. 그런데 끝은 끝이 아니었다 말한다. 순간 천지연이 자살하려던 순간이 떠올랐다. 이때 홈즈는 와선이라면 알아차렸을 거라고 말했다.

와선이 물었다.

"혹시…… 강석범은 자살한 것입니까?"

홈즈는 와선의 물음에 살짝 고개를 끄덕였다.

"어떻게 그럴 수가 있지요?"

아하. 무언가 말하려던 홈즈가 긴 손가락으로 입술을 매만졌다.

며칠 살펴본 바로는 말하지 않으려 할 때나 생각이 깊어질 때 나오는 습관 같았다.

"말하지 않으시겠다는 거군요."

와선이 선수를 쳤다.

"아직은 섣불리 말할 수 없다는 게 더 맞겠습니다. 진상은 후일에 밝혀도 될 것입니다. 어쨌든 강석범은 저리 아끼는 여인을 두고 세상을 버렸습니다. 그날 술자리에 천지연이 없었다는 것은 남에게 보이지 않으려 했다는 뜻으로 풀이할 수 있지요."

홈즈의 말에 와선은 번뜩 깨달은 것이 있었다.

"지연아. 언니가 하나 더 묻자. 그날 왔던 손님은 네가 아는 분이더냐? 아니 이리 묻는 게 더 맞겠구나. 너는 마이클 델라와 술자리를 한 적이 있더냐? 그리고 델라와 같이 함께 사업을 하는 손님을 강석범이 집에 들이는 일이 자주 있었더냐?"

"이름은 들은 적이 있습니다. 마이클과 할 일이 산더미처럼 많고 그 남자가 많은 돈을 가져다줄 거라 말했습지요. 거듭 말씀드리자면 집으로 손님을 데려오는 일은 극히 드물었습니다."

와선이 통역하자 홈즈는 더욱 거세게 입술을 매만졌다. 마치 중독된 아편 발작이 시작되기라도 하는 듯했다. 그러다 불쑥 혼잣말을 되뇌었다. 자살이라, 자살이라.

"자살이 확실합니까?"

와선은 궁금함을 이기지 못하고 물었다. 홈즈라는 남자, 왜 이리 사람에게 조바심을 나게 하는 것일까.

와선은 상황을 되새김해보았다. 강석범은 화살을 맞았다. 자살이라니. 아무리 생각해봐도 말이 안 된다. 이토록 해괴한 죽음이 자살일 리 없다. 그런데 이번에는 홈즈 스스로 자살에 대해 의문을 가지는 듯했다. 도무지 홈즈의 의중을 알기 어려웠다.

"단순한 사건이 아닌 듯합니다."

"어차피 단순하지 않았습니다."

"아 제 말은, 그래요 와선, 일반적인 살인 사건이 아닐지 모르겠다는 뜻이었습니다."

"사람이 죽었습니다. 그 어느 상황도 일반적일 수 없지요. 자살이라 했다 일반적인 살인 사건이 아닐지도 모른다니. 도대체 무얼 알아냈다는 말입니까?"

순간 홈즈가 도리질을 하며 혼잣말을 했다. '꼭 대드는 왓슨, 같아.'라고 말하는 듯했다. 이름을 이상하게 비꼬았다. 왓슨이라니. 와선이 한 번 더 따지려다 꾹 참았다.

"평소에도 이렇게 남자에게 대드는 걸 좋아합니까?"

홈즈가 가늘게 눈을 뜨며 물었다.

"평소에도 이렇게 여자에게 따지는 걸 좋아합니까?"

와선도 눈을 가늘게 뜨며 물었다. 아니 대들었다.

이런 홈즈와 와선을 물끄러미 내직로와 천지연이 바라보았다.

"살인 사건을 해결하는 데 평소와 어긋난 행동을 했다면, 저기 두 사람에게 사과하는 게 조선의 법도입니까?"

홈즈가 물었다. 와선은 고개를 저었다.

"반드시 그러라는 법은 없습니다. 당신이 저를 비웃으며 사과마저도 레이디 퍼스트라고 말해주지 않는다면요."

와선의 말에 홈즈가 크게 웃기 시작했다.

영문을 모르는 내직로와 천지연은 경악한 표정이었다. 그럴 만도 하리라. 살인 사건이 나고, 조금 전까지 천지연이 죽겠다고 발버둥 친 집이다.

살인이 일어난 집에서 홈즈가 웃었다. 상상하기 힘들었으리라. 그런데 와선도 풉, 웃고 말았다.

"아무래도 저는 영국인이라 조선의 법도를 모릅니다. 살인 사건을 해결하려면 그 어느 것보다 우선되는 것이 현장입니다. 현장에서, 아니 이미 살인 사건이 벌어진 것을 되돌릴 수 없는 현장에서 말싸움을 하거나 웃음을 지은 것이 어긋났다면 진심으로 사과를 드립니다."

눈치를 보던 홈즈가 천지연과 내직로에게 사과했다.

와선이 홈즈를 보았다. 와선에게는 사과하지 않는다. 쳇, 따지듯 고개를 돌려버렸다.

"이제 어떡해야 합니까? 그리고 저……. 두 분은 사귀시는 겁니까?"

분위기 파악 못하는 내직로의 말에 또 웃음이 나려는 걸 참았다. 통역을 해줄까, 잠시 고민하다 내직로의 말을 그대로 통역했다.

"이래서 여자와 엮이면 좋지 않아요."

홈즈는 마치 살인 사건을 해결했다는 듯 검지를 치켜든다.

와선은 홈즈를 쏘아보았다.

"사건은 아무것도 해결된 것이 없습니다."

와선도 검지를 치켜들었다 홈즈의 눈앞에서 내렸다.

눈으로 웃어버린, 눈치 빠른 홈즈가 천지연을 향해 묻는다.

"사건을 해결하고 싶습니까? 여전히 강석범을 따라 죽고 싶습니까?"

홈즈가 묻는다. 선택하라는 뜻인가. 와선이 약간의 시간을 두고 천지연에게 홈즈의 말을 통역했다. 천지연도 약간의 시간을 두고 답한다.

"모르겠습니다."

"모르다니? 해결해야지. 그리고 보란 듯 살아내야지."

"제가 어떻게?"

"네가 어떻게든 상단을 이끌어야지. 그러라고 강 수장이 죽었다면 어쩔 거야? 강 수장은 자살했다고 홈즈 씨가 그랬어. 살해당한 게 아니라."

"자살? 살해당한 게 아니라?"

자살이라는 말이 천지연을 강타한 듯했다.

"자살······. 그래서 홈즈 선생님이 와선 의녀님과 그렇게 투덕거렸던 거군요. 진실을 알려주려고."

한동안 천지연은 말이 없었다. 금세 눈물이 맺힌다. 푹 주저앉아 서럽게 울다가 번뜩 정신이 난 듯 홈즈를 쳐다보았다.

내직로 역시 몇 번이나 입술을 달싹거리며 눈치를 보기 바빴다.

자살이란 말에 혼란스러운 것이리라. 그러나 내직로는 천지연이 혼란을 수습할 때까지 기다렸다. 대장부다웠다.

"살인이 아니라 자살인 겁니까?"

천지연이 무언가를 다짐한 듯 묻는다.

"그리고 홈즈 선생님께서는 반드시 이유가 있으리라 믿으시는 것이고요?"

"이유라면, 네, 반드시. 지금부터 그것을 파헤쳐야겠지요."

홈즈는 확신하듯 고개를 끄덕였다. 그러고는 살짝, 와선에게 속삭인다.

"이제부터 시작입니다. 조수든 뭐든 제대로 해주세요. 부탁합니다."

한 대 때려주고 싶을 정도로 얄미운 사람이다. 와선도 속삭였다.

"이제부터 시작입니다. 탐정이든 뭐든 제대로 해주세요. 이건 부탁이 아니라 강요입니다."

와선이 팔짱을 끼며 고개를 돌려버렸다.

덩달아 내직로가 팔짱을 끼고 생각에 잠긴다. 이번에는 내직로가 와선에게 속삭였다.

"사건을 해결할 수 있겠지요? 적어도 자살이라면 왜 자살했는지는 밝혀야 판윤도 이해할 것입니다."

홈즈를 가누어 보았다. 그런데 모르겠다. 홈즈도, 사건도. 와선은 내직로에게 솔직하게 말했다.

"나으리, 모르겠습니다."

아하. 탄식을 터뜨린 내직로가 팔짱을 끼며 홈즈를 노려보았다.

같은 시간, 제물포에는 타운센트 상선이 닻줄을 내리고 있었다. 평소라면 교역품을 싣고 왔을 상선에는 한 청나라 상인의 물건만이 잔뜩 실렸다.

마롱휘는 주춤거리다 멈추고는 배에서 포구를 내려다보았다. 번쩍이는 상해에 비해 촌스러웠다. 마롱휘는 돈을 위해 살았다. 돈이 전부라 믿었다. 돈으로 사람마저 살 수 있었다. 그러나 한 여인을 보고 깨달았다. 돈으로도 얻지 못하는 것이 사람의 마음이라는 것을.

사람들이 그랬다. 조선도 변하고 있다고. 특히 청나라 거부의 청혼이라면 누구든지 좋아할 거라 부추겼다. 그러나 예상은 빗나갔다. 여인에게 보기 좋게 차였다. 마롱휘는 스스로 위로했다. 공교롭게 일이 겹쳤을 뿐이다, 노력하면 여인을 얻을 수 있다, 라고.

기막힐 정도로 많은 사업을 벌였고 겹쳤으며 분주했다. 막대한 사람과 돈이 모였다. 이번에는 거대한 호텔을 짓기로 했다. 호텔에서는 연회와 도박, 합법적인 매춘마저 가능했다. 일대 혁신이었다. 그런데 다 지은 호텔 볼룸을 보자 더없이 쓸쓸해졌다. 저기에 있어야 하는 것은 그녀가 아닐까. 그 어떤 혁신도, 막대한 돈과 거대한 소유물도 사랑에는 미치지 못한다는 사실을 다시금 깨달았다.

이와선. 어디 있는 것이오?

이때 호위 무사, 상해에서 유행하는 영어로 보디가드들이 마롱휘에게 다가왔다.

"한양으로 가실 겁니까?"

"그래야지. 그놈을 찾을 수만 있다면."

이번에도 일이 겹쳤다. 그녀도 찾아야 하지만 그놈도 찾아야 한다. 그래서 불안하다.

한창 잘나가던 사업에 훼방꾼이 생겼다.

돈이 많은 왜인들은 신기한 마음에, 서양인들은 자신과 같은 외모를 지녔기 때문에 서양 창녀들에게 눈길을 주었다. 그래서 모았다. 막대한 돈을 들여 서양에서 제대로 된 색목인 창녀들을 상해로 불러들였다.

최고의 상품이었다. 외교 자리, 무역 자리 가리지 않고 이들을 내보냈다. 물론 서양인 창녀들이 가진 막대한 빚을 까준다는 미끼를 던지면서. 마롱휘에게 그녀들은 그저 상품이었다.

돈에 눈이 먼 마롱휘를 장사치라며 와선은 눈길조차 주지 않았다. 도도하기 그지없었다. 기개에도 탄복했다. 수많은 보디가드 - 물론 이 말도 와선이 꺼낸 말이었다 - 옆에서도 기죽지 않고 마롱휘를 비난했다.

"당신은 그저 썩어빠진 장사치에 불과해요. 돈으로 몸뚱어리를 산다 한들 정신과 마음은 살 수 없지요. 당신은 한낱 쓰레기입니다."

마롱휘가 정확히 무슨 일을 하는지 알게 된 날, 와선은 그를 외면했다. 그런 뒤 가장 빠르고 정확한 방법으로 사라졌다. 조선으로 떠난 것이다.

그녀가 떠나고 난 뒤 깨달았다. 막대한 돈도, 수많은 사람도 한낱 사랑에 비할 바가 아니라는 걸. 와선과 파티를 열기 위해 만들었던 볼룸, 호텔의 무도회장은 그리도 쓸쓸할 수 없었다.

사랑은 위대하다. 모든 것을 가치 없게 만들고 아무 가치 없는 것조차 아름답게 바꾼다. 마롱휘에게는 와선이 필요하다. 그녀를 사랑하기 때문이다.

마롱휘는 와선에게 모든 것을 걸어보기로 했다. 용서받기로 다짐했다.

그러나 이 모든 일, 그놈을 찾은 뒤부터 실행하기로 했다. 다섯 명이 죽었다. 정확히 바다를 건너왔던 다섯 명의 서양 여인들이 죽었다. 그것만은 가만둘 수 없었다. 그들 모두는, 천사 같은 와선에게서 작은 병부터 큰 병까지 치료를 받았던 여인이다.

여인들의 죽음을 와선에게 설명할 수 있어야 한다. 그런 뒤 와선과 함께 향에 불을 붙이리라. 나는 당신을 만나 새롭게 태어나게 되었다고.

8

죽음의 그림자, 와선을 찾아오다

사람이 죽은 집이라는 소문이 도성에 퍼졌다. 흉흉한 소문은 곧 날개를 달았다. 그런데 이상하게도 소문이 변화했다. 기녀 혼자 커다란 집을 지키고 있다고. 잘만 하면 절세 미녀와 엄청난 재산까지 얻을지도 모른다고.

중배는 눈치 없는 것을 자랑이라도 하듯 이야기를 곧이곧대로 와선에게 알렸다. 절로 눈살이 찌푸려졌다. 그러나 중배의 이야기는 반은 맞고 반은 틀렸다. 강석범이 살던 거대한 집의 주인은 천지연, 말 그대로 기녀 혼자가 되었다. 하지만 그 집엔 홈즈가 기거하게 되었다. 수사를 위해서였다. 물론 와선도 함께였다.

심각했던 홈즈의 병세는 완연하게 좋아졌다. 차도를 보인 홈즈는 제중원에 머무를 구실이 없어졌다. 덕택에 기거할 곳이 마땅치 않았던 와선마저 맷돌에 딸린 어처구니처럼 동행하게 되었다.

사람들이 서대문 근처에 있는 천지연의 집을 무시로 방문했다. 소문을 확인하려는 질 낮은 잡배들이었다. 그들은 슬쩍 담장 너머로 얼굴을 내밀었다 파란 눈의 홈즈를 보고 놀라서 달아났다. 그러자 어느새 소문이 소문을 덮기 시작했다. 기녀가 색목인을 들였다, 강석범이 해괴하게 죽은 것도 모두 음모였다고.

어느 날 저녁, 홈즈가 중배를 불렀다. 중배를 불렀다는 말에 공사인 알렌도 덩달아 천지연의 집을 방문했다.

"당신이 제중원의 비둘기라고 들었소."

그 말에 알렌은 껄껄 웃었다. 이유를 모르는 중배만 무슨 말이냐는 표정이었다.

"이렇게 전해주겠나? 홈즈라는 작자가 강석범의 유지를 이어받아 모든 사업을 다시 시작한다고. 또한 천지연은 홈즈의 동생이라고."

중배의 입이 해괴하게 벌어졌다. 그러나 중배는 곧 고개를 주억거리며 그러겠노라 대답했다.

와선은 이런 이야기를 중배에게서도, 또 홈즈를 통해서도 듣지 못했다. 제중원에 얼굴을 꿰매러 왔던 무뢰배에게 들었다. 그는 한 밑천 잡아보려 했더니 웬 양놈이 기생을 가로챘다며 이를 갈았다. 게다가 이런 말도 했다.

"어찌 된 건지 그 기생이 양놈의 동생이랍니다, 그것도 친동생."

슬쩍 입술을 다문 와선이 못을 박듯 말했다.

"저의 오빠시지요. 또 기녀는 저의 동생이기도 하고요."

와선의 말을 들은 무뢰배는 눈치를 보다 내뺐다.

와선은 무뢰배가 사라진 뒤로도 한참을 웃었다. 홈즈가 생각해

낸 게 겨우 그 정도였다니. 그런데 소문은 '실체'를 띠면 '실재'가
된다. 아마도 무뢰배는 씨나 배가 다른 오빠라도 된다는 듯 홈즈와
와선, 천지연의 이야기를 포장하여 종로 일대에 뿌릴 것이다. 그러
다 와선은 흠칫 놀랐다. 홈즈는 와선이 이러리라는 상황마저 감안
했던 건 아닐까.

"와선."

홈즈에 대한 생각을 거두려는데 누군가 그녀의 이름을 불렀다.
그런데 단번에 알아차렸다. 성조가 조선인과 다르며 낮고 울림이
큰 목소리, 마롱휘였다.

와선은 고개를 들지 않았다.

"저와 당신의 인연은 이미 존재하지 않을 텐데요?"

"내 모든 것을 접어두고 이곳에 왔다오."

"아니요. 당신은 모든 사업을 버릴 수 없는 사람입니다. 이곳에
서는, 이곳에 맞는 다른 사업을 구상하겠지요. 더럽고, 사람을 등치
며, 누군가를 파탄에 이르게 할 사업으로요."

"한 번만, 단 한 번이라도 내 진심을 믿어줄 수 없겠소? 나는 그
저, 내가 믿는 신념과 사랑을 실천하기 위해 이곳으로 왔다오. 이
와선, 당신이란 여자에게 내 생을 바치기 위해서 말이오."

유창한 영어로 뒤이어지는 마롱휘의 말이 와선의 심장을 뒤흔
들었다. 신념과 사랑이라. 그러나 이 남자만큼 권모와 술수에 능한
사람을 보지 못했다. 통찰력이 좋은 홈즈라도 사업으로 마롱휘와
대적한다면 호적수이거나 그 아래일지 모른다.

"한 번만 나를 보아주시오. 부디, 부탁합니다. 와선."

결국 와선이 마롱휘를 쳐다보았다. 침대 곁에서 마롱휘를 바라본 와선은 흡 숨을 삼키고 말았다. 마롱휘는 조선 옷을 입고 있었다.

"명성이나 과거는, 그저 스쳐가는 바람입니다. 나는 와선 앞에 무릎을 꿇은······."

마롱휘가 보라는 듯 무릎을 꿇었다.

"사랑을 갈구하는 한 남자일 따름입니다."

솔직히 놀랐다. 그러나 옷이 바뀌었다고 해서 사람마저 바뀐다는 보장은 없다.

"가십시오. 어차피 저의 인연은 아니십니다."

매몰차게 잘랐다. 그런데 마롱휘가 노래하듯 성조를 넣은 이름을 말한다.

"메리. 로즈마리. 스테파니."

나머지, 마롱휘가 읊조릴 이름도 알겠다. 피오나와 제니. 모두 와선이 치료했던 거리의 여인이다.

의도한 것은 아닌데 마롱휘와 눈을 맞추고 말았다. 그녀들의 안부가 궁금했다. 피오나와 제니, 이름을 말하려 할 때였다.

"그녀들 모두 죽었습니다."

"네?"

죽었다니? 마롱휘는 무슨 소리를 하고 싶은 것일까?

"장난치지 마십시오. 아니 저를 조롱하지 마십시오. 제가 당신을 보려 하지 않는 것과 그네들을 괴롭히는 것과는 다른 일입니다."

그럴지도 모르겠다. 부와 세력을 가진 마룽휘라면 와선이 아낀 거리의 여인들을 괴롭히는 것도 어렵지 않았으리라. 그녀들을 미끼로 삼아 와선을 괴롭힌다면, 그래, 마룽휘와 모종의 협상을 해야 할지도 모른다.

"아니오, 와선. 말 그대로요. 다섯 여인 모두 살해당했습니다."

"살해……라니요? 장난이라도 도가 너무 지나치십니다."

와선은 분노했다.

"보시오."

마룽휘가 소매에서 무언가를 꺼낸다.

"어떻게든 사진사들을 구해 현장의 모습을 최대한 잘 보이도록 찍은 것입니다."

빈 환자 침대에 사진이 불규칙하게 떨어졌다. 마룽휘 역시 충격이 컸던 듯 손끝이 살짝 떨린다.

"당신에게 이 사진을 보여주는 게 두려웠소."

"가만, 그러면 티아니는요?"

번뜩 이름 하나가 떠올랐다. 조선에 온 뒤 너무 상해를 잊고 지냈다. 티아니는 열여섯 살밖에 되지 않은 어린 소녀였다. 붉은 머리에 주근깨가 꽤나 귀여웠다. 그렇지만 어떻게 해서 상해까지 오게 되었는지는 끝내 입술을 감춰물고 말하지 않았다. 강단이 있었고 상해 화류계에서 벗어나려는 의지를 가진 아이였다.

의지가지없던 티아니를 비롯해 마흔이 넘은 로즈마리나 서른 중반의 스테파니, 와선과 비슷한 또래인 메리와 피오나, 제니는 서로를 의지했다. 무료로 치료를 해주는 간호사가 있다는 말에 대장 격이었던 로즈마리가 처음 와선을 찾아왔다. 감기를 치료했다. 그러나 치료는 구실이었고 꼼꼼하게 와선을 살폈다.

"우리의 친구가 되어주세요."

로즈마리가 와선에게 간청했다. 그녀는 상해에서 노래를 하고 몸을 파는 여자라 생각하지 못할 정도로 정중하고 예의 발랐다. 나중에야 알게 되었지만 로즈마리는 귀족 출신이었다. 그녀의 아버지는 서인도제도에서 큰 빚을 지고 세 딸을 팔아치운 비정한 남자였다.

20년 가까이 영국 사람을 따라 곳곳을 떠돈 로즈마리는 사람을 돌볼 줄 알았다. 특히 그녀와 같이 궁지에 몰려 각지를 떠도는 사람들을 도왔다. 그녀는 언제인가 이렇게 말했다.

"피는 섞이지 않았지만 내 동생이며 조카이고 딸이지요."

로즈마리가 특히 아끼던 아이가 티아니였다. 정말이지 딸처럼 귀여워했다. 머리를 땋아주고 가슴 앞섶에 손수 레이스를 만들어주었다. 돈이 생기면 상해에 있는 고급 레스토랑에서 저녁을 사주기도 했다.

한번은 와선이 로즈마리를 비롯한 거리의 여인들에게 저녁 식사를 제안했다. 그런데 로즈마리가 거절했다. 내심 티아니는 기대하는 눈치였지만 로즈마리를 거스르지 않았다. 그네들의 끈끈한 유대감이 느껴졌다.

"그럼 오늘, 제가 로즈마리를 사는 것은 어떤가요?"

와선이 유쾌하게 제안했다.

"그러나 제가 드릴 수 있는 돈은 그저 레스토랑의 저녁 비용 정도가 전부입니다."

"로즈마리에게 공짜는 없지요. 오늘 저희가 와선에게 즐거움을 팔겠습니다."

로즈마리와 티아니, 스테파니를 비롯한 일행과 와선은 즐겁고 행복한 저녁 시간을 보냈다. 그때 마롱휘가 나타났다. 마롱휘를 보자 로즈마리의 안색이 변했다. 물론 그때까지 와선은 마롱휘가 정의롭고 상식을 지키는 장사치라고 여겼다.

그날 저녁, 와선과 마롱휘의 운명이 나누어졌다. 어쩌면 와선은 마롱휘가 남편감일지도 모른다고 여겼다. 결론은 노!

몇 번이나 로즈마리와 티아니를 찾아갔다. 번번이 만날 수 없다는 전언만 보디가드를 통해 전해졌다. 허망했다. 사람과 사람의 관계이다. 돈과 사람의 관계도, 또 상하도 없는 그저 사람과 사람이 나누는. 마롱휘는 와선이 상해에서 진심을 다했던 치료와 관계를 단 몇 초 만에 허물어버렸다.

1년이 지나도록 로즈마리와 티아니를 만나는 일은 요원했다. 와선은 지쳐버렸다는 사실을 깨달았다. 머무를 수 없다면 떠나는 것이 맞지 않을까. 제중원에서 간호사를 찾는다는 성공회 사람들의 이야기를 듣자마자 배에 올랐다. 그저 가방 하나에 담길 옷가지와 모자 하나를 챙긴 게 전부였다.

마롱휘, 그가 침대에 내려놓은 사진을 만지기가 두려웠다.

"마주해야 합니다. 나는, 그래요, 와선. 당신을 얻기 위해, 당신의 사랑 하나만을 위해 그녀들을 영국으로 되돌려 보내려고 했다오. 내 사업도 모두……."

마롱휘가 한숨을 내쉬었다.

"그런데, 그래요, 그녀들은 정말이지 행복해했답니다. 영국으로 되돌아갈 수 있었으니까요. 어떤 빚도, 또 어떤 제약도 없었으니까요. 어쩌면 티아니와 로즈마리는 당신을 보러 조선에 왔을지도 몰라요. 로즈마리와 티아니는 늘 당신이 가족이라고 말했다오."

주먹을 꽉 쥐었다 사진을 들었다. 눈빛을 잃어버린 인형이 와선을 주저하며 보는 듯했다. 터져버리고 갈라져버린 배에서 장기가 튀어나와 있었다.

"티아니……."

흡. 와선은 저도 모르게 눈물을 떨어뜨리고 말았다. 고개를 숙여 흐느꼈다. 가슴 한곳이 뜯어져나가는 듯했다. 아프고 또 아팠다.

마롱휘가 흐느끼는 와선의 팔목을 꽉 쥐었다.

"냉정해지세요. 부디, 와선, 그래야 합니다."

와선은 눈물을 훔치며 사진을 마주했다. 다음 사진은 로즈마리였다. 그 뒤로 피오나와 단짝인 제니가 한 사진에서 두 시체로 생기를 잃은 채 와선을 바라보았다.

"메리와 스테파니도 차례로 당했습니다."

"당신은 그럼……."

"그래요. 사업이란 숨어 있는 수많은 역학 관계를 포함하지요.

내가 먼저 영국으로 돌려보낼 수 있었던 사람은⋯⋯."

"제가 치료했던 여인들이군요."

"맞습니다. 그만큼 와선은 나에게 간절했으니까요. 당신이 떠난 뒤 깨달았지요. 돈으로도 얻지 못하는 게 사람이라는, 그리고 사랑이라는 사실을요. 저는 어리석었습니다. 돈이면 다라고 생각했으니까요. 언제부터인가 우리는 더 가지거나 계급이 높거나 권력을 얻어야만 성공한 것이라 잘못 가르쳐왔어요. 저 역시 그렇게 배웠지요. 무언가 사회는 잘못되고 있어요. 당신은, 나에게 사람이 무엇인지를 진심으로 깨닫게 해주었습니다. 지금은 사진으로밖에 만나지 못하는 저 여인들의 소중함도요."

그때였다. 허겁지겁 중배가 달려왔다.

"와선 아씨. 알렌 공사님과 홈즈 씨를 불렀어요. 어서 피하십시오."

중배는 무언가 단단히 오해했던 모양이다. 헐떡거리는 중배의 뒤로 알렌 공사와 홈즈가 모습을 드러냈다.

성큼성큼 홈즈가 다가왔다. 잠시 가누어 보나 싶더니 와선을 향해 말을 건다.

"당신의 남자군요."

상황을 알 리 없는 마롱휘 역시 질끈 눈을 감으며 말을 꺼냈다.

"와선, 당신의 남자입니까?"

와선은 저도 모르게 큰 숨을 내쉬며 천장을 보았다.

그 순간 알렌이 와선에게 속삭인다.

"삼각관계군요. 흥미롭지요. 자고로 남녀의 관계란 삼각형에서 시작합니다. 꺾고 돌아서 제자리로 왔을 때는 하나의 선만 남지요. 다른 말로 사랑."

알렌이 와선을 보며 능글맞게 입꼬리를 올렸다.

"무슨 말씀인지 모르겠습니다."

와선은 알렌 공사에게 퉁바리를 놓았다.

"더불어 지나친 관심과 간섭은 사양합니다."

바라보던 홈즈가 크하하, 소리를 내며 유쾌하게 웃는다. 모든 상황을 파악한 것이 분명했다. 그러다 침대로 눈길이 옮겨간다. 곧바로 웃음을 멈추며 사진을 하나하나 뜯어보기 시작했다. 다섯 장의 사진, 여섯 명의 시체!

"모두 서양인이었습니까? 이곳은……."

"상해입니다."

"상해라. 상해에서 여섯 명의 서양인들이."

"정확히는 영국인입니다."

"영국인이라."

어지러운 듯 홈즈가 침대맡에 앉았다.

홈즈에게 사진의 순서와 여인들의 이름을 천천히 말했다. 티아니. 로즈마리. 피오나와 제니. 메리. 스테파니. 그리고 덧붙였다.

"모두 제가 돌보아주었던 환자였습니다."

"그리고?"

홈즈가 물었다. 와선은 홈즈가 어떤 대답을 바라는지 단번에 알아차렸다.

"영국인이며, 거리의 여자들이었지요. 그리고 저 남자의 상품이었습니다."

그 순간, 지금까지 아무 말이 없었던 알렌이 끼어들었다.

"가만, 거리의 여자라고 했습니까? 영국인이었고요?"

알렌이 목소리를 높인다.

"무엇이 잘못되었습니까?"

"잘못되었다는 게 아니라……. 조선에서도 이 비슷한 일이 벌어졌었지요. 우리는 조선에 우리와 같은 피부색과 눈빛을 가진 거리의 여인이 있다는 사실이 늘 부끄럽기만 했답니다."

"알렌 공사님. 그것은 차별입니다. 파란 눈의 거리 여자는 안 되고 조선의 기녀는 된다는 법은 없지요. 사람은 그저 사람으로 존중받아야 하는 것입니다. 여자라서 차별하는 것이 아니라요."

"이런! 와선, 지금 그런 이야기를 하려는 것은 아니니 부디 부탁이오. 나의 짧은 소견이나 잘못된 표현은 너그러이 양해 바라오. 어쨌든 저 사진 속의 일이 조선에서도 벌어졌단 말이오!"

홈즈는 알렌의 말에 벌떡 일어섰다.

물론 이때는 홈즈도, 또 와선도 알지 못했다. 이 일이 어떻게 천지연이 사는 집의 마루까지 연결될 것인지. 그저 와선은 마롱휘가 분노했던 것처럼 여인들을 죽인 범인을 잡아야 한다는 사실에만 모든 생각을 집중했다.

"중요한 사실이 빠졌군요. 왜 당신은 이 사진을 들고 저를 찾아온 것입니까? 상해에서 저 여인들의 원한을 갚아주지 않고요?"

마롱휘는 그 순간 눈빛을 반짝거렸다. 지금껏 바로 그 질문을 기다려왔다는 듯이.

"다음 목표가 와선, 당신이라고 생각했기 때문이라오."

와선이 흠칫 놀라 마롱휘를 노려보았다. 그의 말대로라면 죽음의 그림자가 와선을 찾아온 것이 아닌가. 순간 제중원 병실에는 사람들의 탄식이 터져 나왔다.

9
세 가지 죽음, 세 가지 해결책

"바보가 아닌 바에야 어떻게 그런 결론을!"

홈즈가 코웃음을 쳤다.

"마롱휘라고 하셨소? 어떻게 그런 멍청한 결론에 도달한 것입니까?"

마롱휘의 말로 인해 와선은 공포를 맛보았다. 그런데 홈즈가 비꼬자 금세 안심이 된다. 마롱휘를 알고 지낸 지 벌써 3년이 다 되었다. 홈즈를 만난 것은 겨우 일주일이다. 그런데 홈즈가 믿음을 준다. 와선은 새로운 물건을 받아 드는 상단의 수장처럼 홈즈와 눈을 맞추었다.

"와선이라면, 이미 거리의 여인들을 노린 범죄라는 결론에 도달했을 거라 봅니다."

솔직히 몰랐다. 그저 놀란 나머지 마음을 다스리기에 급급했다.

"이미 충분히 검증했고 심사숙고하였습니다. 다음 목표는 와선입니다."

마롱휘가 반박했다. 그는 부호들에게 사업을 제안할 때의 모습으로 병실을 둘러보았다. 심각한 상황임에도 눈웃음과 특유의 손짓으로 사람들에게 믿음을 준다. 중간중간 눈을 맞추며 미소를 보낸다. 와선이 마음을 빼앗길 뻔했던 미소다.

"사망한 여섯 명의 아가씨들은 모두 자유인이었습니다. 빚을 탕감하고 영국으로 돌아갈 길을 열어주었지만 여비가 필요했어요. 말하자면 새로운 인생을 맞이하기 위해 그들은 마지막으로 상해에서 거리의 여인으로 생활했던 겁니다."

"당신이 다시 한 번 그들을 거리로 내몬 것은 아니었고요?"

손톱을 만지작거리며 홈즈가 넌지시 말했다.

일순간이었지만 마롱휘의 웃음이 잠시 멈췄다. 와선은 알고 있다. 마롱휘가 웃음을 멈출 때 얼마나 간악해지는지. 그런데 지금은 모르겠다. 사람이라는 게 기대를 걸게 된다. 무릎을 꿇고 말하던 그가 정말로 변하지 않았을까 하고.

"그리고 와선도, 또 마롱휘도 어린아이 같은 사랑 놀음에 빠져 알렌의 말을 무시하고 있잖소. 알렌?"

심드렁하던 목소리에 울림이 생기며 홈즈가 좌중을 압도했다. 넋을 잃은 듯 마롱휘와 와선을 바라보던 알렌이 번뜩 정신이 든 듯 "맞아요." 하고 일어선다.

"설명해주시겠소, 알렌 공사?"

홈즈가 고개를 끄덕이며 알렌에게 신호를 보냈다.

"저어, 이 일은, 아니 거리의 여인이, 아니 이런 참."

알렌이 땀을 닦았다.

"저기 너무 부끄러워서 우리들은 이 일을 이미 잊어버렸답니다."

알렌이 천천히 설명을 시작한다.

사망한 여인의 이름은 노라 로버츠였다. 노라는 외국을 통해 조선까지 흘러든 영국인 창부였다. 노라가 조선에 온 것은 2년 전 겨울이었다.

노라는 특이한 여성이었다. 일반적으로 외국을 전전하는 거리의 여인들과 달리 그녀는 진취적이고 사업과 영리에 밝았다. 인도의 광산 사업에 전 재산을 투자했다 사기를 당하고 말았단다. 빚만 남은 그녀는 몇 번이나, 또 어떻게든 재기를 꿈꾸었다.

"주변 사람들에게 노라는 자주 이런 말을 했다고 합니다. 여자에게는 몸도 무기일 수 있다고. 잘만 활용하면 엄청난 투자를 이끌어낼 수 있다고요."

노라는 스스로 거리의 여인이 된 경우였다. 일반적인 거리의 여성과 달리 그녀가 상대하는 남성들은 말하자면 고위층이었다.

설명을 듣던 홈즈가 질문을 쏟아내기 시작했다.

"출신지는?"

"런던……이라던데요. 그 이상은……."

"귀족이었습니까?"

"그건 잘……."

"노라 로버츠가 본명입니까?"

"그것도 잘······."

"죽은 것은 확실합니까?"

"그거야······."

"노라 로버츠의 죽음을 확인하였느냐는 말입니다, 알렌 공사!"

알렌을 홈즈가 닦달했다.

상황을 살피던 와선이 물었다.

"부검을 하였습니까?"

알렌을 도와주고 싶었다. 홈즈란 남자는 미쳤다. 특히 마약과 사건에. 저럴 때면 치가 떨린다. 마치 마롱휘를 떠나올 때처럼. 게다가 홈즈는 여성을 무척이나 혐오하는 듯했다.

"내가 밉지요?"

어느새 다가온 홈즈가 귓속말로 묻더니 큰 소리로 말한다.

"부검은 누가 하였고, 기록은 또 어디 있습니까?"

"부부부, 부검은 이루어지지 않았소. 하지만 상당한 기록을 내직로 부윤이 가지고 있을 겁니다. 어쨌든 살인 사건이었으니까요."

알렌이 덧붙인다. 영국인의 살인 사건이었지만, 특히 영국인이면서 거리의 여인이라 사건을 묻기에 급급했다고.

"그렇다면 부윤의 말을 들어볼까요?"

홈즈가 제안했다. 사람들이 수긍했다.

사령 아이가 제중원을 나가고 내직로가 제중원에 들어서기까지 30여 분이 흐른다. 그동안 홈즈는 무언가를 말하려 했다. 와선은 그와 눈이 마주칠 때마다 느낄 수 있었다. 그때마다 와선은 속으로 외쳤다. 홈즈, 당신! 아무 말도 하지 마. 어떤 말도!

내직로가 병실에 들어서자 급작스레 숨이 막히는 듯했다.

"드디어……."

"홈즈 씨. 닥치세요!"

와선이 황급히 홈즈의 말을 잘랐다. 순간 마롱휘의 눈이 와선에게 부딪쳐왔다.

"닥치……."

홈즈가 재빨리 손가락을 와선의 입에 가져다 댔다. 그러더니 속삭인다.

"와선, 당신은 지금 조선과 청나라에서 집념이 강한 것에 둘째 가라면 서러울 남자 둘을 연적으로 만들었습니다. 특히! 청나라에서 온 저 남자는 나까지도 당신을 사랑하는 남자라고 오해하고 있지요. 하지만 이 상황을 역이용합시다."

무슨 소리인지 당최 알 수 없었다. 순간 홈즈가 벌떡 일어섰다.

"내직로 부윤, 당신이 노라 로버츠의 사건을 수사하였습니까?"

아쉽게도 내직로는 얼어버리고 말았다. 홈즈의 말을 알아들을 리 없다. 고개를 세차게 가로저은 와선이 그간의 상황을 내직로에게 설명했다.

상해에서 일어난 여인의 죽음, 그와 유사한 조선에서 일어난 노라의 죽음. 그리고 마롱휘가 주장했던, 다음 목표는 와선일지 모른다는 추측까지.

내직로가 흡, 숨을 삼켰다.

"노라 양의 죽음은 거리의 여인에게 벌어진 참극이었습니다. 노라 양의 시체가 발견된 두 시간쯤 뒤에 제가 도착했습니다. 시체는 청계천 부근에서 발견되었지요. 누군가 그녀를 천변으로 떠밀었더 군요. 굴러떨어진 게 분명한 상처가 곳곳에 있었습니다. 처음에는 그게 전부인 줄 알았습니다."

그때가 생각난다는 듯 내직로의 눈이 멍해졌다 초점이 돌아온다.

"시체가 토막 난 것은 아니었는데, 배가 갈라지고 오장육부가 튀어나와 있었습니다."

이래서였던가. 알렌과 내직로가 안면을 트고, 영국인들이 나서서 시체를 수습하고 무마했다는 이유…….

내직로의 말을 통역해 들은 홈즈는 충격에 빠진 듯했다. 조금 전까지 와선에게 깐족거리며 상황을 역이용하네 마네 하던 모습은 온데간데없었다. 그렇다고 홈즈만 생각 속으로 숨어버린 것은 아니었다. 병실에 앉은 알렌과 마롱휘, 내직로까지 침묵으로 일관했다.

이래서는 안 된다.

"제가 한 말씀 드려도 되겠는지요?"

와선은 병실에 있는 사람들을 쳐다보았다.

"상인인 마롱휘로 인해 모두가 눈이 가려진 상황이라 저라도 나서지 않을 수가 없었습니다. 먼저, 홈즈 씨. 당신은 그저 환자입니다. 게다가 스스로 아편중독에 빠져든 무분별하고 방탕한 사내입니다."

아하. 홈즈가 특유의 감탄사를 터뜨리며 손가락으로 입술을 매만졌다. 그의 눈빛이 음흉했다. 마치 와선이 나서기를 기다렸다는 투였다.

"게다가 저는 홈즈 씨가 무슨 일을 하던 분인지 모릅니다. 그런데 여인이 혼자 머무는 집에 오빠라는 가당찮은 소리로 들어가 군식구가 되셨지요. 말이 됩니까? 적어도 당신이 천지연이 혼자 사는 집에 기거하기로 했다면 그에 응당한 결과를 보여주셔야지요. 마음 같아서는 당장에라도 영국으로 돌려보내고 싶지만……. 그것까지 관여한다면 월권이지요. 여하튼 당신의 존재 이유를 몸소 증명하십시오."

어쩌면 지금부터가 시작이라며, 강석범의 죽음에 도사린 음모가 있을 거라 홈즈는 말했다. 와선은 에둘렀지만 명확히 표현했다. 홈즈, 당신은 강석범 사건을 해결하시오!

"알렌 공사님과 내직로 부윤. 두 사람은 조선에서 또 한양에서 지대한 영향력을 가지신 분들입니다. 알렌 공사님 한마디면 당하관뿐 아니라 당상관까지 눈치를 보지요. 이유야 간단합니다. 전하에게까지 알력을 미칠 수 있기 때문입니다. 물론 그러지 않으시리라 믿습니다. 상식이지요. 또 내직로 부윤 역시 적어도 한양에서는 파리마저 죄를 물을 수 있는 위치입니다. 그런데 두 분이 하신 일을 보십시오. 한 여인의 안타까운 죽음을, 그저 음지에서 일을 하던 여인이라는 이유만으로 묻어두기 급급했지요. 과연 올바른 행동이었습니까?"

와선은 분노를 담아 알렌과 내직로를 쏘아보았다.

"이런 것을 두고 야합이라고 하지요. 적어도 공직에 있고 사람들을 선도하며 가르치는 분들이라면 응당 하지 말아야 할 행동입니다. 어린아이가 만약 이런 두 분을 본받기라도 한다면 세상은 굽어지고 말 것입니다. 또한 두 분이 이러한 철학으로 치세한다면, 그 나라는 불 보듯 뻔합니다, 망하겠지요."

"와선, 그것은……."

알렌이 변명하려 들었다.

"아니요, 변명은 됐습니다."

와선은 매몰차게 그의 말을 잘랐다.

"내직로 부윤은 잘 알 것입니다. 왜 선대왕이신 세종이 『신주무원록』을 편찬하셨는지."

"억울한 죽음이 없게 하라."

내직로가 나지막하게 읊조렸다. 그런 뒤 고개를 떨어뜨린다.

"피부색이 다르고 눈빛이 우리와 다르다고 해서 억울한 죽음을 숨겨야 한다면 그것은 차별입니다. 우리가, 또 우리의 자손이 저 멀리 서역에서 이런 죽음을 당한다면 내직로 부윤은 가만히 있을 것입니까?"

"생각이 짧았습니다. 아니, 내가 부정했소이다. 어떻게든 해결하겠습니다."

내직로가 입술을 깨물었다.

"책임지시는 겁니까?"

와선이 재차 물었다.

와선의 물음에 내직로는 힘을 주어 고개를 끄덕였다.

"그리고 마룽휘 당신! 비겁하기 이를 데 없습니다. 아마 홈즈 씨가 했던 말, 상당수는 사실일 거라 믿습니다. 당신은 여섯 여인들에게 빚을 탕감해주었겠지요. 그러나 그네들이 영국으로 곧바로 돌아가지 못했다는 점은 다른 뜻을 내포하고 있는지도 모르겠습니다."

"다른 뜻이라니?"

급작스러운 화제의 전환에 마룽휘는 허를 찔린 듯했다.

"본보기지요. 당신은 상해에서 못된 장사치로 악명을 높이는 중이었습니다. 만약 빚으로 묶여 당신에게 옴짝달싹하지 못하게 된 여인들을 풀어준다? 당신은 여인들의 빚을 탕감해준 대신 소문을 얻게 될 테지요. 마룽휘는 정의로운 장사치이다! 틀렸습니까?"

"아니, 나는……."

와선은 검지를 들어 마룽휘를 제지했다.

"역시 추측일 뿐입니다만, 여인들이 상해를 떠나지 못했다는 것은 다른 족쇄가 있었다는 뜻이 아닐까요? 제가 아는 당신은 그러고도 남을 사람입니다. 당신이 하지 않았다면 당신의 아랫사람이, 아랫사람이 하지 않았다면 그 아랫사람이 했겠지요."

"와선, 나는 그저 당신에게……."

"아니요, 됐습니다. 저를 사랑한다는, 그런 소리거들랑 입에도 담지 마십시오. 이미 당신과 저의 인연은 끝이 났습니다. 무엇보다 당신은 당신이 부리던 여인들이 날카로운 것에 찢기고 피가 터져 낭자된 사진을 들고 왔습니다. 당신이 죽였습니까?"

와선은 분노를 겨우 억누르며 물었다.

"아니오, 내가 그랬을 리 없지 않소. 그랬다면 이곳까지 와서 더욱이 당신에게 사진을 내미는 바보짓은 하지도 않았겠지요."

"그렇다면 그곳에서 억울한 여인들의 죽음을 풀어주었어야지요. 왜 이곳까지 오신 겝니까?"

"와선. 단 한 번만이라도 나를 믿어주시오. 나는 지난 2년 가까이 여인들의 죽음을 좇았습니다. 여섯 여인들은 내 품을 떠나며 급작스레 환경이 변했지요. 그녀들이 누구를 만나는지, 또 어떤 생활을 했는지 나조차 알기 힘들었단 말이오. 하지만 내 방대한 조직과 돈으로 그들의 생활을 하나하나 재현해나갔소이다. 그리고 상해에 머무른 한 남자에 대해 알게 되었다오. 그는……. 그래요, 그렇게 추적했지만 남자에 대한 단서라고는 영국인일지 모른다는 게 전부였소. 그리고 그는……."

"그는?"

오히려 홈즈가 마롱휘의 말에 흥분한 듯 되물었다.

"와선의 이야기를 늘 경청했다고 하더이다. 여러 사람들에게 그녀가 어디로 사라졌는지 묻기도 했다고 하고요. 그리고 그는 사라졌습니다. 그게 1년 전, 작년 가을쯤의 일입니다. 아무리 남자를 수소문해도 찾지 못했는데, 선원들 사이에서 낯선 남자가 조선으로 갔다는 첩보를 입수하기에 이르렀지요."

순간 와선은 코웃음이 났다. 와선이 조선에 온 것은 채 한 달이 지나지 않았다. 그런데 마롱휘가 주장하는 살인자는, 말하자면 1년 전에 이곳에 온 셈이다.

"앞뒤가 맞지 않는다는 것은 압니다. 하지만 그즈음 와선 당신도 영국 성공회 품으로 몸을 숨겨 나조차도 찾기 힘들었지요."

마롱휘의 말은 틀리지 않았다. 상해는 청나라 땅이지만, 영국 조계 지역에 머무른다면 다른 나라에 살고 있는 것이나 다름없다. 와선은 마롱휘의 손을 벗어나 철저히 숨어 지냈다. 같은 이유로 영국인이 청나라 사람의 이목에서 벗어나는 것은 충분히 가능하다.

그러나…….

"아무도 남자가 살인자라고 생각하지 못했을 겁니다. 대신 남자가 먼저 조선을 탐방하자 결심했다면 어땠을까요? 와선을 찾아, 아니 더 정확하게는 와선을 죽이기 위해 조선으로 먼저 간다! 어차피 와선은 조선으로 돌아갈 테니까."

그랬던가. 마롱휘가 말하던 확신이라는 것은.

"됐습니다. 억지이고 과장입니다. 하지만 만약에라도, 또 만약의 만약에라도 청나라에서 여인들을 살해한 남자가 조선에 왔다면 마롱휘, 당신이 붙잡으세요. 결자해지하십시오."

"하지만 나는 당신에게……."

"그때 일은 그때 가서 생각하지요."

여지를 두지 말아야 한다는 건 안다. 하지만 억울한 죽음을 푸는 것이 먼저이다. 그리고 마롱휘가 변했다면, 아니 와선이 마음을 내줄 뻔한 순수한 모습으로 되돌아왔다면, 기회를 주는 것도 나쁘지 않으리라.

"자, 홈즈, 알렌과 내직로 부윤, 그리고 마롱휘. 가세요. 그리고 해결하세요. 억울한 죽음을 모두 풀어주세요."

와선은 주먹을 꽉 쥐며 뒤돌았다. 다리에 힘이 풀리는 느낌이었다. 남자들만 남겨둔 채 와선은 노을이 물드는 종로로 발걸음을 옮겼다.

종로 통으로 접어드는데 홈즈의 말이 귓전을 때리는 듯했다. 상황을 역이용합시다. 와선은 그만 사람들 틈바구니에서 힘을 잃으며 주저앉고 말았다. 홈즈라는 남자, 와선을 이용해 상황을 역전시켰다. 와선은 보기 좋게 홈즈의 손아귀에서 놀아났던 것은 아닐까? 바보 같게도.

10

무원(無冤), 원통함이 없도록 죽음을 밝히다

얼마나 있었을까? 와선은 사방이 어두워졌다는 걸 그제야 깨달았다. 웅성거리는 일단의 남자들이 와선에게 몰려 있다는 사실도 지금에야 알아차렸다.

드레스를 입고 모자를 쓴, 그러나 그들과 같은 살결과 눈빛을 가진 여인이 괴물로 보였을지도 모른다. 그때 양반 옷을 걸친 남자가 와선에게 다가왔다. 남자는 와선을 부축하려 했다. 와선은 너무 놀라 고함을 내지를 뻔했다.

"Wake up, Hurry!"

귓속말을 전한다. 홈즈의 목소리였다. 그런데……. 어찌 된 일일까. 와선은 저도 모르게 남자의 부축을 받으며 넋이 나간 채로 종로 안으로 질질 끌려갔다.

"동물원의 원숭이라도 되고 싶었던 겁니까?"

홈즈가 날카롭게 말한다.

"당신의 당찬 성격에도 불구하고 상황을 이겨내기가 쉽지 않았겠지요."

"병 주고 약 주시는 겁니까?"

와선이 풀 죽은 목소리로 물었다.

"그럴 리가. 아마 병 주고 술을 주지 싶은데."

홈즈는 유쾌한 농담이라는 듯 아하, 감탄사를 넣는다. 그러더니 와선을 부축해 종로 깊숙이 걸어 들어간다. 그때까지는 몰랐다. 솟을대문이 거대한 어느 집 앞에 이르러서야 누군가 앞장섰다는 사실을 알게 되었다.

"여기입니다."

덩치가 작은 남자가 뒤돌아보았다. 와선은 흡, 숨을 삼켰다. 남장을 한 천지연이었다.

"가만, 이게……."

와선은 남장을 한 천지연과 홈즈를 번갈아 보았다.

"설명은 나중에."

그러더니 홈즈가 덧붙인다.

"레이디 퍼스트!"

망할 인간! 와선은 속으로 욕을 하며 천지연이 안내한 문 안으로 발을 들였다.

과거에는 사대부의 집이었을 이곳은 최근 조선에서 유행하기 시작했다는 요릿집이었다. 천지연은 익숙한 걸음으로 대청마루를 오른다. 그러더니 "주홍아!" 하고 누군가를 부른다.

언니, 하며 나타난 사람은 열대여섯 정도의 아이였다. 천지연을 보더니 끌어안고 눈물을 흘리기 시작했다. 두 사람은 그간의 소회를 나누는 듯 이야기를 주고받았다. 홈즈와 와선은 참을성 있게 두 사람을 기다렸다.

"아 참. 내 정신 좀 봐. 저분들을 큰방으로 모실까요?"

주홍이 눈물을 닦으며 와선에게 물었다.

와선도 황급히 정신을 차린 듯 고개를 끄덕였다.

"이러자고 저를 일부러 부추겼던 거지요?"

와선이 홈즈에게 물었다. 오후의 상황을 되짚어보았다. 석연치 않은 점들이 있었다. 홈즈는 누구보다 사람을 빨리 분석하고 행동을 예견하거나 반응을 이끌어냈다. 결론은 그랬다. 홈즈가 와선을 부추겼다. 부화뇌동하고 말았다. 홈즈라면 그러고도 남을 남자였다. 망할 놈의 탐정!

홈즈가 대답을 하기도 전에 문이 열리며 상 하나가 들어왔다. 남자 둘이 낑낑거리며 나를 정도로 거대한 상이었다. 상 위에는 나물과 김치, 마른 생선 조림 같은 밑반찬이 30여 가지나 되었다.

"나머지 음식들은 조리되는 대로 들어옵니다."

천지연이 말한다.

"이곳은 보시다시피 웬만한 사람들은 오지도 못하는 곳입니다."

그때 주홍이 방 안으로 들어왔다.

"미쳤구나, 이 사업. 여자를 팔아 돈을 챙기고, 술자리에서 벌어진 내용들로 잇속을 챙기고 부정한 일들을 도모하는……."

화가 난 와선을 홈즈가 말린다. 그의 눈에는 엄한 사감 같은 모습이 어렸다.

"그러려고 온 것이 아니지 않소, 와선. 우리는 정탐을 하러 온 것입니다. 와선이 이러면 이럴수록 힘들어집니다. 정신을 차리세요. 조금 전 길바닥에서 광녀처럼 행동하는 모습은 이제 보이지 마세요. 마음을 다잡으세요."

"Of course!"

홈즈의 말을 듣던 주홍이 영어로 대답했다. 전후 맥락을 모를 텐데도 눈치 빠른 아이란 걸 느낄 수 있었다.

"술자리는 위장이죠? 주인어르신의 죽음을 밝히러 오신 게 아닙니까?"

주홍이 목소리를 낮추며 세 사람들 번갈아 보았다.

"저는 주인어르신의 배려로 영어를 배웠지요. 언니는, 왜국의 말을 배웠답니다."

"그것참. 영국과는 판이하군요. 조선의 술자리는 술을 사거나 판다기보다 사람을 사야 하는 곳이군요."

주홍을 바라보던 홈즈가 말했다.

"여기만 그럴지도 모르겠네요."

주홍이 혀를 쏙 내밀며 홈즈에게 대답했다.

홈즈는 어린 조카를 보듯 주홍의 애교에 즐거운 웃음으로 답했다.

술이 들어오고 기녀들의 연주가 이어졌다. 통상적인 절차란다. 이때 천지연은 잠시 자리를 비웠다. 아무래도 주홍이 자유롭게 떠들도록 내버려둔 것 같았다. 영어를 아는 주홍 탓인지, 아니면 주홍이 따른 술 때문인지 홈즈도 오랜만에 상기된 표정이었다.

"술은……."

"아하. 내 몸에 좋지 않은 것은 압니다. 그저 조선의 술 맛을 보는 거라 생각하세요."

홈즈가 와선의 경고를 대번에 알아차렸다. 궁금해하는 주홍에게 와선은 "아편중독이었단다." 하고 일러주었다. 주홍의 눈이 커졌다 제자리로 돌아온다.

"말도 마세요. 지금 거리에서도 아편이 장난 아니랍니다. 심지어 쬐깐한 꼬맹이들까지 아편이오, 하고 다니니까요. 그러면 며칠 뒤 아이가 사라져요. 사람들이 그러죠. 비명횡사했을 거라고. 아시다시피 청계천에도 얼마나 많은 시체가 나뒹굽니까! 아편 때문에 청나라가 망할 뻔했다는 게 거짓말은 아니라니까요."

주홍이 혀를 찬다.

"그래도 그 덕에 꼬맹이들을 많이 알게 됐습지요."

"꼬맹이들?"

주홍이 애교를 떨며 말하는 터라 와선은 절로 웃음이 났다.

"그럼요. 꼬맹이들이 제물포에서 종로까지 쫙 퍼져 있습지요. 아침에 제물포에 가는 심부름을 맡기면 오후에는 답이 온답니다."

"아하. 스트리트 보이즈."

홈즈가 특유의 감탄사를 터뜨린다.

"제물포라. 그러면 혹시 몇 가지 질문을 해볼 수 있습니까? 아니 몇 가지 조사를 시킬 수 있겠습니까?"

홈즈가 넌지시 주홍에게 물었다.

주홍이 고개를 끄덕인다.

"그럼 아이를 한번 불러와주시겠소?"

홈즈의 말에 주홍은 금세 뒷걸음을 하며 자리를 비웠다.

"아이들을 불러서 무얼 하시게요?"

와선이 물었지만 홈즈는 "아하." 하고 웃을 뿐 말이 없었다.

"아이들에게……."

"걱정 마시오. 위험한 일은 시키지 않을 테니."

홈즈가 이번에도 와선의 말을 자른다.

홈즈는 참 영특한 사람이다. 또한 영악하다. 그래서 위험하다. 와선은 홈즈가 자신의 철학과 가치를 위해서라면 어떤 희생도 감수하며 수단마저 목적으로 변모시킬 사람이라는 생각이 들었다. 가능하다면 조선에서는 그리하도록 내버려두어서는 안 될 것이다.

되짚어보면 살인자도 사람이다. 이는 바꿀 수 없는 진실이다. 마롱휘가 가져온 사진 속 죽음은, 맹목적이지 않았다. 욕망이라기보다 뒤틀린 목적이 있는 것처럼 여겨졌다. 육체를 사고파는 일은 가치나 기준에 따라 악이 되기도 한다. 하지만 선을 행한다는 명목으로 악을 처단하기 위해 어떤 수단과 방법도 가리지 않는다면 그것 역시 악이다. 어떻게든 막아야만 하리라.

다짐을 하는데 대청마루를 향한 창호 문이 열린다. 문밖에서 아이 하나가 엎디었다.

"고개를 들어."

주홍이 말한다.

아이가 고개를 든다. 주눅 든 기색도 없이 생글생글 웃고 있다.

"제물포에도 너 같은 아이가 있더냐? 있다면 이곳까지 데려와주겠니? 대신……."

홈즈는 주홍의 귀에다 대고 무언가를 속삭였다.

주홍이 바깥으로 나가 아이의 귀에 대고 다시 속삭인다. 아이는 고개를 주억거리더니 마루에서 재주를 넘듯 사라진다.

"언니, 그리고 홈즈 씨. 이제부터는 즐기세요."

주홍이 홈즈의 멱살을 쥐듯 목을 감싼다. 홈즈는 주홍의 애교에 아하, 하는 특유의 감탄사를 터뜨렸다. 진지해질 법도, 또 진탕으로 몰릴 법도 한 상황에 와선은 눈을 감아버렸다.

눈을 질끈 감아버린 터라 무슨 일이 벌어질지 몰랐다. 그런데 음악이 울린다. 언제 어디로 들어왔는지 모를 악기들이 소리를 낸다.

아라릉, 아라릉, 아라리요.

저도 모르게 눈을 떴다. 〈아리랑〉이었다.

홈즈는 반복적으로 연주되는 몇 마디를 벌써 외웠는지 따라 부르기 시작했다.

급작스레 가슴이 뛰었다. 고향을 생각하면 그림이 떠오른다. 삭아가는 담과 그 사이로 고개를 내민 이름 모를 잡초들. 잡초가 피운 꽃까지. 담 사이 길을 아버지와 딸이 걷는다. 손을 잡기도 한다. 아련한, 천연색의 기억들.

"넌 무슨 소리를 그렇게 중얼거리는 거니?"

양어머니가 물은 적이 있었다. 그때 와선은 "모르겠는데요, 제가 무슨 소리를 냈나요?" 하고 오히려 되물었다. 양어머니가 영어도, 또 조선말도 아닌 이상한 발음으로 중얼거림을 흉내 낸다. 아리랑 이었다.

"외국인들이 참 좋아해요. 단순하고 외우기 쉬운 음인 데다 빠른 곡조에서 느린 곡조까지 다양하잖아요. 〈강원도아리랑〉을 부를 때는 박수를 치고 좋아하다가도 〈밀양아리랑〉을 들려주면 우는 외국인까지 있어요."

주홍이 속삭였다.

그래, 이들을 사로잡은 것은 결국 우리 것이었구나.

"적어도 나와 있는 동안에는 감상에 빠지지 말아주시오. 나에게는 사건을 위한 논리적인 이성과 피해자의 원한을 풀어줄 감성만이 필요할 뿐이니!"

생각에 잠긴 와선에게 홈즈가 따끔하게 말한다.

"죄송합니다."

주홍은 홈즈와 와선을 주의 깊게 바라본다. 그런 주홍을 향해 홈즈가 물었다.

"마이클 델라에 관해 자세히 말해주겠느냐?"

주홍이 이곳에서 담당했을 일은, 사람이 아니라 영어였을 것이다. 미소를 팔고 몸짓을 흘리는 기녀의 일은 주홍이 영어를 파는 일의 연장이 아니었을까. 바보 같은 남자는 재력을 보이고 몸을 산 뒤 마지막에 마음을 사려 들었겠지만 와선이 보아왔던 거리의 여자들은, 어떤 경우에도 마음을 팔지 않았다.

"델라에게서 정보를 캐는 게 너였지?"

주홍의 눈빛이 그윽해지는가 싶더니 고개를 끄덕인다.

"악덕 상인이었습니다. 여자 다루기를 물건 다루듯이 했지요. 지연 언니와 석범 어른이 없었다면 뺨을 후려치고 싶은 순간이 한두 번이 아니었습니다. 특히 그는 조선의 좋은 것들을 서양으로 빼가고 나쁜 것들을 전해주려 했지요. 바꾸어 말해, 이 땅에서 단물을 빼먹고 조선인을 노예로 만들고 싶어 했습니다."

주홍의 말에 놀란 와선은 흡, 숨을 삼켰다.

"그렇다면 강석범이 기회라고 했다는 말은 어떤 의미냐?"

와선의 물음에 주홍은 생각에 잠긴다.

"어떻게 말을 해야 할까요?"

그러더니 입을 꾹 다물었다.

"이미 너의 주인어른은 죽었다. 주인어른 같은 말……."

와선은 속에서 끓어오르는 분노를 삼켰다.

"여하튼 사람 위에 사람 없고 사람 아래에 사람 없다. 모두가 평등하다. 그러나 그 말을 하려는 것은 아니니, 그래, 너의 주인어른의 억울함을 풀어주려는 것이니 무엇이든, 어떤 것이든 속 시원히 말해다오. 억울함이 먼지 하나도 남지 않도록. 그리고 이제부터 이곳은 너와 지연이가, 너와 지연이의 방식으로 운영해 이 땅에 사는 여자들에게 도움을 베풀어라."

아. 주홍이 크게 한숨을 내쉬었다.

"저는 제물포에서 팔려 왔지요. 아버지는 투전꾼이었고, 어머니는 일찍이 세상을 떠났습니다. 아래로 동생이 하나 있었지만 지금은 무엇을 하고 사는지 모릅니다. 이 일을 하며 주인어른이 그랬습니다. 돈을 모아라. 모아서 네 동생들을 사올 수 있다면 너의 아버지에게서 동생을 사라! 이제는 계급의 시대가 아니라 돈의 시대다, 그러니 돈부터 모아라. 내가 모으게 해주겠다."

주먹을 꽉 쥔 주홍이 초점을 잃은 눈으로 말한다. 그런 주홍의 곁으로 와선이 다가갔다. 가녀린 어깨를 지긋이 보듬어주었다.

"아. 이런 이야기를 할 것이 아니었지요. 맞습니다, 주인어른은 돈을 모으는 데만 혈안이 되어 있었습니다. 모든 것은 돈이 정당화시켜줄 것이라고 술에 취하면 자주 말하기도 했고요. 그런 연유인지 나쁜 사람인 줄 알면서도, 아니 나쁜 일이 벌어질 거라 예상을 해도 돈을 가져다줄 사람이라면 기꺼이 손을 잡았습니다. 마이클 델라도 그런 사람이었지요. 델라는 조선의 여인을 노예로 삼으려 했습니다. 특히 노래와 악기를 다루는 여자들을 서양으로 데려가 팔려고 했습니다."

"강석범과 델라는 똑같이 돈을 좇는다 해도 목적이 완전히 다른 것 같은데 어쩌다 손을 잡은 것입니까?"

홈즈가 주홍에게 물었다.

"주인어른은 조선의 기녀들을 모을 수 있는 인력을 가졌습니다. 이들은 조선을 돌며 여인들을 이곳으로 모을 수 있었지요. 하지만 주인어른의 자금은 한계가 있었습니다. 이곳에 있는 기녀들이 한

달을 꼬박 쉬지 않고 장사한다 해도 관아에 묶인 기녀 하나를 데려오기도 힘들지요."

주홍의 말은 설득력이 있었다. 일반 아낙이라면 노래와 춤을 배우지 않는다. 노래와 춤을 배운 기녀들은 그녀들이 살아갈 수 있는 곳에 모이기 마련이다. 관기! 스스로 노예가 되는 것이다. 이러면 밥걱정 없이 평생을 지낼 수 있다. 적어도 퇴물이 되어 관원이 버리지 않는다면.

"델라는 조선을 드나드는 거상들을 알고 있었습니다. 델라 스스로는 큰돈이 없을지 몰라도 이들과 주인어른을 연결시켜줄 수 있었지요. 델라는 주인어른께 여인들을 모으게 시키고 여인들만 독점하려 했던 겁니다. 물론 주인어른도 델라의 의도를 눈치채고 있었습니다. 다만……."

"다만?"

"벌어지지 않은 일을 미리 걱정할 필요는 없지 않겠느냐고 말했습지요."

무언가 합이 맞지 않는다. 홈즈가 말했듯 강석범은 자살을 했다. 물론 자살에 대한 모든 정황을 와선이 아는 것은 아니다. 그런데 자살이라면 벌어지지 않은 일이 아니라 무언가 큰일이 벌어졌다고 보아야 한다.

와선은 생각을 정리하지 못한 채 홈즈를 쳐다보았다. 이때 문 바깥에서 누군가 문을 두드렸다.

"누구시오."

주홍이 바깥을 향해 물었다.

"비호라고 합니다. 찾으셨다고 들었습니다."

주홍이 홈즈를 위해 말을 전했다. 그러자 홈즈가 말한다.

"아이를 보고 싶군요."

주홍이 창호 문을 열었다. 문이 열리자 아이가 꾸벅 엎드리어 절을 한다.

"가지고 오라던 것은 구했느냐?"

"네, 구했습니다. 고무 말씀이었지요?"

그 이야기를 듣자마자 홈즈가 아이를 들어오라 시킨다. 순간 와선의 머릿속에서 강석범의 집이 그려졌다. 그리고 홈즈가 말한 강석범의 자살이 재현되었다. 그랬구나! 와선은 홈즈의 혜안에 탄복하며 저도 모르게 손바닥을 한 번 마주쳤다.

11
수사도, 살인도 결투로 변해가다

"비호라고 하였느냐?"

와선이 아이에게 물었다. 와선을 본 아이는 얼굴이 새빨개지더니 황급히 고개를 숙였다.

"하, 하하…… 한 달쯤 전으로 기억합니다. 타운선 상선이 시끄러웠을 때 뵀습니다. 그때 제물포항에 소문이 파다했습지요. 죽은 사람을 살린, 조선인 얼굴을 한 서양 여자가 있었다고요."

"그래서 너는 내 얼굴을 보았더냐?"

와선이 웃으며 물었다. 그러자 꼬마아이는 얼른 고개를 들었다 숙인다. 찰나에 눈이 마주쳤다. 아이의 눈빛에서 답을 알 수 있었다. 그런데 무언가 아이가 이상했다. 조금 더 이야기를 나누어야겠다.

"제물포항에 그런 소문이 자주 돌더냐?"

"그렇지요. 포구라는 곳이야말로 소문의 출발지이자 종착역이지요."

이야기를 듣던 홈즈가 비호에게 동전을 건넸다.

"고무 끈의 값은 가게에서 치를 것이다. 대신 너는 당분간 나를 위해 해줄 일이 있는데 괜찮겠느냐?"

"아이에게 무엇을 시키시려고?"

설마 살인 사건을 파헤치는 일에 저 아이를 쓰겠다는 뜻인가. 저도 모르게 와선은 미간에 잔뜩 힘이 들어갔다. 그런데 홈즈가 와선을 향해 검지를 들어 속삭인다. 걱정은 접어두세요.

"소문만 모으면 된다. 대신 절대로 네가 행동에 나서지 않는다는 조건이다. 되겠느냐?"

"행동하지 않는?"

비호가 되물었다.

"그러면 얼마를 주시려고 그러십니까?"

어느새 마루에 모습을 드러낸 천지연의 목소리가 들려왔다.

"한 달에 20원씩을 주마. 네가 어떤 정보를 가져오든, 또 무슨 이야기를 꾸미든 상관하지 않겠다. 홈즈 씨가 말한 대로 소문을 그러모아 와라."

20원씩이나. 아이에게 너무 많지 않으냐, 다그치려 했다. 그러자 주홍이 살짝 귓속말을 건넨다.

"언니, 조선에 거지 아이들이 얼마나 많은 줄 아세요? 설마 저 아이 혼자 소문을 모으겠어요? 그리고 20원이면 쌀 다섯 가마니 값이에요. 크다면 큰돈이지만 저 아이들 열 명이 한 달도 못 먹을 돈이에요."

신선한 충격이 와선을 때렸다. 집과 제중원, 환자와 간호사의 역할밖에 알지 못한다는 데 생각이 미친다. 이런 주점에도 처음 와보 았다. 거지 아이가 한둘이겠냐 하는 말은, 두 가지를 내포했다. 보통 사람들의 짧은 수명과 이에 대한 부족한 정책으로 부모가 죽은 아이들이 버려진다는 것, 또 하나는 그래도 이런 아이들이 모여 스스로 돕고 있다는 사실이다.

"조선을 너무 오래 떠나 있었던가 보다."

"격변의 시기지요."

주홍이 방 안에 있는 사람들을 보며 눈웃음을 지었다.

"그러면 이렇게 하지요. 이 아이에게 제가 한글을 가르치겠습니다. 저도 기억을 더듬어 마이클 델라와 관련되었거나 또는 주인어른과 관련되었을 거라 판단되는 정보를 비호와 함께 모아서 글로 쓰겠습니다. 또한 최근 홈즈 씨나 와선 언니와 관련되었거나……."

"마롱휘 씨가 왔었지요. 그는 혼자 온 것 같았지만 그의 호위 무사들이 이미 한양과 제물포에 쫙 깔렸습니다."

아이가 손바닥을 내밀며 다시 한 번 엎드린다.

홈즈는 아이의 말에 유쾌하게 웃더니 동전 하나를 더 건넸다.

"그래, 이런 정보 말이다. 다만!"

홈즈가 아이를 내려다보았다.

"가공하거나 의견을 넣지 않은 정보라야 한다. 또한 정보에 따라 보너스가 지급될 것이다."

아이가 동전을 꽉 움켜쥔다.

"네 동생이 하나이더냐 둘이더냐."

홈즈가 물었다. 하나에는 가만있던 아이가 둘이라는 말에 고개를 든다.

"둘이었구나. 그 둘과 함께 네가 정보원으로 쓰는 아이들의 안전까지 책임지느라 고생이 많을 게야. 네가 착하게만 군다면 여기 있는 누나가 너희에게 집과 음식을 줄지도 몰라. 그러니 부탁이다만, 나쁜 사람들과 어울리지 말아라."

홈즈가 따끔하게 일침을 놓았다.

아이가 납죽 방바닥에 더 엎드리더니 "그리, 그리할게요, 아저씨." 하고 갑자기 코맹맹이 소리를 낸다. 늠름하던 기세가 단번에 누그러지며 가녀리고 불쌍한 아이로 변한다. 이럴 땐 홈즈가 꼭 계룡산에 한둘 있다는, 세상을 꿰뚫어 본다던 승려처럼 느껴졌다.

"그리고……."

홈즈가 슬쩍 와선의 눈치를 보았다.

"두 사람에 대해서는?"

"아. 아이들을 붙였습니다. 마롱휘는 제대로 기거할 곳이 없다며 호텔을 지어야겠다고 푸념했다고 합니다. 또 내직로 부윤과 알렌 공사는 함께 대책을 마련하려 회의 중이라고 합니다."

비호라고 했던가. 실로 눈여겨볼 만한 아이였다.

"너는 이름이……."

아이가 슬쩍 고개를 들어 와선과 눈을 딱 마주쳤다. 금세 꼬리를 사리는 고양이처럼 눈을 내렸다. 그제야 알았다. 남자가 아니라 여자였다. 아무리 남자처럼 꾸미고 남장을 해도 속이지 못하는 것이 있기 마련이다.

고개를 숙인 아이는 소리를 죽여 낮게 말했다.

"안경신(여성 독립운동가. 소설상의 설정일 뿐 사실과 다르다.)이라고 합니다."

아이는 납죽 엎드려 더 이상 고개를 들지 않았다. 무언가 들켰다는 사실을 직감으로 알았으리라.

"나가보아라."

와선이 황급히 아이를 향해 말했다.

와선은 다짐했다. 저 아이가 올바로 자라나도록 돕겠다. 글을 가르치고 학문을 가르쳐 지금 비호 안경신이 부리는 아이들과 함께 제대로 꿈을 펼칠 수 있도록.

천지연이 아이와 함께 마루를 내려갔다. 그리고 얼마가 지났을까. 순간 홈즈도, 또 와선도 "어!" 하며 낮은 감탄을 터뜨리고 말했다. 벽이 열렸다!

"어어, 이건?"

아이와 함께 방을 나갔던 천지연이 홀연히 벽을 열며 나타났다. 아이가 갔으니 이제 이 방에 대해 제대로 보여주겠다는 듯이.

"기억해야겠군요. 언제든 이런 사건이 벌어질지도 모르니."

홈즈가 놀라며 말했다.

그랬다. 방이라고 생각했던 이곳은 요새나 다름없었다. 양반이나 상인 들이 앉는 상석 뒤로 비밀의 방이 하나 더 있었다. 비밀의 방은 마치 장구나 북 속에 숨어 있는 울림대처럼 소리가 모여드는 곳이었다.

"이럴 수가. 그렇다면 천지연 너는?"

"어릴 때부터 소리에 민감했지요. 작은 소리라도, 또 높낮이와 떨림까지 놓치지 않았지요. 석범 도련님은 저를 소개받았을 때, 아니 저를 샀을 때 이렇게 물었습니다. 네가 절대 음감을 가졌다고 들었다. 그리고⋯⋯."

천지연이 입술을 깨물었다. 그것 말고 더 큰, 그래서 천지연을 사야만 했던 이유가 있다는 뜻이었을까. 와선은 천지연에게 다가가 지그시 손을 잡아주었다.

아이가 나간 시간, 마롱휘는 천지연의 주점에서 멀지 않은 청요릿집에 자리를 마련했다. 마롱휘가 앉은 긴 탁자 주위에는 그의 심복들이 매서운 눈으로 주변을 부라렸다. 기세를 느낀 사람들이 요릿집 2층에 올랐다 슬그머니 꽁무니를 내뺐다.

주변이 잠잠해졌을 때 마롱휘가 말했다.

"와선에게는 사람을 붙였느냐?"

"아무도 모르게 세 사람을 붙였습니다."

오른편에 있는 남자가 말했다.

"살인자 지에커[傑克]에 대해서는?"

"쫓고 있습니다. 몇몇 신빙성 있는 목격담을 들었습니다."

마롱휘는 왼편에 앉은 수하의 말에 눈을 크게 떴다. 그러고는 계속해보아라, 손짓했다.

"타운젠트 상선을 타고 이곳에 온 상인 중에 제물포와 한양을 오가는 길에 살해당한 선원이 있었다고 합니다."

"선원이? 그렇다면 지에커의 살인 행각과는 앞뒤가 맞지 않는데?"

이번에는 오른팔인 젠하이[建一]가 설명을 덧붙인다.

작년 늦가을의 일이었단다.

타운센트 상선은 물자 교역 이외에도 인력의 수송도 담당하고 있다. 상해에서 여러 경로로 조선에 가야 하는 서양인들. 그들은 서로 직업이 무엇이든 배에 잠시 올랐다 헤어질 사이이니 딱히 관심은 없다. 하지만 조선에서 오래 머물게 된다면 어떤 식으로든 만나게 될 확률이 높았다. 서로는 서로에게 으르렁거리기보다는 적당히 눙친다. 선원입니다. 선교사입니다.

타운센트 상선에서 내린 선원 둘도 실은 배에서 처음 본 사이였다. 그들의 목적은 단순했다. 여자를 취하는 것. 둘만 가기 어색했던 탓에 항구를 어슬렁거리던 남자에게 말을 걸었다. 한양으로 가지 않겠느냐고.

마부가 세 사람을 태웠다. 한시도 쉬지 않고 한양으로 마차를 몰았다. 그런데 어찌 된 영문인지 마차가 섰을 때는 선원이 둘만 있었단다.

시체가 발견된 것은 사흘 뒤였다. 마부는 자신에게 어떤 위해가 미칠까 싶어 지금까지 입을 다물고 있었단다. 다물었던 입은 단 10원으로 벌어지고 말았지만.

"시체를 처리했던 사람이 현 제중원 원장인 찰스 빈턴과 내직로였다고 합니다."

"내직로라⋯⋯."

마롱휘는 깊은 한숨을 내쉬었다. 살다 보면 계산이 서지 않는 상대가 있다. 내직로를 보는 순간 알아차렸다. 저 남자는 와선과 같은 부류이다. 돈으로 움직이지 않는다. 이 말은 마롱휘가 조종하기 힘든 상대라는 뜻이다. 상대가 스스로 선택하거나 결심하지 않는이상 그들과 타협하는 것은 힘들다.

"내직로는 오늘 무엇을 한다던가?"

"한성부에서 당직을 선다고 합니다."

"그렇다면⋯⋯."

잠시 고민하던 마롱휘가 명령한다.

"가보자."

마롱휘는 심복인 젠하이를 대동해 요릿집을 나왔다.

한양의 밤거리는, 특히 종로 거리는 조선과 다를 바 없었다. 상해가 오히려 색깔을 잃어 서양화되었다면 조선은 그에 비해 조선색이 짙었다. 주점에는 장사를 알리는 등이 걸렸고, 여전히 일거리를 찾고 있는 지게꾼이 거리를 어슬렁거렸다. 밤거리를 걷는 남자들은 거나하게 취한 데 반해 여인들은 겉옷을 걸쳐 얼굴을 가렸다.

종로 거리를 거슬러 올라 한성부에 다다랐다. 문지기 나졸이 마롱휘와 젠하이를 보더니 장창으로 막아선다.

"뉘시오?"

"내직로 부윤을 만나러 왔소. 청나라에서 온 마롱휘라고 전해주시오."

젠하이가 전했다.

흘금 아래위를 훑어보는 문지기에게 젠하이가 엽전 꾸러미를 건넸다. 문지기의 눈빛이 급작스레 살살거렸다.

"나으리, 잠시만 기다리십시오."

얼마 지나지 않아 나졸이 다시 모습을 드러냈다.

"안으로 드시랍니다."

문지기가 굽실거리며 두 사람을 한성부 안으로 들였다. 그러고는 곧장 내직로가 자리한 당직실로 안내했다. 문지기가 당직실 문을 열자 기다렸다는 듯 내직로가 일어선다. 내직로 옆으로 알렌이 보였다.

마롱휘와 젠하이, 내직로와 알렌이 탁자에 마주 앉았다. 마롱휘는 영어와 중국어, 한자 필담과 짧은 조선어를 써가며 이야기를 건넸다. 젠하이가 마롱휘의 불분명한 조선말을 통역하며 뒷받침했다.

"한시가 급해서 찾아오지 않을 수가 없었소."

마롱휘가 먼저 말을 꺼냈다.

"젠하이가 조사한 바에 의하면 살인자의 이름은 지에커라고 합니다."

"살인자라……."

내직로의 말에서 공허함이 느껴졌다. 어찌 보면 체감하지 못하는 살인이기 때문이리라.

"노라 양의 죽음에 대해 앞서 제중원에서 말했지요. 그를 죽인 사람이 지에커라고 확신합니다."

"노라!"

알렌이 마롱휘의 말에 한탄을 뱉었다.

"칼을 쓰는 방법이나 살해 방법의 유사성에서 지에커가 아닌 다른 사람이 그녀를 죽였다고 보기는 힘듭니다."

"그녀의 죽음은 안타깝습니다만, 와선이 이곳에 오기 전에 벌어졌던 일입니다. 내직로 부윤과 여러 정황들을 살폈지만 노라의 죽음을 와선과 연결시키는 것은 억지에 가깝습니다."

알렌이 반론했다.

"하지만 당신들은, 한 죽음을 간과하고 있습니다. 작년 이맘때 제물포에서 한양으로 오는 길가에 버려진 선원이 있었지요."

순간 내직로가 허를 찔린 표정으로 바뀐다.

"내 부윤은 알고 있을 겝니다. 그 선원도 칼로 낭자를 당했지요. 다만 그 선원은 마차에서 죽었고, 마차라는 비좁은 공간이라 지에커가 노라나 다른 거리의 여인들처럼 도륙을 할 순 없었지요."

"선원의 죽음이 지에커의 짓이라는 증거라도 있습니까?"

내직로가 물었다. 그러자 알렌이 고개를 돌려 내직로를 쏘아보았다.

"가만, 내직로 부윤! 다른 서양인의 죽음이 있었다는 말입니까?"

마롱휘가 알렌에게 이름 모를 선원의 죽음에 대해 설명했다. 이 죽음 역시 알렌이 노라의 죽음을 덮은 것처럼 공중에서 사라졌다.

"어찌……. 어찌 이럴 수가."

"알렌 공사나 내직로 부윤이나 마찬가지 아니오?"

마롱휘가 알렌을 비난했다.

"허나."

반론하려던 알렌이 멍하니 천장으로 시선을 옮긴다.

"내가 무슨 짓을 한 건가……."

"알렌 공사. 그리고 내직로 부윤. 우리 지나간 일은 거론하지 않기로 합시다. 나 역시, 그래요, 와선이 나를 비난하듯이 그리 좋은 사람은 아니었다오. 사사로이 과거에 얽매인다면 와선의 위험을 막아내지 못할 것이오. 지에커의 살인 행각을 막아야 합니다."

마롱휘가 힘을 주어 사람들을 바라보았다. 사람들을 속이는 미소 역시 제때에 방싯거렸다.

"지에커라는 살인자가 그렇게 위험합니까?"

"알렌 공사님, 내직로 부윤. 보통 사람이 사람을 죽인다면 왜 그런 일이 발생한다고 보십니까?"

"원한 관계거나 금전적 문제가 얽혀 있을 확률이 높지요."

"맞습니다. 그런데 지에커에게서는, 아니 더 정확히 지에커가 저지르는 살인은 목적을 읽을 수가 없었습니다."

알렌의 말에 마롱휘가 대답했다. 동시에 알렌과 내직로가 귀신을 본 듯한 표정으로 바뀐다.

"목적을 읽을 수가 없다니요?"

"지에커는, 그래요, 목적이 살인이라고 할까요? 무차별적으로 칼을 꺼내 도륙합니다. 그의 행적을 좇다 그가 인도에서 왔다는 사실을 알게 됐습니다. 젠하이?"

마롱휘의 말에 젠하이가 고개를 숙였다. 곧바로 알렌과 내직로에게 유창한 조선말로 젠하이가 이야기한다.

"인도에서 서양 여자들이 네 명, 연속해서 사망하는 일이 발생한 것은 4년 전입니다. 드러내놓고 말하지는 않았지만 죽은 여자들이 그렇게 질이 좋지는 않았다고 설명하더군요. 어떤 이들은 말하는 것조차 꺼리는 눈치였습니다."

거리의 여자들이었다. 이러저러한 사연으로 네 여자는 인도까지 흘러들었다. 그녀들의 죽음은 처참했다. 드레스가 찢어져 드러난 하복부는 나체나 다름없었다. 하나같이 내장이 비어져 나왔다. 다만 인도에서는 경찰이 적극적으로 죽음을 조사했다. 돈 많은 서양인들에게 잘 보이고 싶어서였다. 결과는 오리무중.

"수사는 떠들썩했지만 어느 하나 실체가 있는 정보가 없었습니다. 너 나 할 것 없이 죽음을 보았지만 진술이 달랐고 신빙성이 현저히 떨어졌습니다. 심지어 일곱 살 어린아이를 살인자로 지목한 남자도 있었습니다. 그러나 살인자의 실체는 알아내지 못했지만 상당한 결론에 도달할 수 있었습니다."

상당한 결론이라는 말에 알렌과 내직로의 눈길이 젠하이에게 딱 고정되었다.

"네 건의 살인 이후 살인자는 인도를 떴습니다. 그리고 살인자가 도착한 곳이 상해였습니다."

"앞서 제중원에서도 설명했지만 상해에서도 인도와 판박이인 살인이 벌어졌지요. 모두 와선 아가씨가 치료했던 거리의 여자들이었습니다. 여기서 무난한 결론 하나에 도달합니다. 살인자는 어떤 식으로든 와선의 존재를 알아차렸을 겁니다. 반대로 살인자는 엉뚱한 추측을 했을지도 모릅니다."

"엉뚱한 추측이라니요?"

내직로가 젠하이에게 다급히 물었다. 그런데 마롱휘가 참지 못하고 끼어들었다.

"와선이 지에커를 알아차렸을지 모른다!"

"그렇다면 와선이 다음 차례일지도 모른다던 말이……."

내직로가 낮은 한숨을 내쉬었다.

"그렇습니다. 제가 그랬지요, 와선이 영국인들 사이로 숨어버렸을 때 저 역시 와선을 찾아내지 못했다고요. 지에커는 와선이 조선인이며 조선에 가기 위해 상해에 들른 사실까지 무난하게 알아냈을 겁니다."

내직로는 마롱휘와 젠하이가 부린 술수에 걸려든 것이 분명했다. 진실에 섞인 적당한 거짓! 내직로가 다다른 결론은 보지 않아도 빤했다.

지에커가 죽인 여인들, 그녀들이 지에커에게 와선에 대해 말하지 않았을까. 반대로 여인들도 와선에게 지에커에 대해 말했다고 오해할 수도 있다. 지에커와 와선, 이 둘은 거리의 여인들을 가운데 두고 대척점에 놓인다. 지에커는 그의 존재를 알아챈 와선을 당연히 죽이려 들 것이다. 그러나 와선을 찾아내지 못한 지에커는 오히려 조선에서 와선을 기다리려 했을지도 모른다!

"눈치채셨지요? 그래서 저는 알렌 공사님과 내직로 부윤에게 제안하고 싶습니다. 저희와 함께 지에커를 잡읍시다. 그리고 없애버립시다!"

마롱휘의 말에 당직실 내부에는 무거운 침묵이 내려앉기 시작했다.

12

살인자, 드디어 일어서다

술자리가 무르익을 때였다. 와선은 홈즈가 건네는 시시껄렁한 농담에 취했다. 분위기에도 완전히 젖었다. 술이 선사한 기쁨이었다. 오랜만에 조선에서 긴장을 떨치고 주흥과 지연, 홈즈와 어울렸다. 그때 누군가 문을 두드렸다.

"누구냐?"

천지연이 낭랑한 목소리로 물었다.

"접니다, 아씨 마님."

비호의 목소리였다.

"아하, 여기까지. 그럼!"

홈즈가 벌떡 일어선다. 어울리지 않는다고만 생각했던 조선인 양반 분장이 이제는 그런대로 익숙해져 보인다. 드레스를 입은 와선도 사람들에게 저렇게 보였을까? 생각을 떨치는데 홈즈가 와선의 손을 낚아챈다.

"아가씨, 마음 같아서는 왈츠를 추고 싶지만 일해야 할 때입니다. 아직 취하신 것은 아니죠?"

홈즈의 손에 이끌려 벌떡 일어선 와선은 홈즈를 잠시 노려보았다. 그런데 평소와 달리 웃음이 터졌다.

"저, 취한 것 같아요."

그리고 한참을 더 웃었다. 주홍이 꿀물을 가져오기 전까지. 그 뒤로 그림 같은 풍경이 스쳐갔다. 비호가 와선을 부축하고, 홈즈가 오히려 길을 앞장섰다. 따라오겠다는 천지연에게 홈즈가 단호하게 손을 저었다.

홈즈가 등을 든 채 터벅터벅 앞서 걸었다. 그 뒤로 비호는 어떻게든 보조를 맞추려 한다. 취해서 걸음이 느려진 와선을 부축하기에도 힘겨워하면서.

"비호야, 내가 시킨 것은?"

홈즈의 말이 술에 취한 발음으로 비호에게 전해졌다. 그러자 비호의 손에서 스르르 힘이 빠져나간다.

"저……"

비호가 홈즈의 눈치를 보았다. 그러자 홈즈가 괜찮다는 듯 고개를 끄덕인다.

"각각의 사람들에게 아이들을 붙였습니다. 무엇보다 와선……."

"그냥 언니라고 해라."

와선이 여전히 취한 걸음과 목소리로 비호에게 말했다.

"와선 언니께도 사람을 붙였던데요. 세 사람이나 되었습니다."

비호의 말을 듣자 또 웃음이 났다.

"누가? 마롱휘이지?"

와선은 비호의 대답을 듣지도 않은 채 뒤로 펼쳐진 어둠을 향해 오라는 시늉을 했다. 더듬더듬 청나라 말이 어둠 사이로 퍼져갔다.

"마롱휘에게 말하기 전에 가까이 오렴."

와선이 덥석 홈즈의 손을 쥐었다. 그러고는 등을 비호에게 건넸다. 등이 만들어낸 빛의 공간 안으로 와선이 발을 들였다.

"추려던 왈츠는, 마저 추어야지요."

아하. 콧소리를 낸 홈즈가 와선의 손을 맞잡았다.

"3분 드리죠. 제가 흥얼거리는 왈츠가 끝나기 전에 모든 상황을 설명하세요."

우아하게 뻗은 와선의 발이 종로 거리에서 왈츠의 리듬을 타기 시작한다. 그녀의 입에서는 쇼팽의 유명한 왈츠곡이 흘러나왔다.

"3분이라. 자, 그럼 첫 번째. 강석범과 천지연은 한통속인가 아닌가."

홈즈가 와선의 몸을 받아 우아하게 턴을 한다.

"마롱휘는 어디까지 사람들을 포섭할 것인가."

이번에는 흡, 숨을 삼키다 발을 잘못 놀렸다. 홈즈가 와선의 손과 등에 힘을 더 주며 중심을 지탱했다.

"범인을 잡아 법의 심판을 받게 할 것인가, 아니면 전통적인 복수를 행하며 죽일 것인가."

홈즈의 말에 와선은 저도 모르게 왈츠를 멈추어버렸다.

"3분이 끝난 겁니까?"

홈즈가 물었다.

"아니면 놀라서 춤출 마음이 사라진 겁니까?"

"결론이 뭐예요?"

"이제부터 알아봐야죠, 와선 씨랑 나랑."

홈즈가 와선을 보며 웃었다. 그러더니 와선을 한 번 더 껴안는다.

"아직 보디가드들이 눈치만 보고 있네요. 와선, 왈츠를 한 번 더?"

풉, 웃으며 홈즈의 손을 맞잡았다.

"자, 이번에는 내가 묻지요."

"3분 안에 끝내주실 수 있습니까?"

홈즈는 와선이 뱉었던 말을 똑같이 되돌려준다. 와선은 홈즈의 발등을 꾹 지르밟았다.

"첫 번째. 강석범은 과연 기녀들을 이용한 사업에만 몰두한 것인가. 두 번째. 지금 현재 마이클 델라는 어디 있는가."

두 번째 질문에서 홈즈의 스텝이 잠시 멈추어 섰다 반복된다. 그가 반응했다는 뜻이다. 와선은 조금 진전된 추리를 홈즈에게 말하고 싶었다. 그러나 홈즈도 여러 가능성 있는 추리들을 검증해보고 있을 것이다.

"세 번째. 당신과 내가 이 사건을 과연 해결할 수 있을 것인가."

"하나만큼은 확실히 대답해줄 수 있겠군요. 이 사건은, 당신과 내가, 이 홈즈와 와선이 해결할 겁니다. 그리고 나오라고 합시다. 3분이 끝나가는군요."

와선은 왈츠를 멈추었다. 은은한 등이 비추던 종로의 무대는 그걸로 사라졌다.

"마롱휘의 부하들, 가까이 오세요."

와선이 말했다. 등불이 내민 밝음과 어둠의 경계에 구두 세 쌍이 나타났다. 마롱휘의 부하였다. 거의 동시에 비호가 손을 잡는다. 그리고 속삭인다.

"저 사람들이 언니를 감시하던 마롱휘의 부하들. 홈즈 씨가 감시하라고 해서……."

휙, 비호가 휘파람을 불었다. 그러자 어둠 속에서 아이들이 하나, 둘 얼굴을 내밀었다. 마롱휘의 부하들조차 몰랐던지 당황한 기색이 역력해졌다.

"아하. 종로 거리의 아이들이로군."

홈즈가 감탄사를 터뜨렸다.

아이들이 비호를 향해 일제히 보고한다. 마롱휘는 한성부에 있습니다. 알렌 공사와 내직으로 부윤이 함께 있습니다. 마이클 델라를 찾을 수가 없습니다. 떠들던 아이들이 비호가 손짓하자 다시 어둠 속으로 사라진다.

"이야, 놀라운 아이들이네. 비호 네 동생도 있는 거야?"

와선의 물음에 비호가 고개를 젓는다.

"사람들이 거지 아이들에게는 눈길조차 주지 않죠. 하물며 지갑을 여는 일도 없어요. 똑같이 가난하니까요."

비호의 말을 알아들을 리 없는 홈즈가 두 사람을 굽어본다.

"자, 그럼 마롱휘의 수하들을 대동하고 한성부까지 가볼까요?"

홈즈가 팔을 내밀었다. 와선은 홈즈의 오른팔에 팔짱을 끼었다. 옆으로 비호가 와선의 손을 잡았다. 세 사람은 마치 가족처럼 종로 거리를 내디뎠다. 그 뒤로 세 명의 무사들이 뒤따랐다.

물론 그때까지 이탈한 소년이 있는지는 아무도 몰랐다. 거지 아이들을 관리하던 비호가 달콤한 꿈에 빠져버렸기 때문이다. 와선이 함께해줄지 모른다는 가족이라는 단꿈에!

멀어지는 사람들을 숨어서 보다가 아이는 어둠에 몸을 묻었다. 가만히 숨을 죽였다. 앞서가거나 뒤따라오거나. 눈을 감고 숫자를 셌다. 아는 것은 여덟까지. 여덟을 여덟 번, 또 여덟을 여덟 번. 어떤 기척도 느껴지지 않았다. 이제 되었다. 아이는 안도했다.

어둠에서 빠져나온 아이는 죽을힘을 다해 뛰었다. 종로 거리를 반대로 내달렸다. 육전이 끝나는 곳에서 꺾어 시장 안으로 접어들었다. 조선에서 깊이도 끝도 알 수 없다는 곳이 바로 종로 통이다. 그 가운데서도 원각사가 있었다는 뒤편, 보통 사람들이 이용하는 시장은 그야말로 미로와 같았다.

아이는 익숙하게 미로를 꺾었다. 골목을 돌고 또 돌아 빛도 들지 않는 거지 굴 같은 곳에 이르렀다. 아이는 그제야 무릎을 구부려 숨을 몰아쉬었다. 어둠 속에서 무너져가는 집은 마치 도깨비처럼 느껴졌다. 아가리를 벌린 대문이 바람이 불 때마다 쉬이익, 기분 나쁜 소리를 냈다. 그때마다 기울어진 문이 눈을 홉뜨고 쏘아보는 듯했다. 아이는 조금 전과 달리 숨을 들이쉬었다.

똑같은 어둠인데 왜 무섭기만 할까? 아이는 도리질을 하며 눈을 감아버렸다. 어차피 눈을 뜨나 감으나 어둠이다. 더듬더듬 문을 밀었다.

"저예요, 개똥이."

이번에는 천천히, 한 번 더 말했다. 개, 똥, 이, 에, 요. 한 걸음 안으로 들이려다 발치에 돌이 걸려 그만 넘어지고 말았다. 황급히 눈을 뜨며 어둠뿐인 정면을 바라보았다. 그런데 거대한 어둠이 일어선다. 고함을 내질렀다. 순간 어둠보다 어두운 무언가가 입을 막아버렸다.

"쉿! 조용히. 그리고 천천히, 말해보아라. 무슨 일이 있었는지."

남자의 발음은 낯설었다. 그래도 또렷이 알아들을 수 있었다. 황급히 고개를 끄덕인 개똥이가 입을 막고 있는 우악스러운 손에 힘을 주었다. 남자가 미안, 말하며 손을 뗐다.

"쫓고 쫓는 사람들이 있었습니다."

남자가 개똥이를 가만히 겨누어 보았다. 어둠 속에서 빛나는 남자의 눈이 얼음처럼 차갑게 느껴졌다.

"좋아. 생각나는 것부터 마음대로 이야기하거라."

"청나라 사람들이었어요. 한성부에 가서 누군가를 잡아야 한다고……."

솔직히 말해야 하나 고민하던 개똥이는 그만 얼음 같은 눈에 압도당했다.

"정확하게는 죽여야 한다고 그랬답니다. 청나라 사람이 한성부 관원이랑 손을 잡으려 한다는 이야기입니다."

"청나라와 조선이 손을 잡는다, 한편이 된다는 뜻이냐?"

남자는 어눌하지만 정확한 표현으로 물었다. 개똥이는 얼른 고개를 끄덕였다.

"우리한테 일을 시켰던 분은 기녀였습니다."

"알고 있다."

개똥이는 남자의 말이 무엇을 뜻하는지 알지 못했다. 다만 동전 푼이라도 더 받으려면 어떻게든 보고 들은 것들을 떠들어야만 한다고 생각했다.

"남자는 키가 큰 영국인이라고 들었습니다. 그리고 조선인인지 영국인인지 분간이 가지 않는 요상한 여자가 함께 있다고 들었구요."

"알고 있다."

그제야 개똥이는 무언가 이상하다는 사실을 깨달았다. 개똥이는 오늘 처음, 키가 큰 영국인과 요상한 여자에 대해 들었다.

개똥이가 남자를 처음 안 것은 대략 3년 전이었다. 비호를 따라 제물포에 내리는 선원들에게 다가가 아양을 떨고 울기도 하며 어떻게든 지갑을 열게 만든다. 영업 전략은 이게 전부다. 물론 지갑을 여는 선원은 거의 없었다. 간혹 햇빛을 피하는 가리개를 쓴 여인들은 아이들을 보다가 울상을 지으며 먹을 것을 던져주거나 돈을 건넸다. 남자는 그런 개똥이를 처음부터 유심히 살피는 듯했다.

"개똥이라고 합니다요."

눈빛이 마주치는 순간 남자에게 다가갔다. 남자가 처음 원했던 것은 조선말이었다. 몸짓, 발짓, 손짓, 그렇게 알아들었다. 남자는 개똥이에게 알아들을 수 없는 말이었지만, 분명하게 말했다. 조선말을 배우게 해다오.

개똥이는 남자의 손을 이끌고 제물포 뒷골목을 돌아들었다. 그리고 누나를 소개했다. 열세 살의 누나는 포구에서 사는 법을 아는 사람이었다. 신기하게도 남자는 한자를 알았다. 누나와 남자는 그렇게 소통했다. 누나를 통해 개똥이도 남자와 소통하기 시작했다.

어느 날이었다. 누나가 사라졌다. 남자도 사라졌다. 그런 뒤 작년 이맘때쯤에 남자만 다시 나타났다. 남자는 별다른 말을 하지 않았다. 다만 이렇게 말했다.

"이제부터는 네가 포구의 모든 정보를 그러모아다오."

"누, 누나는요?"

"누나가 그랬다. 돈을 많이 모으라고. 그게 전부다."

무언가 빠져버렸다는 걸 알아차린 것은 한참 뒤였다. 그러나 그날 이후 누나가 시켰다는 대로 돈을 모았다. 땅바닥에 얼굴을 조아리고, 여자들 앞에서는 웃음을 팔았다. 또 남자가 시키는 일이라면 가리지 않고 모든 것을 해왔다.

급작스레 남자가 개똥이의 목을 움켜쥐었다.

"혹시 키가 크다던 영국인 남자의 이름은 들었느냐? 정확하게 말이다."

개똥이는 겨우 말을 토해냈다.

"셜록, 홈주? 홈즈? 그런 이름이었습니다."

결국 기침이 터져 나왔다.

"셜록 홈즈라, 이제 제대로 된 대결을 벌일 때가 온 건가? 청나라에서 온 마롱휘와, 아무것도 모르는 조선놈들에다가, 계집애 하나. 그렇다면 이제 조선을 한번 제대로 휘저어볼까?"

거칠게 일어선 남자는 개똥이의 목을 놓지 않았다. 남자가 일어서서 휘적휘적 걸을수록 개똥이의 의식은 멀어져갔다. 어느 순간, 남자가 개똥이를 땅바닥에 버릴 때까지도. 물론 개똥이는 그때부터 꿈을 꾸었다. 누나와 다시 만나는 꿈을. 그리고 짧은 꿈은 금세 의식 너머로 날아가고 말았다.

13
살인자, 홈즈에게 도전장을 보내다

와선이 눈을 떴을 때는 희붐한 기운이 느껴지는 새벽이었다. 천장을 보고 깨달았다. 이곳은 천지연이 살고 있는 저택이었다. 어느 방인지는 모르겠다. 홈즈와 함께 여기까지 왔다. 가마를 불렀던 건지 마차를 탔던 건지도 기억나지 않았다.

어지러웠다. 머리를 부여잡으며 몸을 일으켰다. 머리맡에는 꿀물이 놓였다. 조선에 온 뒤 처음으로 긴장을 풀고 말았다. 저도 모르게 꿀물에 손이 갔다. 벌컥벌컥 들이켰을 때에야 인기척을 느꼈다. 소리는 마루에서 났다.

어지러움을 참으며 일어섰다. 그제야 이불 한구석이 솟아올랐다는 사실도 알아차렸다. 슬쩍 이불을 들추자 비호가 보였다. 비호 역시 완전히 긴장을 풀어버린 듯 깊은 잠에 빠져 있었다. 아이를 깨울까 싶어 조심스레 방문을 열었다. 마루 가운데에 홈즈가 보였다.

홈즈가 와선을 보더니 살짝 목례를 건넨다.

"제가 잠을 깨웠나 봅니다."

"아닙니다, 홈즈 씨. 일어날 시간이에요."

답례를 하다 흠칫 놀랐다. 아직 어둠이 마루를 지배하고 있어 바닥에 놓인 활을 보지 못했다. 활은, 강석범의 것이었다.

"왜 이 활을?"

"상상만 했을 뿐 시연하지 않았지요."

"아."

홈즈가 무슨 말을 하려는지 알겠다. 그는 '죽음'을 마련했다. 준비를 끝내고 와선과 천지연이 깨어나길 기다렸을 것이다. 보란 듯이 활을 들고 강석범의 죽음을 재현하려 했으리라. 그런데 활을 놓고 있다.

"표정을 보니, 제가 어려움에 부딪쳤다는 걸 눈치채셨군요."

"아마도."

"맞습니다. 현실적인 어려움이라고 할까요? 직접 활을 쏜다고 했을 때 얼마나 힘을 들여야 하는지 모르겠군요. 사랑방이라면 축소해서 재현할 수 있을 것 같은데."

어느새 뒤에 다가온 천지연이 "무슨 말이야, 언니?" 하고 물었다.

천지연에게 홈즈의 말을 설명했다. 천지연은 이야기를 듣더니 곧바로 사랑방의 문을 연다.

홈즈는 천지연의 의도를 알아차렸다는 듯 사랑방으로 들어갔다. 강석범의 사랑방은 여느 사랑방과는 달랐다. 앉은뱅이책상이 아니라 의자를 놓고 앉아야 하는 책상이 놓였다. 아마도 청나라의 다실을 흉내 낸 것 같았다.

"필요한 게 무엇입니까?"

천지연이 홈즈를 향해 물었다. 홈즈는 작은 못 두 개와 인형이면 충분하다고 대답한다. 천지연은 지체 없이 못 두 개를 가지고 왔다. 인형이 없었던 탓에 실타래를 가지고 왔다.

"이것이라도 될까요?"

"아하, 오히려 실타래라면 더 어울리겠군요."

홈즈가 책상 아래, 한가운데에 못을 박는다. 그러더니 못 끝에 비호가 마련해주었던 고무 끈을 매달았다. 고무 끈 반대 끝에는 나머지 못을 묶었다. 실타래는 책상 아래 바닥 가운데에 놓았다.

"자, 보십시오. 활과는 조금 다르겠지만 충분한 설명은 될 겁니다."

홈즈는 설명을 끝낸 뒤 못이 묶인 고무 끈을 최대한 뒤로 당겼다. 못이 묶인 고무 끈은 팽팽하게 당겨져 맞은편에 앉은 천지연을 겨냥하는 모양새로 변했다. 고무 끈이 끊어지나 싶은 찰나 홈즈가 끈을 놓았다. 순간 천지연을 향하던 고무 끈이 모서리에 부딪치더니 책상 위를 반회전하며 돌았다. 그리고 못은 순식간에 책상 아래로 사라졌다. 하지만 고무의 반탄력을 이기지 못한 못은 질질 이끌리어 책상 위까지 되돌아왔다.

"아하, 첫 번째 실험은 실패군요."

"그래도 어떻게 된 건지는 알겠습니다."

영특한 천지연이 실험을 보자마자 대답한다.

와선도 천지연이 자살하려던 그때, 홈즈의 말을 듣고 어느 정도 상상했던 그림이었다. 실타래는 강석범이다. 고무 끝에 묶었던 못은 화살이다.

강석범이 활과 화살을 든다. 활은 이미 강석범에 의해 고무 끈으로 조작이 된 상태였으리라. 강석범은 대청마루에서 하늘을 향해 활을 쏘았다. 적당한 힘으로 날아간 화살은 고무의 반탄력과 지붕에 부딪쳐 방향이 꺾인다. 방향이 꺾였지만 여전한 추진력을 가진 화살은 중력을 이기지 못한다. 다시 방향을 꺾는다. 못이 책상 위를 돌았듯, 지붕을 반 바퀴 돈 화살은 대청마루로 향하고 만다. 그리고 실타래를 건드린다.

여기서 상상 하나가 말을 건다. 강석범이 쏜 화살은 정말 강석범을 향한 것이었을까? 어쩌면, 아니 더 정확하게는 마이클 델라를 향해 쏘았다는 사실이 맞지 않을까?

홈즈는 정확히 추리했다. 강석범은 자살했다. 그러나 이 말은 엄격하게 말해 틀렸다. 강석범은 마이클 델라와 함께 자살을 택했다. 그래야 홈즈가 말했던 '이제 시작이며 더 큰 사건이 숨었다'는 말이 맞아 들어간다.

그런데 갑자기 홈즈가 소리쳤다.

"화살이 지붕을 돌아 목표물을 맞히려면 고무의 반탄력과 함께 힘의 조절이 필요합니다. 강석범은 몇 번, 아니 몇 십 번이나 연습했을 겁니다. 바로 저 대청마루에서요. 천지연, 당신은 거짓말쟁이입니다. 당신이 이 실험을 몰랐을 리가 없습니다. 그렇지 않습니까?"

홈즈가 천지연을 날카롭게 쏘아보았다.

홈즈의 말에 오히려 놀란 사람은 와선이었다. 허를 찔린 천지연은 입을 벌린 채 홈즈와 와선을 번갈아 보았다.

"어렴풋이 당신은 강석범이 누군가를 죽이려 한다는 사실을 알았겠지요. 그리고 화살이 실패하고 돌아오는 모습도 몇 번이나 목격했을 겁니다. 연습이 필요했을 테니까요. 강석범의 시체를 보는 순간, 당신은 강석범이 자살했다는 사실도 알아차렸을 겁니다. 그런데 지금까지 침묵으로 일관했지요. 왜였을까요? 바로 당신은 이 일의 음모를 알고 있었기 때문입니다. 마이클 델라를 제거해야만 한다는 것! 어쩌면 강석범이 죽음을 꾀할지 모른다고 생각하면서도 당신은 강석범이 하는 대로 두었습니다. 왜입니까, 당신의 야망 때문입니까?"

홈즈의 목소리가 사랑방에 쩌렁쩌렁 울렸다. 동시에 천지연이 입술을 깨물었다. 말하지 않겠다는 의지가 느껴졌다. 반대로 와선의 입은 더욱 크게 벌어졌다. 무서웠다. 홈즈도, 또 천지연도. 이들은 괴물이다. 한 사람은 사건의 내면을 꿰뚫어 보는 괴물, 또 한 사람은 죽음마저 무위화하며 사업과 돈에 미쳐버린 괴물!

"내가 찾아내야 하는 것은 애당초 강석범의 죽음이 아니라 그 이면이었지요. 왜 강석범은 죽음마저 불사하며 마이클 델라를 죽이려 했는가. 왜 천지연, 당신은 강석범의 죽음마저 숨기면서 강석범의 유지를 받들려 하는가."

입술을 세차게 깨문 천지연이 홈즈에게 대답했다.

"때가 되면 밝히겠습니다. 허나 지금은 아닙니다."

"그 전에 제가 밝혀낸다면?"

"그건 홈즈 씨의 일이지요, 저의 일은 아닙니다. 저는 제 할 일을 할 뿐입니다."

천지연이 벌떡 일어서더니 사랑방을 나갔다. 긴장되었던 방 안의 공기가 단번에 무너졌다. 와선은 태어나 한 번도 내쉰 적 없을 기나긴 숨을 뱉었다.

"어찌 알아차리신 겁니까? 강석범이 누군가를, 아니 마이클 델라를 죽이기 위해 수십 번이나 연습했을 거라는 사실 말입니다."

"음, 아마 와선도 조금만 생각해보면 알아차리실 겁니다. 지금은 경황이 없어서 그렇지요."

"설명해주십시오."

와선은 도리질하며 되물었다.

"탄성이 좋은 고무 끈을 길게 묶어 비스듬하게 하늘을 향해 날렸다고 칩시다. 어느 때는 그냥 돌아오기만 하고 어떤 때는 지붕만 때릴 겁니다. 그만큼 이 일은 치밀하게 연습해야만 합니다. 그런데 화살을 쏘아 단번에 성공했다면 지붕의 기와가 부서져 땅에 떨어졌겠지요. 그런데 현장을 설명하던 내직로에게서 기와가 부서졌다는 말은 들어보지 못했습니다."

"그 말씀은?"

"그렇지요. 강석범은 기와를 부수고 부수어 떨어지지 않을 정도로 실험을 했다는 뜻입니다. 화살이 허공을 한 바퀴 돌아 마루로 되돌아오려면 가장 중요한 것은 힘과 각도, 그리고 고무 끈의 탄성입니다. 사과를 맞히는 것과는 달라요. 윌리엄 텔이라고 해도 단번에 성공하기 힘듭니다."

순간 얼어붙고 말았다. 와선의 머리가 다른 말을 걸어왔기 때문이다. 아니다, 아닐 게야. 와선은 세차게 도리질했다. 그런데 홈즈가 와선에게 오히려 상상을 설명한다.

"당신이 지금 고개를 저은 그 상상, 어쩌면 사실일지 모릅니다. 화살을 쏜 것은 마루에 있는 강석범이 아니라 천지연일지도 모릅니다. 솟을대문 앞에 천지연이 서 있다고 상상해보세요. 강석범이 필사적으로 고무 끈을 당기고 있고 활과 화살을 든 천지연이 하늘을 보며 뒤편에 있는 별채를 돌아오도록 화살을 쏘았다고 칩시다. 그게 더 적중할 확률이 높지요."

와선의 상상을 정확히 홈즈가 말해버렸다.

화살, 고무 끈, 탄성, 중력, 힘의 안배, 화살이 회전하는 원. 이 모든 조건들이 맞아 들어가는 것은 기적에 가깝다. 명중률을 높이려면 고무 끈의 회전 반경은 가급적 원보다는 반원의 형태여야만 한다. 실험이 계속해서 실패했다면 강석범도, 또 천지연도 성공 확률을 높이는 방법을 찾으려 했으리라.

천지연이 솟을대문 어둠에 숨어 있다. 술을 먹으며, 틈을 보아 강석범은 솟을대문에서 고무 끈을 당겨온다. 대청마루에서는 강석범이 화살을 묶은 고무 끈을 쥐고 있고, 천지연은 화살을 솟을대문까지 당긴다. 여기서 천지연이 건물 뒤, 별채를 향해 화살을 쏜다면 화살과 고무 끈은 서로에게 작용과 반작용을 하며 정확히 반원을 그리게 된다. 그리고 길이만 정확하다면 화살은 목표물을 향한다. 술자리에서 강석범과 마주 보고 앉은 마이클 델라의 등을 화살은 정통으로 꿰뚫는다.

"마이클 델라는 도망친 걸까요?"

"그랬겠지요."

"현장은 천지연이 치웠을까요? 아니, 고무 끈을 치운 것은 분명 지연이었겠지요?"

와선의 물음에 홈즈는 고개를 끄덕였다.

"그럼 마이클 델라가 몸을 숨긴 것은?"

"치명상을 입었거나, 어쩌면 죽었을 수도 있지요. 허나……."

"아, 제중원에도 그렇지만 홈즈 씨를 빼면 최근에 치명상을 입은 서양인은 없었군요. 풍문에도 서양인이 다쳤다는 이야기는 마찬가지로 없었습니다."

"그래서 걱정이 됩니다."

홈즈가 무겁게 입을 닫았다.

홈즈가 말한 걱정이, 와선에게도 다가왔다.

"차라리 마이클 델라가 죽었기를 바라는 게 낫겠군요."

와선도 생각이 많아졌다. 마이클 델라가 지금까지 몸을 숨겼다는 사실이 무서웠다. 그가 조선을 떠나지 않았다면 강석범이 우려한 일이 벌어지게 되리라. 강석범이 일으킨 사업에 하나 더, 천지연이 마이클 델라의 목표가 되리라.

"기다려야 합니까?"

와선의 목소리가 떨렸다. 차마 '천지연을 죽이려는 순간까지'라는 말은 꺼내지 못했다.

"지에커가 마이클 델라일지도 모르지요."

어젯밤, 와선이 했던 상상이다. 홈즈도 마찬가지 상상에 도달했던가 보다.

"아, 물론 상상일 뿐입니다. 여러 가능성 중에 하나이지요. 이 가능성을 소거해버릴 수 있는 사실이 덧붙길 바라야겠네요. 질문에 대한 답을 하지 않았군요. 기다릴 필요는 없을 겁니다. 마롱휘가 있지 않습니까? 그가 사랑에 눈이 먼 것인지, 아니면 당신을 구실로 삼은 훼방꾼을 제거하려는 것인지는 저도 모릅니다만, 분명히 그가 데리고 온 사람들이 마이클 델라를 찾아낼 겁니다. 그는 저와 같은……."

"서양인이지요."

와선이 홈즈의 말을 잘랐다. 그래, 그게 정답이겠다. 홈즈와 와선은 그저 평범한 두 사람에 불과하다. 마롱휘처럼 막대한 재물도 없거니와 내직로처럼 관군을 동원하지도 못한다. 그렇다면 두 사람을 적절히 이용해 사건을 해결하는 것이 가장 현명하다.

"당신!"

와선은 다시 한 번 놀랐다. 홈즈는 와선이 이 결론에 이르리라는 사실을 어제부터 꿰뚫고 있었다.

"상상이 밥을 주지는 않지요."

홈즈가 와선을 상상에서 세상으로 내려놓는다. 시답지 않은 농담으로.

그때였다. 천지연의 비명 소리가 마당에서 들려왔다. 재빨리 홈즈가 사랑방을 박차고 나갔다. 와선도 뒤따랐다.

천지연은 빼꼼 벌어진 솟을대문 앞에 쓰러져 있었다. 홈즈가 신발도 신지 않은 채 마당으로 뛰어 내려갔다. 와선도 본능적으로 뒤따랐다.

홈즈가 천지연을 일으키려다 벌어진 솟을대문 바깥을 응시했다. 순간 홈즈는 사진처럼 정지해버렸다. 뒤따랐던 와선도 연이어 사진처럼 변했다. 문 바깥에 아이 하나가 쓰러져 있었다. 아니, 아이가 죽어 있었다. 와선도 천지연처럼 비명을 내질렀다.

멈추었던 홈즈가 바깥으로 나갔다. 홈즈는 천지연과 와선을 배려해서인지 솟을대문을 닫았다.

"마루로 돌아가라."

겨우 진정한 와선이 천지연에게 명령했다.

"나도 놀랐지만 어차피 내가 수습해야 하는 시체이다. 너는 마루로 올라가 숨을 고르거라. 어서."

천지연이 몸을 일으키는데 비명 소리를 들은 비호가 다가왔다.

"무, 무슨 일로?"

비호는 금세 눈치를 보기 시작했다.

와선은 그런 아이가 안쓰러워 머리를 쓰다듬었다.

"네가 잘못한 일이 아니니 눈치 따위 보지 말아라. 어서 언니를 데리고 안으로 들어가렴. 어서."

비호가 천지연을 부축하는 것과 동시였다. 문이 열리며 홈즈가 아이를 안은 채 집 안으로 들어왔다.

"바깥에 사람들이 모여들어서 어쩔 수가 없군요."

비호가 홈즈를 보고 아이를 본다. 비명을 내지를 거라 생각했는데 아이의 이름을 불렀다.

"개똥아!"

연이어 개똥이를 부르며 비호는 홈즈에게 달려들었다. 비호는 아이를 안은 홈즈를 마구 두드려 팼다. 와선이 겨우 홈즈에게서 비호를 떼어냈다.

"저 아저씨가 그런 게 아니다. 그리고 비호야. 저 아이 이름이 개똥이냐?"

와선이 물었다. 눈물을 뚝뚝 떨어뜨리며 비호가 고개를 끄덕였다.

"네가 심어둔 아이이고?"

이번에도 비호가 고개를 끄덕였다.

동시에 상황을 이해했는지 홈즈가 말한다.

"상황이 심각해졌군요."

"심각하다니요?"

와선의 물음에 홈즈가 조금 전 비호처럼 눈치를 본다. 아이가 있는 데에서 말해야 하느냐는 반문이었다.

"천지연도, 비호도, 잠시 이곳을 비키는 게 어떠하겠니?"

그런데 입술을 꽉 깨문 비호가 눈물을 닦으며 대답했다.

"어차피 제가 알아야 합니다. 아니면 아이들 모두가 도망치고 말 겁니다."

홈즈가 고개를 끄덕였다.

홈즈는 죽은 아이를 데리고 마루로 향했다. 홈즈가 아이를 마루에 내려놓을 때까지 그 누구도 말이 없었다. 먼저 홈즈는 죽은 아이를 엎드린 자세로 만들었다.

"자, 목 뒤를 보세요. 손자국이 보입니까?"

홈즈의 말에 와선도, 또 천지연과 비호까지 목 뒤를 살폈다. 목 뒤에는 큼지막한 손자국이 보였다. 와선이 크기를 가늠하려 손을 대보았다. 와선보다 두 배는 컸다. 홈즈 역시 손을 가져다 댄다. 홈즈와 같거나 조금 더 커 보였다.

"굉장히 큰 손을 가진 남자입니다. 어렴풋이 짐작해도 키가 저만 하거나 그게 아니라 해도 덩치가 상당하며 악력이 강하다는 걸 알 수 있습니다."

홈즈가 아이의 목을 뒤에서 쥐는 시늉을 했다. 홈즈의 말이 맞았다. 개똥이를 죽인 남자는 아이의 뒤에서 목을 쥐었다. 개똥이를 곧바로 죽이지 않고 휘적휘적 걸었다. 개똥이는 살인자의 걸음걸이에 따라 의식을 잃었다. 그리고 그의 손아귀에서 죽어갔다.

"몹쓸 놈의 살인자!"

와선은 고함을 내질렀다.

"지에커입니까?"

비호가 다시 눈물을 흘리며 물었다.

"마이클 델라일까요?"

천지연도 묻는다.

"둘 모두일지도 모르지요."

홈즈가 한숨을 내쉬었다.

"개똥이의 죽음은 여러 가지 의미를 내포하고 있습니다. 우선 우리가 뒤를 캔다는 사실조차 살인자는 알고 있습니다. 혹여 개똥이가 나 홈즈를 알았다면, 또 마롱휘와 내직로를 알았다면, 살인자도 세 사람을 알고 있다는 사실이 되지요."

"악!"

와선은 저도 모르게 비명을 내지르고 말았다. 홈즈의 말은, 살인자가 와선과 비호, 천지연도 알고 있다는 사실로 변한다. 그리고 개똥이를 죽인 것처럼 언제든 비호나 비호의 아이들, 그리고 다른 사람들에게 위해를 끼칠 수 있다는 의미가 된다.

"중요한 하나를 더 말해야겠군요."

홈즈가 와선과 눈을 맞추었다.

"이보다 더 중요한 사실이 있습니까?"

"우리가 어젯밤, 이곳에서 잠들었다는 사실을 살인자는 알고 있었습니다. 개똥이의 시체가 이를 증명하지요. 만약 살인자가 지에커이거나, 또 마이클 델라라고 한다면, 개똥이의 시체는 다른 의미가 됩니다."

"다른 의미?"

"애석하지만 개똥이의 시체는 바로 이 홈즈에게 보내는 도전장입니다.”

　순간 와선은 뒤로 넘어갈 뻔했다. 홈즈보다 무서운, 괴물이 나타
났다. 살인자라는 단어로는 설명할 수조차 없는 무서운 괴물이. 더
불어 개똥이의 죽음은 그저 시작에 불과하리라는 사실도 깨달았
다. 깨지 않은 취기와 어우러지는 공포에 결국 와선은 정신을 잃고
말았다.

14
살인자, 조선을 난도질할 준비를 하다

"저는 개똥이를 죽인 살인자는 지에커가 아니라고 생각합니다."

마롱휘가 목소리를 높였다. 마롱휘는 며칠 전보다 훨씬 자신감에 넘쳤다. 내직로라는 든든한 지원군을 얻은 탓이리라.

"제가 봐도 지에커의 살인 행각과 개똥이가 죽은 방법은 다릅니다. 명백히 다른 살인자입니다."

내직로가 마롱휘의 편을 들었다. 와선의 생각에 방점을 딱 찍는다. 마롱휘는 사람을 부리는 재주 하나는 타고난 게 분명했다. 그에 반해 홈즈는 말이 없다.

아이의 시체가 발견된 뒤 재빨리 행랑아범이 한성부까지 뛰었다. 행랑아범이 도착하기도 전에 내직로와 마롱휘가 들이닥쳤다. 채 한 달이 지나기도 전에, 천지연이 사는 집에 시체 하나가 늘어났다.

"당신들 모두 쓰레기들이에요."

천지연이 소리쳤다.

"저렇게 죽어버린 아이를 두고 누가 죽인 것이네, 그게 아니네 따지는 당신들 정말!"

천지연은 말을 끝맺지 않은 채 별채로 가버렸다.

와선도 한숨이 났다. 아마도 천지연은 당신들은 사람도 아니라는 말을 하고 싶었으리라. 와선도 마찬가지였다. 억울하게 죽은 아이를 두고 살인자를 따지는 상황이라니. 어쩌면 홈즈 역시 그런 마음을 알기에 침묵으로 일관하는지도 모르겠다.

"여러 살인 사건이 겹치다 보면 증오도 나뉘는 법입니다. 온전히 살인자에 대해 증오해야 하지만 그렇지 못하게 되지요. 누군가는 살인자를 잡고 싶어서 들뜨고 또 누군가는 증오를 타인의 탓으로 돌리려 하지요."

살짝 눈이 마주쳤을 뿐인데 홈즈가 와선의 마음을 읽었다.

"무엇보다 아이의 죽음으로 인해 천지연에게 쏠릴 수 있었던 관심이 사라졌습니다. 살인 사건이 가진 역학이 변한 것이지요. 그럴수록 온전히 살인자를 잡는 일에만 힘을 써야 합니다. 모든 일은 그 이후에 정리될 겁니다."

와선은 홈즈의 말에 고개를 끄덕였다.

홈즈가 와선에게 말한 강석범의 죽음은 홀로 만들어낼 수 없는 죽음이었다. 개똥이가 죽으면서 천지연에게 책임을 물으려던 상황이 급변했다.

"개똥이는 장사 지내줄 수 있는 겁니까?"

울음을 꾹 참으며 상황을 지켜보던 비호가 와선에게 말한다.

"내가 그리하도록 하마."

와선이 비호의 머리를 쓰다듬었다.

저 아이가 잘 자란다면 나라를 지키는 여장부로 자라나지 않을까? 와선은 엉뚱한 생각을 하며 집 안을 둘러보았다. 침묵하는 홈즈. 대장처럼 나선 마롱휘. 오히려 부하처럼 마롱휘와 의견을 나누는 관리 내직로. 마치 편을 나눈 듯 마루와 마당을 사이에 두고 떨어져 있다.

살인 사건의 역학이라고 했던가. 그렇다면!

"핵심이 빠지게 되었군요."

와선이 홈즈에게 속삭였다. 천지연을 핵심으로 판단한 사람은 홈즈와 와선뿐이다. 홈즈는 와선의 말에 넌지시 웃을 뿐이었다.

"거기다 도전장이라는 말은?"

"그렇지요. 살인자의 안중에는 마롱휘가 없다는 뜻입니다."

살인자의 안중에 마롱휘가 없다, 반대로 이 말은 홈즈가 말한 한마디로 귀결된다. 도전장! 아이의 시체를 두고 어른들이 부화뇌동하는 상황이 벌어진 것도 핵심이 빠져버린 탓이다. 강석범의 죽음, 그 중심에는 천지연이 있다. 그러나 아무도 천지연을 주목하지 않는다. 마롱휘의 말에 휘감겨버린 내직로 역시 지에커라는 살인자를 쫓는 데 혈안이 되었다.

"저 안타까운 아이의 죽음은, 그래요, 너무나 마음이 아프지만 아무 소용이 없어졌어요. 아시겠습니까, 이 사건 전체를 조망하는 데는 제가 필요하다는 것을."

홈즈가 넌지시 훈수를 두었다.

"그렇다면 이제부터는……."

와선은 말해놓고 흠칫 놀랐다.

개똥이의 죽음을 두고 홈즈는 도전장이라고 분명하게 언급했다. 홈즈는 이 모든 상식적이지 않은 상황을 조망했던 것이다. 개똥이의 죽음은 시작에 불과하다. 다시 말해 수많은 살인이 벌어지게 되리라.

"살인자는, 그게 지에커든 아니든 저와 대결하는 상황을 만들려 할 겁니다. 상징적이고 또 해결조차 어려운 살인 사건을 만들려 들겠지요. 안타깝습니다. 조선에 이런 운명을 안기게 되어서."

홈즈는 눈을 감더니 한숨을 내쉬었다.

"무섭습니다. 제가 미끼가 되어 다른 이들의 죽음을 막을 수 있다면 그렇게라도 하겠습니다."

눈을 감은 홈즈에게 와선이 말했다. 그런데 홈즈가 고개를 젓는다.

아. 와선은 낮은 한탄을 터뜨렸다. 겉으로는 모두 하나의 살인자를 쫓는 형국이다. 그러나 마롱휘와 내직로, 홈즈와 와선, 천지연과 그녀의 기생 조직은 따로 놀고 있다. 겉으로는 손을 잡은 것처럼 보이지만 철저히 분열되어버린 상황! 살인자가 만들어낸 역학 때문이다. 게다가 홈즈가 조선에 있다는 사실을 알게 된 지에커는 개똥이를 도전장으로 보냈다. 과연 어떤 도전장을 계속해서 보내게 될까. 어떻게든 아이가 죽는 것만은 막아내고 싶었다.

"이렇게 된 건 운명인 걸까요? 당신과 나만 남게 되었네요."

여전히 눈을 감은 홈즈에게 와선이 말했다.

"저도 있어요. 어떻게든 살인자에게 복수, 아니 살인자를 잡고 싶어요."

비호가 끼어든다.

"그래요. 셋이면 충분합니다. 암요, 셋이면 충분하지요."

마치 비호의 말을 알아들은 것처럼 홈즈도 속삭였다.

홈즈와 비호가 와선의 곁에 있다고 생각하자 조금 여유가 생겼다. 가만히 마당을 굽어보았다. 억울하게 비명을 달리한 개똥이만 덩그렇게 누웠다. 그 곁으로 마롱휘와 내직로, 병풍처럼 한 걸음 뒤로 물러난 하급 관리와 마롱휘의 수하들이 보였다. 그리고 환영처럼 한 남자가 보였다. 거대한 덩치에 개의 목을 비틀어버릴 정도로 큰 손을 가진 남자.

남자는 왜 개똥이를 죽였을까. 그저 홈즈에 대한 도전장이라면 아이의 죽음은 너무나도 억울하다.

"홈즈 씨. 반드시 잡아주세요."

와선은 치가 떨렸다.

"잡아주다니요, 반드시 같이 잡읍시다."

그때 알렌 공사가 모습을 드러냈다. 솟을대문 두어 걸음 밖에서 안으로 들어오려 하지 않았다. 적잖이 충격을 받은 표정이었다. 행랑아범이 겨우 알렌을 안으로 들여 거대한 문을 닫았다.

'대호'라는 글자가 적힌 솟을대문이 닫혔다. 남자는 안에 있는 사람들을 하나하나 살폈다. 그리고 기억했다.

"가요, 갑시다."

우마차 뒤에 누워 상황을 살피던 남자가 명령했다. 소 위에 걸터앉아 하늘만 바라보던 영감이 고개를 주억거렸다. 소는 천천히 내리막길로 움직였다.

저 정도면 되겠다. 남자는 만족했다. 아이 하나가 죽었을 뿐인데 호들갑스러운 꼴들이라니. 갑자기 웃음이 났다. 남자가 껄껄 웃을 때마다 우마차가 흔들거렸다. 그러거나 말거나 소를 모는 영감은 태연히 앞만 보았다.

돈이면 다 되는 세상. 왜 조선인들은 그걸 모를까. 이렇게 한가로이 소를 몰고 부산까지도 갈 수 있을 텐데. 부산?

부산이라는 지명이 남자의 상상을 부추겼다.

"영감, 혹시 부산에 가본 적 있나?"

"아이고. 나리도 참. 제가 부산포에 갈 일이 어디 있겠습니까? 제물포라면 몰라도."

"제물포까지는 얼마나 걸릴까?"

"저놈이 열 살이거든요."

소만큼 나이가 들었을 영감이 소의 볼기짝에 채찍을 가져다 댔다.

"지친다 싶을 때 물과 지푸라기 좀 주면 하루 종일 움직입니다."

"그래요, 당신 같은 사람이 살려면 저 소와 함께 하루 종일 움직여야 했을 겁니다. 맞아요. 그런데 하나 물읍시다. 이 소를 말이오, 열 마리 값을 쳐줄 테니 잡는다고 칩시다. 그럼 이 소는 어디어디로 갈까요?"

"소요?"

영감은 내리막길에서 막 속도가 붙기 시작한 소의 고삐를 당겼다. 소가 조금씩 속도를 늦추었다.

"뭐 저같이 천한 놈이야, 어디가 어떤 부위인지 알겠습니까마는 좋은 부위라면 사대부 어른들이나 그처럼 높은 분들의 가족들에게 가겠지요. 물론 가장 싱싱하고 값비쌀 때 이야기지요. 고기가 오래되고 먹지 못할 때쯤이면 싼값에 서민들 품에도 가려나요? 뭐, 살면서 소고기를 먹어본 적이 없어서……."

"사대부나 높은 사람의 가족이라. 그것참 마음에 드는군요. 제가 송아지 한 마리와 소 열 마리 값의 돈을 드릴 테니 이 소를 저한테 파시겠습니까? 물론 부산포를 다녀온 뒤에요."

"송아지와 열 마리 소 값이라. 할망구에게 물어보겠습니다. 할망구가 워낙에 이 녀석을 귀여워해서요. 가족이나 마찬가지거든요. 그래도 제가 죽는 것보다야 돈을 들고 가는 게 낫겠지요. 아이가 죽은 걸 봐서 그런가 제가 못할 소리를 했네요."

소를 모는 영감은 성실했다. 그리고 겸손했다. 영감을 죽인다는 상상에 종지부를 찍었다. 유쾌하지 않았다. 물론 그도 안다. 때론 신이 부여한 일이라는 사명감에 내키지 않는 살인도 했다는 걸. 그렇지만 노인의 성실함과 부산포라는 상상이 재미있는 결과를 만들어낼 것이다.

"가만, 그런데 부산포에도 푸른 눈을 가진 여인들이 있을까요?"

"글쎄요, 저 같은 영감이 뭘 알겠습니까."

"그럼 오늘 하루는 부산포를 가기보다 한양에서 하루를 묵어야겠네요."

남자는 눈을 들어 꺾이기 시작한 해를 바라보았다. 정오가 막 지나갔지만 오늘은 긴 하루가 될 것이다. 파란 눈을 가진 여자를 찾고 그 여자를 부산포까지 보낸다. 상상만 해도 기뻤다.

조선을 들었다 놓는다? 그것도 파란 눈을 가진 거리의 여인으로.

남자는 웃으며 눈을 찡그렸다. 긴 하루라, 그것으로 행복하겠다. 남자는 파리를 쫓는 소의 꼬리로 눈을 옮겼다.

15
살인자, 홈즈에게 시체를 보내다

　괴변이 벌어진 곳은 동래 관아였다.

　관기들만 사는 별채 하나가 기장에 있었다. 깎아지른 절벽을 뒤로하고 걸어서 지척에 냇물이 흘렀다. 한양에서 고위 관리들이 동래 관아를 방문하면 늘 거쳐 가는 곳이었다. 동래 객사라고 부르는 이곳은 실은 동래에서도 꽤 떨어져 있었다. 사람들의 눈을 피해 기녀와 술판으로 유흥을 즐기고 여체를 탐하는 관리들의 은밀한 별장이었다.

　별장을 청소하거나 관리하는 나이 든 관기와 잡무를 맡아보는 사령도 변고를 알아차리지 못했다. 만산홍엽을 만끽하는 시조 한수를 관기가 읊을 때 바삐 말을 몰고 사령 아이가 나타났다. 아이는 도사급인 사령에게 꾸벅 절을 하며 말했다.

　"내일 한양에서 관리 한 분이 오신답니다. 준비를 해놓으라고 하시네요. 여름이 간 지가 언제인데 초계탕을 먹고 싶다고 전갈을 하셨답니다."

"미친놈. 관리라는 것들은 어떻게 된 게 근무하는 지역만 이탈하면 왕 대접을 받으려고 한다니까."

"아이고, 처자. 뭘 그러나. 그러려고 오는 걸. 우리는 또 그런 관리들 잘 대접하면 돌아오는 게 있잖은가."

"하긴 뭐, 그러면서 버텨온 게지만."

노기와 사령은 그들만의 대화를 주고받았다. 잘 대해주면 좋은 결과가 돌아온다. 만고불변의 진리였다. 서른아홉, 나이 든 관기에게는 의지가지없었다. 사령 우두머리 격인 도사와 지아비처럼 지낸다지만 얼른 돈을 모아 면천하고 싶은 꿈이 있었다. 고향인 진주로 내려가 말년을 보내고 싶은 마음이 굴뚝같았다. 잘 대해주면 한마디 칭찬이라도 돌아오기 마련이다.

"준비해놓으마."

관기는 사령 아이에게 웃으며 말했다.

"그런데 아줌, 객사 뒤에 정자 있잖우. 거기 지붕에 왜 천을 덮어놓았수?"

사령 아이가 하대도, 상대도 아닌 말투로 물었다.

"이눔이 정신이 있냐 없냐? 뒤편에 있는 매 바위 정자는 높으신 분들만 가는 데야. 거기에 왜 천을 덮어? 큰일 날 소릴 하고 자빠졌어."

"진짜라니까. 내가 아줌한테 왜 거짓말을 하겠어? 엄마라면 몰라도."

사령 아이는 말해놓고는 쿡쿡 웃기 시작했다. 아이의 말에 관기도 마음이 수그러졌다. 고아인 아이를 사령으로 일을 하게 해준 것은 그녀였다. 언제부터인가 아이는 그녀를 엄마처럼 따랐다. 간혹 진주에 가고 싶다고 말을 하면 돈을 모아 함께 내려가자고 말하기도 했다.

"가보자니까."

아이가 일어서며 팔짱을 꼈다.

"그래, 그래. 가보자. 장난이면 넌 나한테 뒈진다."

아이를 따라 관기도 일어섰다. 문득 그런 생각이 들었다. 죽고 싶은 마음이 들 때마다 모질게 참았던 것은 어쩌면 가족을 이루고 싶다는 열망 때문은 아니었을까. 이제는 이름도 기억나지 않았다. 어려서부터 매향이라고 불리는 기명이 이름으로 굳었다. 사령 아이의 이름은 학수였다. 배워서 오래 살라고 함께 기거하는 사령이 지었다. 이렇게 가족으로 지내는 것도 나쁘지 않겠다, 그런 생각을 할 때였다.

"으악! 저게 뭐야?"

생각을 꿰뚫으며 학수가 비명을 내질렀다. 매향이가 뭔데, 하고 고개를 들다 그만 자리에 주저앉아버렸다. 정자의 지붕을 따라 빗물 같은 핏물이 뚝뚝 떨어지고 있었다. 아이가 말한 대로 지붕 위에는 하얀 천이 덮여 있었다.

"웬 호들갑이야?"

비명을 듣고 달려오던 사령도 그 자리에서 굳었다.

"저저저, 저게 뭐요 도대체?"

세 사람은 지붕 위에 있는, 하얀 천에 싸인 물체를 끌어내릴 엄두도 내지 못했다.

"누군가는 신고를 해야겠제?"

사령이 매향이와 학수를 갈마보았다. 두 사람은 약속한 것도 아닌데 함께 고개를 저었다. 결국 사령이 말을 타고 관아로 향했다.

핏물이 떨어지는 매 바위 정자에는 덩그러니 두 사람만 남게 되었다. 가뭇한 시간 사이, 침묵을 깨고 학수가 말했다.

"엄니, 저게 설마 사람은 아니겠지?"

매향이는 조금 전보다 더 놀라고 말았다. 사령 아이는 놀란 나머지 매향이를 엄니라고 불렀다. 그런데 눈물이 났다. 누구에게도 들어보지 못한 이름이었다. 매향이는 놀란 나머지 아이에게 물었다.

"학수야, 우리 여기를 벗어날 수 있을까? 난 고향인 진주로 가고, 거기서 쪼그마한 국밥집이라도 하면서. 너는 내 아들이라고 하고."

"나도 그러고 싶은데, 엄니, 우리가 그럴 수 있을까? 우리는 굴레에 갇힌 거잖아. 그리고 저거 봐."

학수가 손가락으로 정자 위를 가리켰다. 여전히 멈추지 않는 핏물이 뚝, 떨어졌다.

"저거 때문에 우리가 초주검이 되는 건 아니것제?"

학수의 손가락 끝이 바르르 떨렸다.

내일이면 한양에서 관리가 온다고 했다. 응당 동래 부사에 맞먹거나 그보다 높은 관리가 파견될 것이다. 그런데 사달이 났으니.

별장 관리를 제대로 못한 매향이와 사령은 학수의 말처럼 초주검이 될지 모른다.

"엄니, 우리 그냥 도망가버릴까?"

아이가 매향이의 손을 꽉 쥐었다.

"그러면 어디로 가누? 호패도 없이, 어디 가서 산단 말이고?"

매향이와 학수는 망연히 지붕만 쳐다보았다. 뒤를 막아선 매 바위가 그들 인생 앞에 떡 버티어 선 느낌이었다. 부박한 삶이었는데, 이제 그 끝이 보이는 듯했다.

"너라도 살아라. 어차피 넌 이 일과는 아무 상관도 없지 않누."

매향이가 학수의 손을 바투 쥐었다.

이러지도 저러지도 못하는 망연한 시간이 흘렀다.

"어차피 죽을 바에는 도망이라도 치자. 응?"

학수가 벌떡 일어섰다. 학수에게서 굳은 의지가 느껴졌다. 결단을 내릴 시간이 임박했다. 매향이는 학수의 말을 따르기로 했다. 이래도 죽고 저래도 죽는다면, 아이와 함께 단 하루라도 자유를 누려보는 것은 어떨까.

"기다려봐라, 학수야."

매향이는 기거하는 방으로 뛰었다. 20년 넘게 관기로 살며 이것저것 숨겨둔 물건들이 적지 않았다. 돈이 되고 안 되고는 다른 문제였다. 일단 가지고 가자.

봇짐을 이고 나왔을 때 매향이는 절망하고 말았다. 머뭇거리는 학수의 뒤에서 사령이 달뜬 얼굴로 숨을 헐떡였다.

"내가, 내가, 이럴 줄 알았어야."

사령의 말에 순간 참아왔던 울분이 터졌다.

"지금 이 나라 꼴을 보시오. 책임지는 사람이 누가 있습디까? 정치인이요? 자기 배 불리기 바쁘고 자기 자리 지키기 바쁘지요. 관리들은 또 어때요? 자기 지위를 활용해 뇌물이나 받아 처먹고 배불리기 바쁘지 않소! 아랫것들, 특히나 돈 없고 신분이 낮은 사람들은 챙기기나 한답니까? 도망이라도 가서 잘 살 수 있다면 그리하겠소. 학수랑 살겠소. 나를 막으려거든 죽이시오. 그게 유일한 방법일 테요."

그녀는 모질게 내뱉었다. 눈치를 보던 학수가 사령을 떨쳐내고 매향이의 곁으로 왔다.

"저도 아줌, 아니 엄니와 도망할라요. 아저씨도 가려면 같이 갑시다."

그런데 순간, 사령이 무너졌다. 갑자기 땅에 엎드리더니 통곡하기 시작했다. 황급히 눈물을 훔치는가 싶더니 두 사람에게 말했다.

"셋이서? 셋이서 도망쳐도 되겠제?"

매향이는 사령의 말에 가만히 손을 잡았다. 학수도 다가오더니 두 사람의 손을 맞잡았다.

"그럼요. 희망이라도 있지요. 잡혀봤자 죽기밖에 더하겠어요?"

학수의 목소리는 어느 때보다 확신에 차 있었다.

"좋다. 일각이면 동래부 관원들이 닥칠 게야. 내가 매향이를 말에 태우마. 학수 너는 돈이 될 만한 것들을 챙겨라. 어서."

"이미 챙겼어요."

매향이가 대답했다.

"저건……. 저건 어떻게든 되겠지. 우리 셋, 잘 살 수 있겠지?"

지붕을 스쳐가듯 바라보며 사령이 말했다.

오히려 입술을 꽉 깨물고 매향이 대답했다.

"이 마음이면 어디서든 못 살아요, 아니 어떻게든 못 살겠어요? 쩌어짝 태백산맥 산골짝에서 살아도 셋이서 행복할 거구만요."

"그래볼까나?"

사령은 매향이를 재빨리 말에 태웠다. 학수도 매향이가 챙겼던 봇짐을 말에 실었다.

"가자. 봉화가 없는 곳, 도호부가 없는 곳으로만 달리는 거다. 30년을 동래부에서 일했는데 피해 가는 길 모를까."

사령은 매향이를 태운 채 해가 꺾이는 방향으로 말을 몰았다. 사람들이 다니지 않는 매 바위 뒤를 돌아 물이 보이는 곳 주위를 달렸다.

세 사람이 사라진 이각 뒤, 네 명의 관원이 객사에 나타났다. 동물이 매 바위 위에서 죽었겠거니 하는 나태한 모습이었다. 그런데 객사를 관리하는 관기와 사령이 사라졌다는 것을 깨닫자 당황하기 시작했다.

급기야 저녁 무렵에는 부사까지 달려오기에 이르렀다. 부사는 내일 행차할 관원에게 밉보일까 싶어 노심초사했다. 부사가 오고서야 지붕에 얹힌, 누가 봐도 어떤 동물의 사체를 감싼 듯한 천을 내리라 명령했다.

나서기 좋아하는 관원 하나가 사다리를 타고 정자 위로 올랐다. 관원은 천을 만지는 순간 고함을 내지르며 정자에서 떨어졌다. 부사를 따라왔던 관원까지 20여 명, 급작스레 웅성거리기 시작했다. 떨어진 관원이 고통스럽게 소리쳤다.

"사, 사람이에요."

"혀혀혀, 형방을 불러와라."

시체라고는 접해본 적 없는 부사가 목소리를 떨었다. 뒤로도 한 시진 가까이 지붕 위로 오를 엄두를 내지 못했다. 동래부에서 가장 나이가 많은 형방이 오고서야 일사불란하게 상황이 수습되었다.

아랫것들은 무서워하면서도 지붕으로 올랐다. 형방은 적절히 지혜를 짜내 대나무 사다리를 최대한 길게 연이어, 지붕에 대었을 때 완만한 각도를 만들었다. 관노가 지붕에서 시체를 굴렸다. 시체는 미끄러지기도 하고 구르기도 하다 천이 어딘가에 걸리며 벗겨졌다. 급기야 시체만 굴러서 떨어져버렸다. 순간 동래 부사는 누구보다 크게 고함을 내질렀다. 부사의 고함 소리는 마치 괴질처럼 사람들에게 전이되어 객사 주위를 감싸버렸다.

"세, 세상에. 저리 끔찍한 시체가 있다니. 머리는 해괴한 색깔에, 왼쪽 발목이 잘려나가지 않았는가. 게다가 어찌하여 배에는 살점이 떨어져나갔는가?"

겨우 진정한 부사가 몇 걸음 뒤에서 시체를 살피며 물었다.

"색목인입니다. 여자이고요. 실오라기 하나 걸치지 않았습니다.

배에 있는 살점이 완전히 뜯겼습니다. 마치 짐승이, 아, 이건 아닌데. 짐승이 물어뜯었다기에는 이빨 자국이 없군요. 보시는 대로 왼쪽 발이 무릎 아래로 잘려나갔습니다."

형방이 비교적 침착하게 시체에 대해 말했다.

"죽어서 지붕 위로 올려진 건지, 산 채로 올려진 건지는 알 길이 없군요. 칼에 찔린 상처라면 나뭇잎처럼 벌어질 텐데 잘려나가고 뜯긴 상처라 알 길이 없습니다. 다만 피가 지붕에서 흘러내린 것으로 볼 때 죽은 지 얼마 지나지 않은 상태에서 지붕 위로 올려졌다는 사실을 짐작할 수 있겠습니다."

형방이 주억거렸다. 답답한지 그 역시 한숨을 내쉬었다.

"이제 어쩐다?"

"솔직하게 말씀하십시오. 오시는 분이 당상관인 삼촌이라고 하지 않으셨습니까? 한양으로 부사님을 다시 올리겠다는 말씀을 나누려는 것 아닙니까?"

형방은 노련하게 부사를 이끌었다. 곧바로 결론이 났다. 이 사건을 해결하여 영전하십시오. 삼촌에게는 조금만 더 동래부에서 일할 시간을 달라고 하세요. 부사는 형방의 말을 시체를 살피는 것보다 더 깊이 숙고했다. 그런 뒤 고개를 끄덕였다.

잠시만요. 지금까지 고개를 끄덕이던 홈즈가 이야기를 중지시켰다. 그러더니 검지로 관자놀이를 재빠르게 두드려댔다.

"지도에서 동래부를 볼 수 있습니까? 떨어진 별장이라고 했지요? 그렇다면 기장이 그리 가깝지는 않겠군요?"

"걸어서는 갈 수 없는 거리입니다."

"왜 기장일까요?"

홈즈가 물었다. 이야기를 듣던 모든 사람들이 허를 찔린 표정이었다.

사건을, 형조를 위시한 수사권이 있는 관청이 아닌 제중원으로 몰고 온 사람은 알렌이었다. 금발의 미녀가 살해당한 사건의 파장을 우려했기 때문이다.

왜 기장이냐고 물었을 때 아무도 대답하지 못했다. 사람들은 그저 한적하고 들키지 않을 곳이어서, 라고만 생각했다. 와선도 마찬가지였다.

"너무나 간단합니다. 이 사건은 누가 사건을 저질렀느냐가 중요한 게 아닙니다. 왜 사건을 저질렀느냐가 중요합니다. 혹시 여인의 신분이 밝혀졌습니까?"

홈즈가 입술을 매만지며 물었다.

"제시, 제시입니다."

알렌이 긴장한 표정으로 말한다.

"물론 본명인지는 모릅니다. 출신지 같은 것도 가짜일 가능성이 높구요."

"그럼 왜 왼쪽 무릎 아래를 잘랐을까요?"

홈즈가 다시 의문을 던졌다.

와선은 홈즈의 말에 한기를 느꼈다. 사건은 간단하다, 왜 기장인가, 더불어 왼쪽 무릎 아래를 절단한 이유는 무엇인가. 홈즈가 제시한 세 가지 의문이었다. 생각해보면 홈즈는 늘 다른 의문을 품는다. 모든 사람들은 누가 죽었고, 어떻게 지붕 위에 시체를 가져다 놓았는가에 관심을 두었다.

"홈즈, 당신은 참 특이해요. 누가 보아도 당연한 접근법을 거부하잖아요."

와선이 홈즈에게 속삭였다.

"무슨 말씀을. 그저 사칙연산 같은 겁니다. 일 더하기 일은 이인가, 아니면 일 곱하기 일은 일인가, 같은."

"역시 무슨 소리인지 모르겠네요. 특이해요."

와선의 대답에 홈즈가 살짝 어깨를 들썩였다.

내직로가 사건에 대해 설명하고, 알렌의 부연이 끝나자 제중원 의사실은 일순 침묵에 휩싸였다. 홈즈는 이제 자기 차례라는 듯 주변을 살피며 일어섰다.

"아무래도 마롱휘 씨의 이야기는 현실로 변할 가능성이 높아졌군요. 알렌? 혹시 한양이나, 또 여러 항구 근처에 있는 노랑머리를 한 거리의 아가씨들에 대해 파악이 가능합니까?"

알렌이 고개를 저었다.

하긴, 아무리 외국에서 온 거리의 아가씨라지만 어느 누가 그 숫자를 파악하고 있을까? 물론 와선이 이런 생각을 하는 순간, 홈즈의 싸늘한 눈이 서대문 방향을 응시하고 있다는 사실을 깨달았다.

"마롱휘, 당신은 혹시 지에커의 살인에 대한 순서를 파악하고 있습니까?”

홈즈가 물었다. 그러나 이번에도 마찬가지 대답, 마룽휘는 고개를 저었다.

“내직로 부윤, 조선의 직제 체계로 혹시 전국에서 발생할 수 있는 유사한 사건에 대비할 수 있습니까? 물론 비밀리에.”

이번에는 다른 대답이 돌아왔다. 내직로는 힘차게 고개를 끄덕였다.

“가능합니다. 조선의 조직 체계는 상당히 우수한 편입니다. 한나절이면 충분히 지방 관아까지 명령이 전달됩니다.”

와선은 여섯 시간으로 내직로의 말을 정정했다.

“여섯 시간이라. 당장 그래주실 수 있겠습니까?”

“그렇지만 또 다른 사건이 생긴다는 보장도, 또 다른 지역에서 사건이 벌어질 거라는 보장도 없지 않습니까?”

“하지만 짐작하는 바는 있지요.”

홈즈가 조선 지도를 두드렸다. 홈즈의 검지는 기장에 닿아 있었다. 그리고 채 한나절이 지나기도 전에 또 다른 시체가 발견되었다. 이번에는 목포였다.

같은 날, 동래 포구 근처에 문을 열었던 기생집들은 일제히 문을 닫았다. 괴이한 소문이 퍼진 탓이었다.

‘제시의 사망은 본보기에 불과하며 여인의 웃음을 파는 술집들은 하나하나 변고를 맞이할 것이다!’

16
살인자, 목포에서 두 번째 시체를 보내다

명맥이 끊어져가는 호랑이 사냥꾼 차수는 유달산 정상에서 바다를 한번 바라보았다. 이제 이 짓도 못 해먹겠군. 절로 푸념이 터졌다.

남도 땅 끝자락 목포는, 호랑이도 쉬어가는 곳이라 아버지가 말했다. 그러나 포구가 커지고 사람이 늘어나며 호랑이가 살기 버거워졌다. 호랑이는 섬세하고 내밀한 성질을 가졌다. 먹이를 먹거나 심지어 물을 마시는 것조차 모습을 보이기 꺼려 한다. 사냥꾼이 호랑이를 포획한다는 것은 그야말로 천운이다.

이제 목포를 떠나야 하나. 문득 그런 생각이 들었다. 할 줄 아는 거라고는 사냥밖에 없다. 총자루를 쥐고 이틀이든 사흘이든 호랑이를 기다리는 일은 늘 설렜다. 그런데 목포에 호랑이가 보이지 않으니 명분도 구실도 사라진 셈이다. 토끼라도 보이면 방아쇠를 당기려고 했지만 총알 값이 아까웠다. 그렇다고 도끼나 칼을 쥐고 달리기에는 사냥의 방법이 호랑이와 달랐다.

나는 맹수 사냥꾼이다. 최소한 살쾡이 정도라도 되어야 총을 든다. 고리타분한 차수의 생각도 한몫한 탓에 잡을 수 있는 토끼도 지나칠 때가 많았다.

목포에 내려온 어느 보상이 그런 말을 던졌다. 태백산맥 자락을 넘어가던 동료 한 명이 호랑이의 습격을 받았다고. 당신도 목포에 있기보다는 태백산맥으로 가보는 게 어떠하냐고. 여전히 호랑이 가죽은 왜국과 청나라에서도 값비싸다며.

난 반대요. 목포를 떠나 어떻게 삽니까.

몇 달 전이었다. 목포에는 이제 호랑이가 씨가 말랐어, 라며 넌지시 삼수에게 물었다. 동생은 화가 난 듯했다. 하긴 족보를 사고 아버지 묘를 쓴 것도 녀석이었으니 형인 차수가 목포를 떠나겠다는 말이 달가울 리 없을 터였다.

형이 장남이었으면 목포를 떠날 생각이나 했겠어. 삼수가 따졌다. 또 약점을 건드린다. 얼굴도 보지 못한 장남 일수는 나면서 죽었단다. 그러면 그냥 일수라고 이름을 지어주어도 될 것을 차수라고 지었다. 그 탓에 남 말하기 좋아하는 사람들이 수군거렸다. 차수가 형을 잡아먹었다고. 이런저런 이야기를 나누다 삼수는 결국 그 이야기까지 꺼낼 기세였다.

뭣 모르는 상놈 주제에, 하고 늘 얕보았던 동생이다. 아버지가 호랑이를 관아에 바쳤다. 껄껄 웃던 관리가 함께 가죽을 가져온 차수를 심부름꾼으로 부리려 했다. 아버지는 한사코 마다했다. 가업을 이어야 할 차수를 심부름꾼 정도로 관아에 묶어두는 것이 싫었을 테다. 놀고 있던 삼수가 관아로 갔다. 20년쯤 되었다.

관아에서 심부름꾼이나 하던 삼수가 재물에 눈을 뜬 것은 10여 년 전이었다. 요령 있게 사람을 부리나 싶었는데 점점 이간질에도 능통해졌다. 포구에 오가는 관물들을 적당히 빼돌렸고 이문을 붙여 되팔았다. 그때마다 말했다. 적당히 해먹으라고. 그러나 뇌물을 바라는 관리에게 '적당히'는 존재하지 않았다.

삼수의 윗사람이 미소를 지을수록 녀석의 배도 점점 뒤룩뒤룩 해졌다. 삼수를 따르려는 아랫것들도 점점 늘었다. 포구의 패거리가 된 것이다. 삼수는 몇 해 전 아버지 집을 팔더니 어느 양반이 살았다는 집을 사기에 이르렀다. 별채와 행랑채에는 패거리들이 스스로 하인처럼 행세하며 지냈다.

꼴 보기 싫어진 삼수를 뒤로하고 차수는 산으로 내달렸다. 포획한 동물은 먹을 만큼만 죽이고 나머지는 풀어주었다. 산에서 생활하기 힘들어지면 삼수네 행랑채에 들어앉았다. 날이 풀릴 때까지 기다리는 것이다. 곧 찬바람이 돌기 시작하는 12월이었다. 며칠이 지나 겨울바람이 매서워지면 어쩔 수 없이 하산해야 한다.

어느 사이 눈에 띌 정도로 밝아졌다. 오랜만에 너무나 맑은 날이었다. 사냥은 글렀군. 한숨이 나며 자연스레 고개가 높아졌다. 그때 저 멀리 어딘가에서 무언가가 반짝거렸다. 파도라고 말하기에는 눈부신 정도가 달랐다.

얼른 망원경을 꺼냈다. 경통을 뽑아 초점을 맞추었다. 반짝이는 물체가 크게 보였다. 노를 저어 연안이나 오가는 작은 낚싯배였다.

배에 무언가 실렸다. 거울 같은 것이 햇빛을 반사했다. 무슨 물체가 실렸는지는 확인이 되지 않았다.

사냥감인가. 문득 떠오른 생각이 우스웠다. 그래도 구실은 되겠다. 산에서 사냥이라는 구실로 빈둥거렸다. 원인을 따지라면, 그래, 회피하고 싶어서였다. 아무리 사내대장부라도 현실이 암울하고 복잡하다 보면 비굴해지는 법이다.

그래, 알아, 안다고. 그러니 한번 내려가보는 것도 좋겠지.

차수는 터벅터벅, 해가 떠오르는 유달산을 내려왔다. 걸을 때마다 허리춤에 찬 망원경이 달랑거렸다. 평소라면 봇짐에 넣었을 텐데 왠지 계속해서 꺼내야만 할 것 같았다. 몇 걸음 걸을 때마다 망원경으로 바다를 조망했다.

산을 다 내려왔을 때 생각이 부딪혔다. 집으로 가거나, 북항으로 가거나. 그래서인지 행동은 자꾸만 굼떴다. 솔직히 집으로도 가기 싫고, 북항으로도 가기 싫었다. 다시 산에 오르고 싶었다. 그때 늙은 어부가 낚싯대를 들고 지나갔다. 해가 뜨는 이 시간은 고기를 잡기에는 어중간했다.

"사냥꾼이오?"

나이 든 어부가 물었다.

"아직도 목포에 사냥꾼이 있을 줄은 몰랐는데……."

"혹시 바다로 나갈 겁니까?"

"바다? 갔다가 오는 길이지. 허탕만 쳤지만. 왜 그러시우?"

말주변이 없는 차수는 이럴 때 어떤 방법이 통하는지 경험으로 알고 있었다. 망원경을 꺼냈다. 어부에게 장좌도를 망원경으로 보게 했다. 처음에 어부는 망원경이 신기한 듯 계속해서 만지작거리기만 했다. 그러다 차수의 엄한 눈빛에 망원경으로 가리킨 곳을 조준했다.

"가만가만, 저 배는 이웃집 영감탱이 건데. 날이 맑아서 그런가 또렷하게 보이네."

"이웃집 영감님이 저기로 낚시를 갔을까요?"

"가기는 무슨. 앓아누운 지가 언젠데. 또치 영감 몰라? 이 동네에서는 알아주는 난봉꾼이었는데."

알 리가 없지. 그러나 차수는 대충 고개를 끄덕였다.

"그럼 저 배를 누가 훔쳤을까요? 찾아와야겠네요, 그쵸?"

"할망구한테 말해봐야 오히려 잘됐다고 그럴걸. 그나저나 고기도 못 잡았는데 바람이나 쐬려 가시려우? 그쪽도 빈손인 모양인데. 어때요, 같이 장좌도에서 낚시나 하시겠소?"

"나쁘지 않지요."

쿡쿡, 웃음이 났다. 사냥꾼인 그가 물고기를 들고 있는 모양새라니.

"아니 재미있겠습니다. 낚시나 사냥이나 그게 그거겠지요."

밑도 끝도 없던, 집에 대한 불안한 마음이 조금은 가셨다. 그래, 어떻게든 눙치다 최대한 늦게 가는 거다.

차수는 어부를 따랐다. 어부는 수십 년은 오갔을 빈틈없는 걸음으로 포구까지 향했다. 물론 이때까지도 어부와 차수는 무슨 일이 벌어질지 몰랐다. 가끔 뒤를 돌아보며 어부는 발맘발맘 따르는 차수를 눈으로 인도할 뿐이었다.

차수가 배에 오르자 어부는 긴 노를 저었다. 문득 이상하다는 생각이 스쳤다. 장좌도에서 반짝이던 배는 중요한 하나가 빠진 채였다.

"그 배, 노가 없었습니다."

"엥?"

노를 젓던 노인이 재빨리 손짓을 했다. 망원경을 건넸다. 경통을 뽑아 장좌도를 주시했다.

"일단 거기부터 가보세나."

노어부도 의아한지 고개를 몇 번 저었다. 곧바로 낚싯배의 방향이 바뀌는 게 느껴졌다. 물길로 2리쯤 되는, 장좌도로 곧장 직행하기 시작했다.

차수의 사냥이 노련하듯 어부의 노질도 군더더기 없었다. 빠르지도 느리지도 않은 정제된 동작에서 품위가 느껴졌다.

"장인이시군요."

"뭐라고?"

"적어도 목포에서 낚시를 하는 것만큼은 장인이시라고요."

"목포에는 장인이 아닌 사람이 없지. 모두가 다."

어부는 알 듯 모를 듯한 말을 던졌다. 차마 그 말에는 답할 수 없어서 그저 고개만 끄덕였다. 갈수록 악덕한 사람이 느는걸요. 제 동생도 그중 하나랍니다.

얼마 지나지 않아 배는 보트가 떠 있는 섬의 동북쪽에 도착했다. 북항에서 직진하면 곧바로 닿게 되는 곳이다.

"저 낚싯배는 가장 짧은 거리를 직진했을 거야. 그런데 노도 없고 사람도 없네. 그것참."

"누가 타고 왔겠죠."

"그럴까? 그런데 틀렸어. 잘 봐. 배 안에 무언가 짐이 실렸지?"

차수와 망원경을 바꿔가며 살피던 노인이 말한다.

"저런 상태로는 노질을 하기가 힘들어. 어부가 설 데가 없거든. 이 작은 배라도 균형이 맞아야 앞으로 나간다고. 햇빛에 반사되는 저 짐만 실렸다면 모르지."

거리가 가까워질수록 노인은 의혹에 확신을 실었다.

"상어라도 실렸으려나?"

노인이 의미 없는 희망을 던졌다.

"상……어요?"

"크기가 그렇잖아. 보고도 그런 생각 안 들었어?"

"저는 여우나 늑대, 뭐 그런 거 아닐까 했지요."

"하긴 사람이란 게 그렇지. 뭐 눈에는 뭐만 보인다고."

노인이 껄껄 웃었다. 그러나 차수는 불안의 전초라는 사실을 알고 있었다. 사냥터였다면 차수도 이런 허세를 부렸으리라.

배가 목표 지점에 가까워질수록 불안도 증폭되었다. 무언가 이상하다. 노가 없는 배. 사공이 탈 수 없는 여건. 너무나 맑은 날씨. 산을 내려오게 만든 불안한 감성까지. 생각을 미처 마무리 짓기도

전에 배가 장좌도에 도착했다. 섬에서도 고운 모래가 깔려 작은 낚
싯배가 드나들기 좋은 곳이었다.

노인은 익숙하게 배를 정지시켰다. 그러더니 기다란 노를 적절
히 활용해 배를 고정시켰다. 배에서 내리려던 노인이 묻는다.

"내가 먼저 확인해봐?"

"아니요. 제가 하지요."

차수가 척 한 발을 내디뎠다. 새벽부터 그를 여기까지 오게 만든
낚싯배는 20여 걸음 떨어져 있었다. 총을 맞아 신음하는 호랑이를
확인하러 가는 기분이었다. 발아래에서 아무 감각도 느껴지지 않
았다. 배에 다가갔다. 반짝이던 것은 금사였다.

"꽤 돈이 되겠는데요. 상어나 호랑이를 잡은 것만큼은 아니어
도."

"그래? 반씩 나누자고. 저걸 가져간다고 해서 또치 영감이 좋아
할 것도 아니니까."

두어 걸음 떨어져 있던 노인이 곁으로 다가왔다.

"참, 내 이름을 말하지 않았네그려. 나는 똘이라고 하네. 애기 이
름이지."

"아닙니다. 영감님 이름으로는 오히려 어울려요. 저는 차수라고
합니다. 특징도 없는 둘째 이름이지요."

"그럼 저 금사는 반으로 나누는 것으로 하고. 금사 아래에는 뭐
가 들었나 볼까?"

노인이 선뜻 다가가 금사에 둘둘 말린 무언가를 빼내려 했다. 정

확하게는 금사를 빼내려던 것이었지만.

어쩔 수 없이 차수가 나섰다. 노인의 힘으로는 금사조차 벗겨내기 버거워 보였다. 말린 금사의 끝을 붙잡고 힘껏 당겼다. 순간 알아차렸다. 이 무게에, 이 촉감이라면 틀림없이 사람이다.

급작스레 손끝에서 힘이 빠졌다.

"저, 이거 두고 가는 게 어떨까요?"

차수는 저도 모르게 진심을 말해버렸다.

"이거 분명 사람이에요. 사람이 아니고서는 이런 느낌을 주는 건 없어요."

"사람?"

금사를 벗겨내려고 함께 힘을 주려던 똘이 노인에게서 스르르 힘이 빠져나갔다. 이미 차수는 손을 놓았다.

"그래도 금사는 돈이 될 텐데."

"싫어요."

"그럼 시체인지만 확인해보자고. 그러면 될 거 아닌가?"

똘이 노인이 고집을 부렸다. 차수는 밑질 거야 없겠지, 체념하며 금사를 있는 힘껏 당겼다. 몇 번 힘을 쓴 끝에 금사가 완전히 빠져나오는 순간이었다. 동시에 확인했다. 시체였다. 오른쪽 무릎 아래가 잘려나간, 다리가 하나뿐인 시체. 내 다리 내놔라, 라던 전설이 떠올랐다.

"무무무, 무덤에서 살아 나왔어요……. 아니 죽었는데……. 가만. 머리가 이상해요. 머리 색깔이. 귀신이에요!"

태어나 처음 보는 색목인, 그것도 시체의 모습에 차수는 그만 정신을 잃고 말았다. 그는 노인이 바닷물을 퍼와 얼굴에 끼얹었을 때에야 눈을 떴다.

"일단 금사는 배에 실었어. 얼른 여기를 뜨자고. 어서!"

똘이 노인의 생존 본능은 놀라웠다. 얼떨결에 노인과 함께 배에 올랐다. 노인은 재빨리 노질을 했다. 해안까지 돌아오는 시간이 더디게만 느껴졌다. 배가 해안에 닿자 노인이 크게 한숨을 내쉬었다.

"난 모른 척하겠네. 금사만 반으로 나누세나."

"아니요. 다 가져가십시오. 전 필요 없습니다."

"그래도 괜찮겠나?"

차수는 단호하게 고개를 끄덕였다. 삼수에게 아버지 집을 팔라고 할 때도 이런 심정이었다. 다 가져, 재산 같은 거. 난 필요 없어.

"그럼 이거라도."

노인은 아가미를 짚에 꿴 잡어 몇 마리를 건넸다.

차수는 그길로 집까지 내달렸다. 마침 출근을 하는 삼수와 마주쳤다.

"형, 꼴이 왜 이래?"

"자야겠다. 며칠 밤을 샜어."

"괜히 행랑채에서 자지 말고 사랑방에서 자. 응?"

오늘따라 기분이 좋아 보였다.

"저기, 삼수야."

지나쳐 가려는 삼수를 불러 세웠다.

"장좌도에 말이다. 시체가 있는 것 같았어. 색목인 시체가."

"뭐? 어떻게 알았어?"

묻는 삼수에게 허리춤에 있는 망원경을 가리켰다.

"에이 장난치지 말고. 그거나 오늘 좀 빌려줄래?"

삼수는 생글생글 웃으며 차수에게 인사했다. 물론 삼수도 차수도 무슨 일이 벌어질지 몰랐다. 얼마 지나지 않아 목포 관청이 발칵 뒤집혔다. 영국 여인들이 있는지 살피고 그녀들을 보호하라는 전갈이 한양에서 전해진 순간에, 색목인 시체가 발견됐기 때문이었다.

"시체는 어땠습니까?"

내직로의 설명을 듣던 홈즈가 물었다.

"이번 시체는 오른쪽 무릎 아래가 절단된 채였습니다. 오른쪽 옆구리에 칼에 찔린 커다란 상처가 사인이었습니다. 시체를 어딘가에서 싣고 온 것인지 배에는 피가 거의 없었습니다. 다만……."

내직로가 망설였다.

"……상처 난 곳에 잔뜩 소금을 뿌린 흔적이 있었답니다."

"목포는 바닷가예요. 어업이 발달했고요. 이 말은 염장이 발달했다는 것으로 풀이되지요. 목포 사람들이라면 바로 알았을 겁니다."

와선이 의혹을 띤 홈즈에게 설명했다.

"여성의 이름은 케이시였습니다. 종로에서 그녀를 못 본 지 며칠 되었다고 하네요."

알렌이 보충했다.

"왼발, 오른발, 왼팔, 오른팔이겠죠?"

문득 홈즈가 알아듣기 힘든 이야기를 꺼냈다. 홈즈가 아랑곳없이 와선에게 물었다.

"왼팔에 해당하는 조선의 도시가 어디입니까?"

순간 와선은 얼어붙고 말았다. 홈즈가 묻는 의도를 간파해버린 까닭이었다.

17
살인자의 메시지

동래에서 발견된 왼발이 잘린 시체.

목포에서 발견된 오른발이 잘린 시체.

마롱휘가 말했다. 이제 오른팔과 왼팔이 잘린 시체가 나타나지 않겠느냐고. 다시 물었다.

조선의 오른팔이 어디인가?

조선의 왼팔은 어디인가?

내직로는 죽음을 막겠다는 마음이 앞섰다. 한성부에 연쇄적인 살인 사건에 대해 알렸다. 의정부에도 사건에 대한 이야기가 전해 졌다. 한성부는 의정부와 실무에 대해 조율했다. 어디까지를 진짜 로 믿고 대응할 것인가.

"우리는 국가를 운영하고 국민을 살펴야 하는 사람들이오. 자잘 한 사건 하나에 얽매여 국가 대사를 그르칠 수는 없지 않나."

"그렇지요. 백성들이야 배부르게 해주고 편하게만 해주면야, 무 엇이든 만사형통이지요. 그런데 애써 사람이 죽네 마네 이런 이야기로 민심을 흐릴 필요는 없습니다. 바보 같은 짓이에요. 만약 이런 일이 있다고 해도 은밀하게, 또 조용하게."

정승들은 내밀히 의견을 조율했다.

내직로에게 당하관을 통해 하명이 전달되었다. 은밀하게, 조용하게. 말하자면 쓸데없는 일로 시끄럽게 만들지 말라는 뜻이었다.

한성부 역시 의정부의 지령에 동의했다. 결과적으로 내직로, 자네가 알아서 하라는 것으로 중론이 모아졌다. 내직로는 어쩔 수 없이 휘하에 있던 몇몇 부하들을 주요 도시에 보냈다. 하급 관리나 다름없는 내직로의 이야기를 심각하게 받아들이는 지방 수령들은 없었다.

내직로는 처음부터 사건에 관여했던 사람들을 모았다. 마롱휘와 알렌, 홈즈와 와선이 마치 수사기관으로 변한 듯한 제중원에서 상당한 이야기를 나누기에 이르렀다.

먼저 알렌을 비롯해 내직로까지 시체의 신원을 밝히는 데 주력했다.

알렌은 사라진 거리의 여인들이 없는지를 살폈다. 내직로는 목포 관리들의 도움을 얻어 최근에 얼굴을 알린 영국 여인들이 있는지 알아보았다.

이번에도 알렌이 신원을 밝혀냈다. 알렌에게 온몸이 담배 냄새에 절은 남자가 왔다고 한다.

"제 여자가 한 명 사라졌어요, 제보하면 돈을 준다기에."

남자는 지갑을 꺼내 알렌의 탁자 위에 놓았다고 한다. 돈을 약속한 적이 없었건만 소문이 날개를 달고 말았다. 어쩔 수 없이 알렌은 돈을 꺼냈다. 남자는 아주 약간의 정보를 돈에 맞추어 말했다. 그때마다 알렌은 돈을 꺼내야만 했다.

여인의 이름은 케이시였다. 영국에서 태어나 미국으로 이주했다. 어쩌다 보니 조선까지 왔지만 절대 돈 때문은 아니었다고 케이시는 강조했단다.

"저는 돈 때문에 조선에 왔어요."

만족스럽게 지갑을 닫으며 남자가 일어섰다. 끝까지 직업을 말하지 않았지만 누가 보아도 남자는 조선에까지 여자를 팔러 온 악질적인 포주였다.

"참, 케이시는 애나벨로도 불렸답니다. 이건 공짜로 가르쳐주는 거예요."

포주는 참으로 악질이었다. 알렌은 케이시를 위해 기도했다. 나이는 겨우 스물여덟에 불과했다. 태어난 곳도 아닌 머나먼 타국에서 비명에 가버린 그녀를 위해 와선도 기도했다. 물론 애나벨이라는 이름에는 아무도 주목하지 않았다. 이때 알렌이 홈즈에게 애나벨이라는 이름을 알리지 않은 것은 커다란 실수가 된다.

"불쌍해요. 케이시, 참 예쁜 이름을 가졌는데."

와선이 홈즈에게 말했다. 홈즈도 가만히 눈을 감고 애도의 기도를 올리는 듯했다. 그와 관계없이 제중원 원장실에서는 마롱휘가 목소리를 높였다.

"조선의 오른팔이라면 어디일까요?"

마롱휘가 물었다. 물론 왼팔에 대한 이야기도 빼놓지 않았다.

지도를 펼쳐놓은 제중원장의 탁자 위에는 사람들의 침묵이 내려앉았다.

"아무리 보아도 오른팔이라면 제물포가 아니겠습니까?"

의견을 내놓은 것은 알렌이었다.

지도를 짚어보던 사람들이 고개를 끄덕였다. 누구든 조선의 오른팔이 제물포라는 데에는 이견이 없는 듯했다.

"그런데 왼팔은 어디일까요? 아무래도 태백산맥 동쪽 지역일 텐데 덕원부가 목포나 동래와 비슷하지 않습니까? 섬이 많고 청이나 러시아와 교역이 활발한 지역입니다. 따로 색목인들의 민단도 만들어질 조짐이 보이고요."

이번에는 내직로가 지도를 짚었다.

"충분한 가능성이 보이는군요. 그렇다면 이렇게 합시다."

분위기를 장악한 마롱휘가 사람들을 굽어보았다. 이견이 없다는 것을 확인한 마롱휘가 자신의 의견을 말했다.

"아무래도 저와 제 수하들은 상대적으로 제물포에 대해서는 잘 압니다. 이곳을 통해 조선에 들어왔고, 상당한 교역 역시 제물포를 통했지요. 여기에서 지에커를 잡기 위해 기본적인 수사도 진행했고요. 하지만 반대편에 있는 덕원부에 대해서는 알지 못합니다."

"그렇다면 내직로 부윤에게 덕원부를 맡기자는 뜻입니까?"

"이견이 없으시다면."

알렌이 묻자 마롱휘가 대답했다.

"두 패로 나누어 일을 도모하는 것이 바람직해 보입니다만."

마롱휘가 홈즈와 와선을 돌아보았다. 마롱휘는 영민했다. 그런 자신감으로 상황을 지휘하고 통솔하려 든다. 와선과 홈즈는 이미 꿔다놓은 보릿자루 같은 신세였다. 마지막에야 상황을 물으니 와선은 딱 말문이 막혔다.

반대로 홈즈는 여유로웠다. 마롱휘를 보며 빙긋이 웃더니 와선에게 귓속말을 건넸다.

"멍청하기 이를 데 없군요. 왼발 다음 오른발이라고, 다음이 왼팔과 오른팔에서 살인이 벌어진다는 법은 없지요. 장소를 확인하는 것과 살인은 별개니까요."

지독한 독설이었다. 그런데 홈즈의 말에 와선도 번쩍 정신이 들었다. 저런 상황의 귀결은 살인자가 호도하기 딱 좋다. 마롱휘와 내직로가 나누는 대화를 살인자가 듣는다면 박장대소하지 않을까.

"당신은 어떤 생각을?"

"저야 모르지요. 하지만 제가 살인자라면 왼팔도 오른팔도 치지 않겠습니다."

"그럼?"

"목이나 심장을 치겠지요. 왼발 오른발 보여준 마당에 무엇하러 팔을 치겠습니까?"

홈즈가 넌지시 말하더니 윙크를 한다.

와선은 내직로와 마롱휘에게 홈즈의 말을 전하지 않았다. 알렌 역시 약간의 거리가 있었던 탓에 홈즈의 말을 듣지 못했다. 어떻게 하는 것이 맞을까 생각에 빠진 사이 홈즈가 와선의 왼팔을 툭 건드렸다.

"기다리는 것 외에는 아무것도 하지 못할 때가 있지요. 지금이 그런 때입니다. 저 두 사람이 살인을 막는다면 더없는 행운이겠지만……."

"행운이라니. 겨우 행운에 기대야 한다는 말입니까?"

"무엇보다 저들은 무턱대고 범인을 잡겠다는 환상에 빠져 있어요."

"환상?"

"잘 생각해보세요. 범인은 가장 미스터리하고 파급력이 큰 방법으로 시체를 두었습니다."

"무슨 의미라도 있는 것입니까?"

"저들이 범인을 잡겠다는 이면에는, 사건을 해결한다는 핵심이 빠져 있습니다. 범인이 어떻게 시체를 그곳에 두었나. 아무래도……."

그때였다. 한 노인이 제중원 원장실 문을 밀었다.

"여기 홈즈라는 분이 계시다고 들었소."

마치 연극을 하는 배우처럼 제중원 원장실에 있던 사람들이 그대로 멈추었다. 노인은 딱 한 명의 관객이 되어 사람들을 둘러보았다.

"저야 심부름꾼입니다만, 저에게 돈을 주신 분께서 답을 가져오라 시키더이다. 홈즈 씨라면 답을 가지고 있지 않겠느냐고 하면서

요."

"답이라니? 무슨 답을?"

알렌이 벌떡 일어섰다. 거의 동시였다. 아첨하기 좋아하는 중배의 얼굴이 죽상이 되어 노인의 뒤로 뛰어왔다.

"소소소, 소달구지 뒤에 사사사, 사람 다리가 실려 있어요."

중배의 말에 홈즈와 와선을 뺀 모든 사람들이 일제히 달려 나갔다. 달려 나가려던 와선의 팔을 홈즈가 움켜쥐었다.

"답을 주면 되는가?"

홈즈가 노인에게 물었다. 팔을 잡힌 와선이 통역했다.

노인이 고개를 끄덕였다.

홈즈와 노인이 이야기를 나누는 사이 내직로가 원장실로 달려왔다.

"무례한 영감이로군. 하옥시켜 주리를 틀리라."

내직로가 분노했다. 그에 반해 노인은 마치 잔잔한 물결 같은 미소를 머금었다.

"나야 이미 살 만큼 살았소. 당신이 태어나기도 전부터 당신 같은 관리의 지랄 맞은 모습을 본 것도 오래되었단 말이외다. 조선이야 그렇지요, 있는 놈들은 대대손손 떵떵거리며 부정과 부패를 저지르고 살고, 없는 사람들은 죽 한 그릇이 없어 며칠을 굶지요. 그런데도 바로잡으려 않는 위정자들은 아랫것들 사는 데는 관심이 없지 않소. 이런 세상에서 70년 가까이 살았소. 나에게 그런 협박이 통할 거라고 생각했다면 오산이오. 그리고 나야 그저 심부름꾼에 지나지 않지요. 하지만 그분이 그러더군요. 답을 받으러 온 저를 구금하는 일이 생긴다면 조선에 큰 화가 미칠 거라고요."

오히려 내직로가 협박을 받는 상황으로 변했다. 분노한 내직로는 바깥으로 나가버렸다. 아마도 달구지에 실려 왔다는 절단된 두 다리를 처리하려 함이리라.

마룽휘는 할 말을 잃은 표정으로 구석의 의자에 앉았다.

상황을 지켜보던 홈즈는 큽, 웃음을 터뜨렸다. 그러나 그 웃음은 쓸쓸했다.

와선은 노인을 탁자에 앉혔다. 그리고 노인에게 따뜻한 차를 건넸다. 노인은 황송하다는 듯 와선에게 몇 번이나 목례를 했다.

"아무리 그래도 한심하기 그지없군요."

홈즈는 와선에게 들릴 만한 목소리로 말했다.

"마룽휘와 내직로, 두 사람이 간과한 게 있었소. 아이의 시체부터 제시와 케이시에 이르는 두 시체는 저에게 보낸 살인자의 수수께끼였어요. 물론 제가 있어서 살인자가 여인을 죽였다는 멍청한 전제를 깔아서는 안 됩니다. 그리고 지금, 저 노인이 답을 달라고 하는군요. 답을 주어야겠지요."

홈즈는 와선에게 종이를 달라 청했다.

와선은 홈즈에게 펜과 종이를 건넸다.

홈즈는 재빨리 종이에 무언가를 썼다. 그러고는 종이를 두 번 접어 내용을 볼 수 없게 해 곧바로 와선에게 건넸다. 와선은 노인에게 홈즈가 건넨 종이를 전했다.

"꼭 이래야만 합니까? 저 노인을 잡지 않고 보내주어야 한단 말입니까?"

마롱휘가 분노했다. 그러나 그의 분노는 공허한 울림에 지나지 않았다. 뾰족한 묘수가 있었다면 홈즈를 말렸을 것이다.

노인은 한심하다는 눈으로 원장실 안에 있는 사람들을 둘러보았다.

"높으신 양반들, 이 중생은 그만 사라지겠습니다."

노인이 돌아서려 했다. 그때 홈즈가 노인을 향해 물었다.

"몇 명이나 남았다고 하던가요?"

돌아서려던 노인이 갑자기 껄껄껄 웃었다.

"그분이 그랬지요. 홈즈라는 사람은 명성이 자자한 사람이라고요. 혹시라도 물으면 반드시 대답해주라고요. 두 명 남았답니다."

"두 명이라."

홈즈의 눈빛이 날카로워졌다.

"저에게 그러더군요. 누구라도 저를 사람대접한다면, 아니 제가 그래도 된다는 생각이 들면 더 말해주어도 된다고요. 오늘 색목인 시체 하나가 더 나올 거랍니다. 굳이 찾아다니고 그러지 마시라고 하더군요. 금세 알게 될 거라고요. 그럼 저는 이만 물러가겠습니다."

노인은 홈즈가 건넨 종이를 품에 넣으며 일어섰다. 그러고는 서서히 저녁노을이 지기 시작한 제중원 뜰로 걸음을 옮겼다.

"그냥 저리 보내도 되겠습니까?"

"우리라고 모든 것을 다 할 수는 없지요."

와선의 물음에 홈즈가 대답했다.

"그런데 종이에는 무엇을 적어 보내신 겁니까?"

"살인자가 저에게 보낸 수수께끼에 대한 해답이라고 할까요?"

"당신도, 살인자도 정말 모를 사람들입니다. 심지어 이런 대결을 즐기기까지 한다는 느낌이어서요."

"그럴 리가 있겠습니까? 어떻게든 살인자를 잡고 싶지만 저는 이곳에 대해 아는 것이 너무 없습니다. 이곳이 런던이었다면, 그래요, 저 노인이 신고 왔던 신발에 묻은 흙만으로도 어디쯤인지 장소를 특정할 수 있었겠지요. 어떻게든, 또 조금이라도 빨리 범인을 잡으려 시도했을 거고요. 하지만 이곳은 제가 알지 못하는 나라입니다. 내직로가 중심을 잡고 저보다 뛰어난 수사관으로 활약해준다면야 더없이 좋겠지요. 그러나……."

하긴. 내직로는 마롱휘에게 묘한 반발과 경쟁심, 심지어 유대감까지 느끼는 듯했다. 와선도 답답한데 홈즈라고 그렇지 않을까.

"설마 노인에게 위해가 가해지거나 하지는 않겠지요?"

와선은 화제를 돌렸다.

"아마도 그럴 겁니다. 살인자는 유독 거리의 여인들에게 증오를 품고 있으니까요. 특히 시체를 훼손하는 일조차 마다하지 않을 정도로 강렬한 증오를 보이지요. 하지만 다른 사람들에게는 꽤나 겸손하고 너그러울 것입니다. 다만 저도……."

홈즈가 급작스레 말을 멈추었다. 와선은 자연스레 홈즈와 눈을 맞추게 되었다.

"무언가 석연치 않은 게 있긴 합니다. 구체화시키기 힘든, 그래요, 두려운 망상이라고 할까요."

홈즈가 절레절레 고개를 저었다.

홈즈의 말에 와선도 움찔 놀라고 말았다. 지금껏 홈즈는 최선의 추리를 해왔다. 그런데 망상이라면, 추리 너머에 있는 어떤 무서운 상상이 꿈틀거린 것일까?

살인자는 대담하게도 사람을 보냈다. 그것은 무언가 대책을 세우고 적절히 대응하려던 내직로와 마롱휘를 한순간에 와해시켰다. 거기에 홈즈까지. 한 발 더 나아가 노인이 살인자의 의도마저 전했다. 오늘 시체 한 구가 더 나올 것이라고.

얼마 지나지 않은 밤, 살인자의 전갈은 실재가 되었다. 그것도 제중원에서, 시체가 된 여인이 나타난 것이었다.

18
세 번째 메시지, 하반신이 없는 여인

내직로와 알렌은 노인이 몰고 왔던 소달구지를 살폈다. 아침을 밥 먹듯 일삼는 중배도 이번만은 달구지 멀찍이 물러섰다. 그러나 그의 입은 쉬지 않았다.

"분명히 제가 확인했습니다요. 다리 두 개, 두 개였어요. 사람 다리. 어, 얼마나 놀랐던지 오줌을 지릴 뻔했다니까요."

"여기서 이럴 게 아니구나. 달구지를 제중원 뒤뜰로 움직여라."

내직로가 명령했다.

"제가요?"

"그럼 네가 아니고 누구더냐? 공사님을 시킬까?"

내직로가 중배를 쏘아보았다.

중배가 주변을 두리번거렸다. 시킬 사람이라도 보이면 얼른 그 러겠다는 눈빛이었다. 그런 중배의 곁으로 제중원을 찾은 환자와 가족 들이 하나둘 모여들었다. 내직로는 그럴 때마다 근엄한 눈빛 을 지었다. 하지만 움찔하며 비키는 사람은 몇몇에 불과했다. 사람들이 중배와 내직로, 알렌을 감쌌다. 재미있는 구경거리라도 났다고 생각했는지 사람들은 갈수록 늘었다.

"제, 제가 뒤뜰로 옮기겠습니다요."

마치 항복을 선언하듯 중배가 달구지를 뒤뜰로 밀었다.

달구지 곁으로 알렌과 내직로가 마주 섰다. 알렌은 그 자리에서 조선인과 다른 피부를 가진 다리임을 확인했다.

"중배야, 별실로 가서 무명천을 가져와라. 그런 뒤 다리는 가져가자. 비어 있는 병실에서 마저 확인해야겠다."

곧바로 중배가 무명천을 가지고 왔다. 근처에 오지 않으려는 중배에게 오른 다리를 맡긴 알렌이 왼 다리를 들고 앞장섰다. 내직로는 묵묵히 두 사람을 따랐다.

시끄러운 상황에서도 알렌은 의사로서 소임을 다했다. 그는 동래와 목포에서 발견된 시체에 대한 메모와 그림을 통해 두 다리를 비교했다. 오래지 않아 알렌은 두 여인에게서 절단된 다리라는 사실을 인정했다.

"현재로는 피해자가 더 없다는 뜻이겠군요?"

"저도 다행으로 생각합니다. 머나먼 타국에서 비명횡사하는 여인을 보는 게 달갑지 않군요."

알렌이 내직로에게 말했다.

알렌이 두 다리를 비교하는 동안 도망가다시피 모습을 감추었던 중배가 나타났다.

"저, 제중원 원마 한 마리가 보이지 않는 것 같습니다."

"거참. 보자보자 했더니 중배 너, 도망가려고 별별 안간힘을 다 쓰는구나."

"아니 저, 진짜인데. 저 그럼, 마구를 손질하는 영감과 함께 말을 찾아보아도 되겠습니까?"

잔뜩 주눅이 든 중배가 알렌과 내직로의 눈치를 살폈다.

"있어도 그만, 없어도 그만."

알렌이 내직로에게 귓속말을 전했다.

"하긴 없는 게 나을지도 모르겠군요."

내직로가 알렌에게 속삭인 뒤 중배에게 말했다.

"가보거라. 저녁에 제중원 말들을 확인할 터이니 잘 정비해놓아라."

내직로의 말에 중배는 굽실거리며 모습을 감추었다.

"그런데 말입니다, 공사님께서 강력히 추천하셔서 홈즈라는 남자를 여기에 두었습니다만 계속해서 의문이 드는군요. 그는 마롱 휘보다 상황을 판단하는 능력이 모자라고 결단력은 또 느리지요. 통솔력 또한 어떻습니까. 마롱휘는 참으로 존경할 만한 인물입니다. 그에 비하자면 아편에 중독되어 와선의 곁에만 맴돌고 있는 홈즈는 갓난아기나 마찬가지예요. 공사님도 그렇게 생각하지 않으십니까?"

"와선에 대한 질투입니까? 아니면……."

"질투라니요, 당치도 않으십니다. 뭐라고 말씀 드려야 할지. 사건이 복잡하거나 여러 피해자가 생겨난 것을 떠나, 거추장스러워졌습니다. 명분은 잃었고 사람들 사이에 알력만 생겨버렸지요. 저라고 모를 리 있겠습니까?"

"하긴 그렇기도 하네요. 마룽휘 씨의 등장은 오히려 사건을 복잡하게 만들었군요. 청에서부터 이어져온 살인이라는 말에 살인자에 대한, 그 뭐라고 해야 하나, 환상이나 역사 같은 것이 만들어졌다고 할까요? 아니 아니, 복잡해졌다는 게 맞을지도 모르겠네요. 거기에 더해 홈즈는 모르쇠로 기다리기만 하니까요. 진짜로 홈즈가 모른다는 게 맞으려나요?"

알렌도 혼란스러운지 고개를 내저었다.

"마룽휘라면 재력과 조직이 있습니다. 그를 잘 활용한다면 더 이상의 희생자를 내지 않으면서도 일을 조용히 처리할 수 있지 않을까요?"

내직로가 알렌에게 넌지시 의견을 피력했다.

"홈즈는 여러 번 그랬지요. 사건 이면에 복잡함이 숨어 있다고. 그래서 오히려 강석범의 죽음이 시작이라고요. 그 시기에 마룽휘가 나타나며 사건이 혼란에 빠져들었습니다만, 저는 홈즈를 믿겠습니다."

결심을 굳힌 듯 알렌이 내직로를 응시했다.

"다만 이런 일일수록 많은 인원들이 일사불란하게 움직이며 사건을 해결하는 것이 올바른 방법이라 여겨집니다. 내 부윤은 내 부윤대로 사건을 해결하려 움직이시는 게 바람직하겠지요."

"좋습니다. 저는 마룽휘 씨와 사건을 해결할 수 있는 방법을 강

구해보겠습니다."

내직로는 한껏 고무된 모습으로 병실을 빠져나갔다.

"두어 달 사이에 너무 많은 일이 벌어졌어."

알렌은 혼잣말을 하며 눈을 감았다. 애당초 조선에 온 것은 선교 목적이었다. 그러나 조선은 여러 의미에서 미개했다. 특히 치료에 관해서는 외과술이 거의 전무하다시피 했다. 외과술이 없지는 않았으나 오랜 관행이 발전을 막았다.

"잘못된 것이 있다면 고치고 새로운 미래를 도모했어야 했는데……. 그런데 저 다리는 어쩐다?"

프랑스나 영국의 의사였다면 시구문 바깥에 버려지는 시체를 보면서 침을 흘렸으리라. 영국뿐 아니라 상당수 국가에서 얼마나 비싼 값에 시체가 은밀히 거래되는지는 의사들 사이에서 공공연한 비밀이었다. 겉으로는 병에 대한 순수한 연구를 주장하지만 급격히 발전하기 시작한 현대 의학에서는 인간에 대해 해부하고 아는 것이 경쟁처럼 번졌다. 그러고 보면 조선이라 잘못이고 영국이라 잘못이 아니라는 생각은 바보 같았다.

"몰래 불태워야 하나. 아니면 묻어주어야 하나."

아직 조선에서는 시체를 화장하는 것을 죄처럼 여긴다. 그러나 시체를 불태우는 것이야말로 가장 확실한 처리 방법이다. 별것도 아닌데 계속해서 고민이 된다. 죽음 때문이다. 너무 많은 죽음을 보았다. 정말 다리는 불태워야 하겠지? 생각하며 다리를 보았다. 그런데 절단면이…….

알렌은 저도 모르게 제중원 원장실로 뛰어갔다.

"홈즈! 와선!"

문을 벌컥 밀었을 때 홈즈는 와선에게 이상한 것을 묻고 있었다.

"와선은 이름을 쓸 때 철자가 어떻게 됩니까?"

"그게 저, 처음 미국으로 갔을 때는 저도 영어를 못했답니다. 제 이름을 들은 어머니께서도 '와선'이라는 발음을 하지 못했고요. 그러다 보니 제 이름만 부를 때는 'Asuny'라고 했지요. 그러다 그냥 편하게 '에이'라고 부르게 되었습니다."

"아하. 하긴 그게 가장 부르기 편했겠군요. 에이라……."

말은 밝게 하면서도 홈즈의 표정은 어두웠다.

문을 밀고 들어온 알렌은 잠시 참았던, 아니 너무나 놀라워서 말문이 막혔던 이야기를 꺼냈다.

"다리의 절단면이 메스였어요. 깊이 넣고 단번에 절단했을 정도로 힘이 있는 메스 솜씨였습니다. 반면 뼈는 무언가로 부러뜨렸어요."

알렌은 황급히 숨을 내뱉고 호흡을 가다듬었다.

"몇 가지 추정이야 가능하겠지만 그것으로 범인을 잡지는 못할 겁니다, 당연히."

알렌이 느끼기에 홈즈는 목소리마저 어두워졌다.

"의사이거나, 적어도 외과술을 알고 있는 특정 집단, 말하자면 거리의 여인들에 대해 엄청난 분노를 가진 남자. 뼈는 아마도 손으로……. 아니, 아닙니다. 이건 너무나도 과한 추측이에요. 그리고……."

"제가 말할까요?"

와선이 잠시 말을 멈춘 홈즈를 바라본다. 홈즈가 고개를 끄덕였다.

"노인이 떠나며 말했습니다. 오늘 또 다른 희생자가 나올 거라고요. 그런데 굳이 찾아다니지 않아도 된다고 하더군요."

와선이 한숨을 내쉬었다.

"살인자의 친절인지. 진절머리가 납니다. 이렇게…… 앉아서 죽음을 기다리는 것만큼 무섭고 불행한 일은 없군요."

알렌은 와선의 말에 그만 주저앉고 말았다. 또 다른 희생자라니. 와선의 말처럼 무섭고 불행했다. 그리고 놀라웠다. 도대체 살인자는 누구란 말인가.

"노인을 포섭한 데서 보이듯이 살인자는 꿰뚫어 보는 능력이 뛰어납니다. 상대가 무엇을 필요로 하고 무엇이 그의 마음을 동요해서 움직이게 만드는지를 알아요. 아마 강석범도 처음에는 그렇게 움직였을 겁니다. 그러다 깨달았겠지요. 자신은 꼭두각시에 불과하다. 뭐라고 불러야 할지, 그래요 지에커라고 합시다, 지에커가 얼마나 무서운 존재인지를 알아차렸을 겁니다. 그래서 어떻게든 죽이려 했을 거고요."

불현듯 알렌은 홈즈가 천지연을 다그쳤다던 이야기가 떠올랐다. 홈즈는 천지연에게 물었다고 했다. 강석범의 계획을 알고 있었거나 돕지 않았느냐고. 이제 와서 홈즈와 부대끼며 깨달았다. 홈즈의 말은 사실일지 모른다.

"다들 배고프지 않으십니까?"

심각한 분위기를 깨며 중배가 나타났다. 중배는 자신이 모셨던 상관인 만큼 알렌에게 여전히 깍듯했다. 아첨도 마찬가지.

"가장 현실적인 사람은 중배군요. 맞아요, 우리는 무언가를 먹고 기운을 차려야 할 겁니다. 저 혼자라면 어떻게든 범인을 잡을 때까지 참았겠지만……."

홈즈가 슬쩍 곁눈질을 하며 와선을 보았다.

"그럼요, 먹어야겠지요. 우리는 살아 있는 사람입니다. 사람이라면 사람답게 살아야지, 살인자에게, 또 살인에 함몰되어서는 안 될 것입니다."

중배가 얼른 와선의 말을 잘랐다.

"서양식으로 준비했습니다. 다들 힘들어하시는 것 같아서. 가지고 들어와."

중배가 바깥을 향해 크게 소리 쳤다.

사령 아이가 들어왔다. 원장실로 약간의 빵과 치킨 수프가 날라졌다. 수프라고 하지만 백숙이나 다름없었다. 다만 백숙에 비해 지나칠 정도로 채소가 많았다. 아이에게 수프를 받은 중배는 원장실 탁자 위에 수프를 놓고 한껏 고무된 표정으로 원장실을 나갔다.

알렌이 홈즈와 와선을 위해 기도했다. 와선은 기도가 끝나자 빵을 집어 들었다. 빵이라고 하지만, 표현하자면 빵을 흉내 낸 맛이었다. 표정이 없는 홈즈에 비해 와선은 즐겁게 식사를 하는 모습이었다.

그때였다. 한껏 고무되어 원장실을 나갔던 조금 전과 다른 중배의 비명이 원장실까지 틈입했다. 홈즈와 알렌이 벌떡 일어선 순간 중배가 뛰어 들어왔다.

"워워워, 원장님. 마마마, 말이 돌아왔어요."

"그럼 없어졌다는 건 사실이었고, 돌아왔으니 됐지 않느냐?"

애써 차분한 목소리로 알렌이 물었다.

"그그그, 그런데 말 위에 시체가 있어요."

순간 와선이 들고 있던 숟가락을 떨어뜨렸다. 겨우 정신을 차렸을 때는 홈즈와 알렌이 재빨리 와선을 부축했다. 그녀가 잠시 정신을 잃었기 때문이다.

"저기 말 위에……."

중배는 이제 완전히 죽상으로 변했다.

홈즈가 지그시 눈을 감았다. 여전히 홈즈는 와선의 팔 하나를 부축하고 있었다.

"깨끗이 당했네요. 보기보다 용의주도하군요. 살인자는 우리의 주변을 맴돌며 계속해서 사분오열을 일으키는군요."

홈즈의 목소리가 격앙되었다.

말이란 동물은 회귀본능을 가졌다. 과거 반도의 장군인 김유신이 말의 목을 베어버린 이야기는 워낙 유명해서 알렌도 알고 있었다. 알렌은 재빨리 홈즈와 와선에게 말이 없어졌다고 했던 중배의 말을 전했다.

"노인이 다녀갔던 이유는 그래서였군요. 홈즈 씨의 말처럼 사분

오열해서 날뛰는 우리들보다 단 한 명, 살인자가 더 뛰어나 보이네요. 아쉽지만 그렇군요. 치밀하고 용의주도합니다."

와선의 목소리가 떨렸다.

"물론 지금의 우리가 나누어졌다고 해서 나빠졌다고 말할 수는 없지요. 마롱휘는 오로지 와선에게 잘 보이려고 저러는 거 아닙니까? 와선에게는 어떨지 몰라도 마롱휘의 사랑을 향한 열정이 나쁜 결과만 내라는 법은 없습니다. 내직로 부윤 역시 조선에서는 보기 드문 강직한 관리입니다. 하지만 어느 나라나 강직한 관리는 미움을 받거나 현실에 순응하게 되지요. 적어도 내직로 부윤에게는 존경할 만한 윗사람이 없었을 겁니다. 비록 저와 와선을 포함하면 알렌까지, 세 부류로 나누어져버렸지만 그들 나름대로 결과를 낸다면 좋은 결말에 이를지도 모릅니다."

상황이 상황인데도, 홈즈는 정확한 분석을 한다. 내직로는 지금껏 없었던 공명심에 들떴다. 그를 교묘히 부추기고 활용하는 사람이 마롱휘였다. 그렇다고 마롱휘가 나쁘다고 할 수는 없다. 홈즈의 말처럼 마롱휘는 상황을 이용해 와선에게 잘 보이려는 것이다. 그것을 알렌도 모를 리 없었다.

"제가 모든 사태의 원흉인 것처럼 느껴집니다."

"그 몸으로 시체를 볼 수 있겠습니까?"

와선의 말을 홈즈가 단박에 자른다. 와선은 고개를 끄덕였다. 당차게 먼저 나섰지만 그녀의 다리가 후들거렸다. 부축을 하려던 알렌이 그녀의 단호함에 물러났다.

제중원 뜰에 말이 보였다. 늦가을이 달빛을 받은 말은 긴 입김을 만들었다. 말은 중배를 보더니 살짝 꼬리를 흔들고 작게 한 번 울었다. 중배를 알아본 말과 달리 중배는 오히려 와선의 뒤에서 꾸물거렸다. 알렌도 와선의 앞으로 나갈 마음이 나지 않았다.

"무섭습니다. 살면서 이토록 무서운 일은 처음입니다."

중배가 치를 떨었다. 매일 죽어가는, 또 죽은 환자를 살피는 사람들조차 이런데 보통 사람들이라면 얼마나 무서울까. 슬쩍 와선을 곁눈질했다. 홈즈가 그녀를 부축하고 있었다. 부축을 받으며 그녀는 말에게 다가갔다.

알렌도 용기를 내 두 사람과 함께 말의 곁으로 다가갔다. 기묘한 광경이었다. 말 위에는 드레스를 입은 여인이 앉아 있었다. 그런데 어디를 보아도 생기라고는 느껴지지 않았다. 말 위 안장에 앉은 여인은, 앉았다기보다 고정되어 있었다.

"맙소사."

그제야 중배가 곁에 가지 않으려던 이유를 알게 되었다. 말의 안장에 걸쳐 있어야 할 여인의 다리가 없었다. 여인의 하반신은 어디로 간 것일까. 알렌의 상상도 잠시, 와선은 끔찍한 비명을 지르며 정신을 잃고 쓰러졌다.

19
홈즈와 살인자, 미끼를 주고받다

와선은 눈을 떴다. 일어나려 온몸을 움직였다.

"이제 깨셨어요?"

와선은 순간 위화감을 느꼈다. 왜 이렇게 어두운 거지? 동시에 깨달았다. 저 목소리는 누구지?

생각이 미치는 순간 얼굴이 굳어졌다. 안대로 눈을 가린 게 분명했다. 두 손은 뒤로 결박되었다. 그나마 다행인 것은 두 다리를 압박해놓지 않은 상황이랄까.

"조금 불편해도 참으십시오. 제가 어떻게 해드릴 수 있는 것은 아니어서. 머리가 좀 아플 거외다. 이미 어떤 상황인지는 대략적으로 추측했을 테고. 내가 누구인지는 아시겠지요?"

소달구지를 몰고 절단된 다리를 가져왔던 노인의 목소리였다. 와선은 노인의 말에 고개를 끄덕였다.

"뭐 아가씨야, 당분간 저랑만 있는 거라 별 위험은 없을 겁니다. 생각 같아서는 눈을 가린 천을 풀어드리고 싶은데, 그러지 말라고 했어요. 주인 양반이 그랬어요. 이번 아가씨의 목숨은 그 남자들에게 달렸다고요."

무슨 이야기일까? 그리고 이번 아가씨라니? 가만, 그렇다면 노인은 지금껏 시체로 발견된 여인과 와선을 똑같이 취급한다는 뜻이지 않은가.

"혹시 어르신은 여인들이 왜 잡혀서 죽었는지는 모르십니까?"

"나쁜 년들이라고 그랬어요."

누가 낫고, 누가 나쁘고 하는 문제는 아니었다. 노인은 모른다. 한 번도 배운 적 없는 사람에게 지식을 주면 진리로 안다. 노인이 딱 그랬다.

"나쁜 년이라는 게 무슨 뜻입니까?"

조심스레 물었다.

"나라를 혼탁하게 만들고 계급 질서를 무너뜨리며 돈이면 다 된다는 사상을 심어주는 사람들이라고 그랬지요. 물론 저도 압니다. 저 같은 게 왕이라고 생각해보세요. 이 나라는 망조가 들 거예요. 양반은 양반 할 일이 있고, 천민은 천민이 할 일이 있지요. 하지만 그 색목인 여자들이 활개를 치게 둔다면 곧 조선이 망할 거예요."

노인의 목소리가 더없이 뜨거워졌다. 이래서는 안 된다. 잘못 가르치고 잘못 배운 것은 결국 파국에 이른다.

"어르신이 생각하기에 그렇다는 건가요? 조선이 망한다는 건?"

"뭐, 그렇다는 거지요."

노인의 목소리가 잠시 주저앉는다. 노인의 의견이 아니라 살인자의 의견이다.

"그 사람이 그렇게 말했다는 거군요. 혹시 그 사람, 이름을 말하던가요?"

"허허허. 뭐랄까요, 선견지명이라고 할까요? 그 남자는 살면서 주인으로 모시고 싶은 남자예요. 정말로 똑똑하다니까요."

노인이 잠시 틈을 두었다. 망설이는 눈치였다.

"뭐, 저는 남을 속이는 것을 잘 못해요. 천성적으로 싫어한다고 할까요. 주인 양반이 그러더만요. 이번 아가씨는 지난번 아가씨들과 달리 꼬치꼬치 캐물을 거라고요. 그러면 주인 양반이랑 했던 여러 일들이 마음에 걸리더라도 사실대로 말해주라고요."

와선은 질문을 달리 해보기로 마음먹었다.

"왜 그렇게 주인 양반이라고 존대를 하시는 거죠?"

"허. 생각해보지 않은 질문인데요. 머릿속으로 여러 번 생각했거든요. 당신에게 죽은 아가씨들에 대한 질문을 받으면 이렇게, 저렇게 대답해야지 하고요. 그런데……."

"알고 싶어요."

와선이 안타까운 목소리로 물었다.

"전 노비로만 살았습지요. 이태 전이던가, 외국을 다녀온 도련님이 모두를 풀어주지는 못하지만 순차적으로 오래된 노비부터 면천을 시키겠다고 했지요. 저와 제 안사람이 가장 먼저 면천을 받았습니다. 도련님은 약간의 소작료만 받고 땅을 불하했지요. 젊은 녀석들은 면천을 받은 저와 안사람을 정말이지 부러워했답니다. 이렇게만 살면 되겠다. 그런데 이게 다가 아니더만요."

"다가 아니라는 말씀은?"

"조선에서는 단순히 면천한 것만으로 살 수는 없더라는 것이지요. 과거 양반 댁에서 천민으로 살 때는 밥걱정은 안 했었지요."

"힘드셨겠어요."

와선은 노인의 이야기를 잘라야 할 필요성을 느꼈다.

"그런데 그게 주인 양반이랑 무슨 상관이죠? 특히 주인 양반의 이름은……."

"마이클 델라이기도 하고, 또 지에커이기도 하지요. 그런 이름들이야 무에 중요하답니까? 아가씨도 그렇지 않습니까? 저에게 이름 한번 물은 적 없지 않습니까?"

지에커이자 마이클 델라라니. 너무나 무난한 이름이다. 아니 예상의 범주를 벗어나지 않는다. 그런데 정말이지 간단한 사실 하나를 놓치고 있었다.

"어르신의 이름은 어찌 됩니까?"

"도련님이 성을 주셨지요. 이름은 은호, 이은호라고 합니다."

"좋은 이름이네요. 그런데 주인 양반은 왜 저와 은호 선생님을 두고 나간 겁니까?"

"시간을 끌어야 했거든요. 기억이 나시는지 모르겠습니다만, 제가 아가씨를 데려와야 했으니까요."

불현듯 와선도 기억이 깨어났다.

말에 태워 보낸 여인에게는 하체가 없었다. 말안장에 반 토막 난 여인을 고정해놓았다. 그럴 수 있었던 이유는 내장을 모두 적출했기 때문이었다. 와선은 말안장과 여인의 미스터리를 깨달은 순간 기절하고 말았다.

제중원 원장실에서 눈을 떴을 때는 이슥한 밤이었다. 와선은 가시지 않은 현기증 탓에 행동이 굼떴다. 눈을 감으며 조금 더 누워 있기로 했다. 그때 누군가 원장실 문을 두드렸다. 네, 하고 대답하자 제중원의 어린 의녀가 모습을 드러냈다.

"언니, 탕약을 가져왔어요. 공사님이 원기 회복을 시키라고 명하셨거든요. 어우, 그런데 이만하기 다행이에요. 그죠?"

"다행이라면 다행이겠지. 그런데 원장님은 어디를 가셨나 보네?"

"아유, 언니. 말도 마세요. 정말 이만하기 다행이라니까요. 지금 제중원 사람들에게 소문이 자자한걸요. 시체가 반만 왔는데도 이정도 소란인데, 두 번에 나누어 왔으면 어쩔 뻔했느냐고요."

"두 번에 나누어 오다니?"

전혀 뜻밖의 이야기여서 와선이 놀라 되물었다.

"쪽지가 왔더라고요. 거지 아이를 시켜서."

"쪽지? 거지 아이를 시켰다고?"

순간 불안이 엄습했다. 어떻게 해서 살인자는 노인도 모자라 거지 아이까지 포섭할 수 있었지? 비호가 이 일을 알았다면 가만있지 않았을 텐데.

"혹시 비호라는 아이가 이곳에 왔었니?"

"쪽지를 가지고 온 아이가 비호였어요."

불안이 실체를 띤 공포로 변했다. 살인자는 홈즈의 주변 어디어디까지 파악하고 또 손길을 내민 것일까? 물론 이 생각을 할 때만 해도 와선은 자신에게 공포가 미치리라는 사실을 알지 못했다.

"쪽지 내용은?"

와선이 황급히 물었다.

"홈즈 씨에게 천지연의 집으로 냉큼 달려오라는 내용이었다고 해요. 다른 사람은 아무도 안 된다고 홈즈 씨만 오라고 했다죠. 그런데 알렌 공사님을 비롯해서 모두가 반대했어요. 어차피 죽은 여인의 나머지 시체를 가지러 가는 거지 않느냐고요."

"그래서?"

"숙고하던 홈즈 씨가 그러마, 했다고 하고요. 그래서 모두 거기로 달려갔어요. 알렌 공사님, 내직로 부윤, 마롱휘 선생, 홈즈 씨까지요."

"모두가 다?"

"네. 어쩌면 지에커를 잡을 수 있을지도 모른다고 하면서요."

말도 안 돼. 와선은 강한 거부감을 느꼈다. 홈즈라면 몰랐을 리가 없다. 천지연의 집에 달려간다고 해서 어찌 범인을 붙잡는다는 말인가. 천지연의 집에는 행랑아범과 그의 부인이 노비로 살고 있다. 사람들의 내왕도 잦은 편이다. 분명히 살인자에게 다른 의도가 있다. 그렇게밖에 생각할 수 없는 상황이었다. 그런데 홈즈마저 부화뇌동하다니. 믿을 수 없었다.

"혹시 여인의 신원이 밝혀졌다더냐?"

와선이 조심스레 물었다.

"커스틴이라고 했어요."

커스틴이라.

첫 번째 희생자는 제시였다. Jessy. 풀 네임은 밝혀지지 않았다. 두 번째 희생자는 케이시였다. 그녀는 애나벨이라는 이름도 썼지만 케이시로 더 많이 불렸다. Cathy, Anabel. 그녀 역시 예명은 밝혀졌지만 본명은 알지 못한다. 세 번째 희생자는 커스틴. 짐작이 맞다면 Kirstein이라고 쓸 것이다.

제시는 왼 무릎 아래가 잘려나갔다. 케이시는 오른 무릎 아래가 잘려나갔다. 커스틴은 상체만 제중원으로 보내졌다. 살인자는 제시의 왼발과 케이시의 오른발을 적절히 활용해 주의를 돌렸다. 그뿐인가. 커스틴의 잘린 하체를 가지고 이번에도 사람들을 농락하려 한다.

분했다. 저런 살인자에게 놀아나야 한다는 게.

"혹시 비호라는 거지 아이, 여기 있니?"

"아니요. 홈즈 씨와 함께 나갔습니다."

"그럼 중배 씨는?"

"사람들을 따라갔습니다. 어차피 중배 씨야 여기 있으나, 거기 있으나 어르신들 눈치 보기 바쁠 텐데요."

어린 의녀의 말은 틀리지 않았다. 아첨하며 잘 보이려는 중배라면 관리들을 따르는 게 낫다고 생각할지 모른다.

"그럼 지금 제중원에는?"

"숙직을 서는 의원과 의녀 몇 명이 다지요."

아뿔싸. 무언가 이상하다. 와선은 벌떡 일어났다. 그리고 원장실을 황급히 빠져나올 때였다. 누군가 뒤에서 와선의 입을 틀어막았다. 무언가 감미로운 냄새가 코끝으로 스며들었다.

깨어난 곳은 암흑천지. 그리고 노인과 와선.

클로로포름이었구나. 그제야 와선은 정신을 잃게 만든 약물이 무엇인지 떠올랐다.

알렌의 말은 틀리지 않았다. 메스를 다룰 줄 알고 클로로포름을 쓸 정도라면 의사일지 모른다. 하지만 살인자의 머리는 분명 비상했다. 사람들을 거느릴 줄 알고 다룰 줄도 안다.

홈즈와 살인자. 순간 안대에 묶여 어두웠던 눈이 밝아지는 듯했다. 홈즈가 부화뇌동하며 함께 천지연의 집으로 간 이유.

"은호 선생님. 이번에는 저를 납치하셨어요. 저는 조선인이지만 또 미국인이기도 하지요. 저를 납치한 일은 금세 크게 번져 죄를 묻게 될 겁니다. 선생님께서 주인 양반이라고 부르는 사람은 은호 선생님을 미끼로 두고 간 것입니다."

와선이 노인에게 타이르듯 말했다.

"은호 선생님께서 주인 양반이라고 부르는 살인자는 저를 납치하기 위해 사람들을 꾀어내려 했지요. 반대로 제중원에 있던 홈즈 선생님은 살인자를 붙잡기 위해 일부러 저를 미끼로 두셨던 겁니다. 이제 곧 홈즈 씨께서 들이닥칠 거예요. 그러니 피하십시오."

"그, 그래야 할까요?"

"그래야만 할 겁니다. 허언이 아니라 은호 선생님은 모진 고초를 겪게 될 겁니다. 죽음이 두렵지 않다느니 어쩌니 했던 말, 전부 살인자가 시켰던 게지요? 삶이 애면글면 팍팍하니 많은 돈을 보장했을 거고요. 여생을 부인과 한몫 잡아 살려면 시키는 대로 해라, 그러지 않던가요?"

와선은 확신한 바대로 이야기를 꺼냈다.

떨리는 손길이 뒤통수에 닿았다. 곧바로 안대가 풀린다. 노인이 와선과 눈을 맞추고는 고개를 숙이며 인사했다.

재빨리 주변을 둘러보았다. 어느 폐가였다. 문과 창의 위치로 보아 안방인 것 같았다. 또한 안방의 크기를 가늠했을 때 꽤나 넓은 터일 것이다. 헐리고 신식 건물이 들어서는 자리일지도 모르겠다.

"돈은 받으셨나요?"

"약간 받았습지요, 아씨. 하지만……."

노인은 당당하던 때와 달리 완전히 굽실거렸다.

상당한 돈을 약속받았던 것이리라. 와선은 노인에게 귓속말을 건넸다. 노인이 그래도 되느냐며 물었다.

"그래야만 합니다. 아니면 은호 선생님은 살인자에게 죽임을 당하실 겁니다. 그러니 일단 피하십시오. 어떤 경우에도 모습을 드러내서는 안 됩니다. 아시겠습니까?"

노인이 고개를 끄덕였다.

"아씨를 풀어드릴 테니 아씨도 어서 빠져나가시지요. 네?"

노인은 이렇게 말을 하며 뒤로 묶인 손을 풀어주었다.

"먼저 가십시오. 저는 어떻게든 살인자를 유인해보겠습니다. 그리고 지금쯤이면 홈즈 씨도 대책을 마련했을 겁니다. 제 말씀 잊지 마시고 어서 도망치세요."

노인은 황급히 고개를 끄덕였다. 그런 뒤 재빨리 폐가의 안방을 빠져나갔다.

와선은 무기가 될 만한 게 있나 찾았다. 기껏해야 어디선가 부서진 나무 막대기 하나가 전부였다. 막대기를 단단히 그러쥐었다.

노인이 사라지고 채 5분도 지나지 않았다. 누군가 조심스레 대문을 미는 소리가 들렸다.

살인자인가. 와선의 몸이 급격히 떨려왔다.

꾹 땅을 눌러 밟는 듯한 소리가 점점 가까워졌다. 그때였다. 부산스러운 사람들의 발걸음이 폐가 바깥에서 울렸다. 숨을 죽인 발소리가 마루를 지나 뒤뜰로 사라졌다. 동시에 사람들이 큰 소리로 외쳤다.

"어서 와선 아씨를 찾아라, 어서."

우당탕, 부서지는 소리와 함께 안방 창호 문이 열렸다. 동시에 달빛이 방 안으로 들어왔다.

"와선, 괜찮소?"

달려온 사람은 마롱휘였다. 그 뒤로 내직로와 홈즈도 보인다.

"저의 불찰입니다. 죽을 뻔했군요, 와선."

내직로가 마롱휘의 뒤에서 와선을 바라보았다. 그에 반해 뒤따라온 홈즈는 말이 없다. 와선은 홈즈를 향해 말했다.

"뒤로 도망쳤어요. 어서 가보세요."

홈즈가 재빨리 뒤뜰로 뛰어갔다. 그러나 홈즈가 되돌아오는 데는 채 1분도 걸리지 않았다.

실패인가. 홈즈가 낮게 중얼거렸다. 그러나 그 말뜻을 알아차린 사람은 와선이 전부였다. 와선은 벌떡 일어나 홈즈의 뺨을 때렸다.

"나를 미끼로 쓴 것, 그것은 때리지 않았어요. 그러나 범인을 잡지 못한 것은 참을 수 없네요."

"그래도 범인의 이름은 알아냈습니다. 당신이 애써준 덕분이지요. 물론 범인을 놓친 것만은 저 역시 분해서 참을 수가 없군요."

"자세한 이야기는 제중원에서 듣겠습니다."

알렌이 끼어들었다. 알렌은 와선과 홈즈의 대화를 통해 어렴풋이 내용을 짐작한 듯했다.

홈즈가 와선을 부축했다. 재빨리 바깥으로 나온 일행은 마차에 올라탔다.

내직로는 관원들과 현장을 더 살피기로 했다.

와선과 홈즈가 함께 마차에 오르자 마롱휘는 질투하는 눈빛으로 바뀌었다. 그러더니 이내 선두에 있는 마차를 타고 일동을 선도했다.

마차에 오르자 와선은 뒤늦게 격통이 밀려왔다. 다리가 후들거렸고 저도 모르게 눈물이 흘렀다.

"기대십시오."

홈즈가 어깨를 내주었다. 와선은 눈을 감고 홈즈의 어깨에 기댔다. 그러나 이대로 있을 수는 없었다. 등을 꼿꼿이 세운 와선은 얼른 눈물을 훔쳤다.

"잡으세요, 당장!"

와선은 홈즈를 향해 소리를 내질렀다.

20
살인자, 그의 이름은 잭 더 리퍼

마차가 흔들렸다. 제중원까지 그리 멀지 않은 거리일 터였다. 노인이 와선과 함께 먼 곳까지 움직이기란 쉽지 않다. 멀지 않은 거리, 그러면서 사람들의 눈에 오히려 띄지 않는 곳, 바로 사람들이 엄청나게 붐비는 종로 통일 확률이 높았다. 거리도 멀지 않고 뒷골목만 들어서도 길을 찾기 힘든 곳. 제중원에 도달하기 전에 의문을 풀어야 한다.

와선이 홈즈에게 물었다.

"어째서 저입니까? 우리끼리 이야기이지만 살인자는 패턴이 있었잖습니까?"

흔들리는 마차에서 와선이 물었다. 살인자는 분명히 패턴을 가지고 있었다. 늘 거리의 여자들을 살해했다. 시체 훼손도 마다하지 않았다. 누가 보아도 응징이었다. 강한 원한이 뒷받침된 결과라고 보아야 했다.

"저를 거리의 여자라고 생각한 걸까요?"

"그럴 리는 없습니다."

"그러면?"

"이름 때문이었습니다."

"이······름이라뇨?"

"혹시 기억하십니까? 이슬이 되어버린 피해자들의 이름?"

순간 와선은 그녀들의 이름을 더듬었다. 제시, 케이시, 커스틴이었다. 알파벳 철자도 떠올랐다. 제시의 알파벳은 Jessy였다. 풀 네임은 여전히 모른다. 두 번째 희생자는 케이시였다. 애나벨이라는 이름도 썼다. Cathy, Anabel. 세 번째 희생자는 커스틴, 철자는 Kirstein이다. 여인들 모두 이름은 썼지만 성은 밝히지 않았다. 밀리고 버려지다 부유하며 조선에까지 당도한 여인들에게 이름이나 성이 무엇이 중요했을까. 그런데 이름 때문이라니.

"말도 안 돼요. 어째서?"

"범인은 철저하게 저와 와선, 그리고 내직로 부윤과 마롱휘에게 메시지를 보내고 있었습니다."

"메시지라고 해도 이름은 아니지요. 시체를 훼손해 거리의 여인들에게 얼마나 무서운 원한을 가지고 있는지 보여주었습니다. 공포를 조성했고요."

"아니요, 아니요. 핵심은 그게 아닙니다. 마이클 델라이기도 하고 지에커이기도 하지요. 여기서 제가 하나 간과한 게 있었습니다. 정확히는 몰랐다는 게 맞았겠지요. 와선은 알지요? 서양에서 조선을 무엇이라고 부르는지요."

"그럼요. 코레아라고 부르지 않습니까?"

"그렇습니다. 조선 이전의 나라, 고려의 이름이라 들었습니다. 그것이 중국을 통하거나 무역선을 통해 전해지며 그대로 굳었지요. 반대로 묻겠습니다. 조선과 청나라에서는 유럽을 무엇이라고 부르거나 적습니까?"

"아무래도 음가 차용을 하다 보니 정확하게 유럽이라고 부르지 않습니다. 구라파라고 부르고 씁니다. 한자로는 칠 구, 벌일 라, 꼬리 파를 써서 歐羅巴라고 씁니다."

"그렇지요. 저 역시 그렇게 부르고 쓴다는 것을 여러 사람을 통해 들었습니다. 이것 때문에 저의 눈이 흐려져 있다는 것을 깨달았습니다. 마롱휘가 누구를 쫓고 있는지 아시지요?"

"지에커 아닙니까?"

"맞습니다."

홈즈가 고개를 끄덕였다. 그의 눈에는 참담한 실망감이 어렸다.

"지에커는 어떤 이름의 음가를 차용해서 부르는 것입니까?"

"저도 정확하게는 알 수 없습니다만……. 마롱휘를 불러 물어보는 것은 어떻겠습니까?"

"아, 이런 죄송합니다. 와선이 모르는 게 있을 거라고는 생각해 보지 않았어요."

와선은 마차를 세웠다. 마차를 세우기 무섭게 마롱휘가 달려왔다.

"와선, 걱정이 이만저만이 아니었소……."

"마롱휘, 묻고 싶은 게 있어서 불렀습니다."

와선은 마롱휘의 말을 재빨리 잘랐다.

"걱정……, 그런 이야기는 나중에 하지요. 홈즈 씨께서 묻고 싶은 게 있답니다. 지에커라는 이름은 어떤 이름을 음가 차용한 것입니까?"

와선은 홈즈의 말을 마롱휘에게 그대로 물었다. 홈즈 역시 초조한 모습으로 마롱휘와 눈을 맞췄다.

"지에커는 영어로 아마 J, A, C, K, 잭입니다. 잭, 청나라 사람들이 듣기에 잭이라는 이름이 자쿠, 지에커 등으로 들렸던가 봅니다."

한 번 더 와선이 마롱휘의 말을 잘랐다.

"됐습니다. 그러면 됐습니다. 지금은 한시가 급하니 나머지 이야기는 사건이 해결된 뒤에 하시지요."

마롱휘는 와선의 매정함에 놀라는 눈치였다. 하지만 사건이 해결된 뒤라는 말에 확연히 얼굴이 밝아졌다.

와선은 홈즈에게로 시선을 돌렸다.

"여전히 이름 때문이라는 겁니까?"

"그렇습니다. 안타깝게 명을 달리한 여인들의 이름을 다시 불러 보십시오."

"제시, 케이시, 커스틴."

"그렇죠? 거기서 범인은 힌트를 주었던 겁니다. 케이시의 이름은……."

"애나벨로도 불렸지요. 맙소사!"

와선은 홈즈가 말하던 이름의 의미를 알아버렸다. 사망한 여인들 이름의 첫 글자. 제시의 J, 케이시의 C, 커스틴의 K, 무엇보다 케이시는 애나벨이라는 이름도 함께 썼다. 애나벨이라는 이름에서 첫 글자는 A가 된다. 만약 케이시가 애나벨이라는 예명을 사용하지 않았다면 어땠을까? A가 하나 비게 된다.

"가만, 그렇다면 홈즈 씨께서 제 영어 이름을 여쭈었던 것은?"

"저와 같은 영국어를 쓰는 사람들에게 와선과 같은 겹쳐진 모음은 너무나 발음하기 어렵습니다. 그래서 와선의 이름을 아서니, 더 쉽게 에이서니 정도로 부르는 것은 우리에게는 어쩔 수 없는 일이지요. 물론 그렇게 바뀌어졌지만 저희에게는 유럽이 구라파가 되는 것처럼 와선이 에이서니가 된 것이 실은 더 자연스럽습니다. 일단 그것은 넘어가지요. 결론만 먼저 말하자면 살인자는 실수를 저질렀습니다. 제시 다음에 살해되어야 하는 사람은 애나벨이었지요. 그러나 애나벨은 그 이름보다 케이시라는 이름을 더 많이 썼습니다. 제가 다음 피해자를 특정할 수 없었던 이유이기도 하고요."

순간 와선은 안대로 눈을 가렸을 때만큼이나 무서워졌다. 홈즈도, 또 홈즈가 이름을 알아맞힌 범인 잭도. 이들은 누구를 죽이고 왜 죽였으며 무엇을 추리하고 해결해야 하는지 서로가 교감하며 알고 있던 것이나 다름없다. 홈즈도, 또 잭이라는 살인마도 서로에게 계속해서 메시지를 보냈다.

"홈즈 당신! 거리의 여인들의 죽음을 막을 수 있었던 거 아닙니까? 당신이 저의 이름을 물었을 때는 어느 정도 확신이 있었던 것 아닙니까? 그렇다면 커스틴의 경우는……."

"와선, 냉정해지세요. 제가 머릿속으로 떠올리는 추리는 대부분 가능성일 뿐입니다. 오늘만 해도 그렇지요. 저는 지에커의 이름이 잭이라는 것을 지금에야 알았어요. 조선과 청나라에서 영어를 영어로 표기하지 않고 한자로 표기했으리라는 사실을 떠올린 것도 며칠 전이었을 뿐입니다. 무엇보다 영어의 발음마저 달라질 거라는 사실을 어떻게 알았겠습니까? 저보다 살인자가 조선을 더 학습했지요. 최소 1년은 먼저 이곳에 와서 맹렬히 조선을 배웠을 겁니다. 살인의 방법에서 보이듯 이 살인자는 살인을 위한 배움을 주저하지 않습니다. 그것을 알게 된 것도 개똥이의 죽음 때문이었죠."

"아."

와선은 낮은 신음을 내뱉었다. 어린아이의 죽음은, 그것만으로도 주변 사람에게 양심의 가책을 느끼게 한다. 그런데 개똥이는 살인자의 손안에서 죽었다. 주변 사람들 모두를 죄인으로 만들었다.

"개똥이가 살인자와 소통을 하려면……."

"서로 말을 가르쳐주었겠군요. 아니 개똥이가, 잭에게 조선어를 가르쳐주었다는 게 맞으려나요?"

와선은 홈즈가 무슨 말을 하려는지 알아차렸다. 홈즈가 고개를 끄덕였다.

"어쩌면 와선도 그리 생각했을지 몰라요. 마룽휘가 지에커의 이름을 들먹이며 조선에 왔을 때 정말이지 완벽하게 타이밍이 맞지 않았습니까?"

"맞습니다. 그래서 저 역시 마롱휘가 살인범일지 모른다는, 아니라면 살인을 획책해 부하들에게 실행하게 만든 것은 아닌가 여겼을 정도이니까요."

와선도 말을 하며 고개를 끄덕였다. 홈즈도 그 가능성에 대해 추론해보았으리라. 하지만 홈즈가 지에커를 잭이라고 떠올린 순간, 모든 추론은 부정된다. 하지만 마롱휘의 등장은, 몇 번을 생각해도 극적이었다.

"마롱휘가 청나라에서 조선까지 달려왔던 이유는 명확히 설명되었다고 봐야겠네요. 무엇보다 사진으로 보여주었던 그 살인들은 마롱휘를 분노하게 했겠지요. 물론 마롱휘가 와선을 찾아 조선까지 오는 좋은 구실이 되었던 것도 맞아요."

"그렇군요."

와선은 흥분했던 자신이 부끄러워졌다. 그렇지만 홈즈가 조금 빨리 행동했더라면 커스틴의 죽음을 막을 수 있었을지 모른다는 생각에는 변함이 없었다. 와선이 그에 대해 말하려 하자 홈즈가 검지를 들어 제지했다.

"살인자는 지금 저에게 자랑을 하고 있습니다. 그러면서 빈정거리고 있지요. 네가 홈즈냐? 아니, 홈즈이면 뭐하느냐. 조선에서 벌어지는 살인을 막을 수 없을 터인데. 자, 이렇게 메시지를 보낸다. 살인을 막아봐. 그리고 나는 살인마 잭이란다."

"가만. 살인마 잭이라면?"

그저 잭이라고 불렀을 때와 달리, 살인마 잭이라는 닉네임이 붙자 살인자의 모습이 완전히 변한다. 그는 바로…….

"그렇지요. 영국에서 거리의 여인들을 무참히 도륙했던 바로 그, 잭 더 리퍼입니다."

"잭 더 리퍼!"

와선은 현기증이 일었다. 그제야 사건의 아귀가 맞아떨어진다.

런던 거리에서 여인들은 살이 잘리고 내장이 적출되어 죽었다. 그 잭 더 리퍼가 조선에 왔다니. 와선은 저도 모르게 치를 떨었다. 지금까지 죽어나간 여인의 모습은 실로 무서웠다. 하지만 구체화할 살인자의 모습이 없는 상태였기에 막연히 살인자를 무섭다고 느낄 따름이었다. 그런데 런던을 떠나, 전 유럽을 공포로 몰아넣은 살인자라면 이야기는 완전히 달라진다. 그리고 사건의 모든 초점들 역시 피해자와 홈즈가 아닌, 살인자 잭 더 리퍼에게로 집중된다.

"무섭습니다."

"저 역시 마찬가지입니다. 천하의 홈즈도 목적 없이 사람을 죽이는 살인자와 대결하는 것은 처음입니다."

"그래도 조선에서는 목적을 가진 거잖아요."

"맞습니다. 그래서 이 자리도 불안합니다. 잭 더 리퍼가 와선을 놓아준 이유가 있을 겁니다. 그것을 찾아내야만 해요."

홈즈의 말에 와선은 가슴이 저릿하게 아파왔다. 와선은 그녀의 기지로 살아 나왔다고 생각했다. 심지어 범인과 마주해 기습하려 했다. 그런데 범인이 놓아주었다니.

"잭, 그렇지요, 잭 더 리퍼는 명백히 상황과 사람을 주고받았습니다. 함께 고생한 노인을 와선과 함께 떠나보냈지요."

"그랬다는 건?"

"아마도 다른 사람을 되받기 위함일 겁니다."

"다른…… 사람?"

"천지연이겠지요. 이 사건을 관통하는 인물은 분명 강석범과 천지연이니까요."

"그럼 제중원이 아니라 천지연의 집으로 빨리 가야 하는 것 아닙니까?"

"늦었을 겁니다. 와선은 경비가 잘된 제중원에 계십시오. 그리고 쉬어야 합니다. 와선을 내려놓고 전 천지연의 집으로 향하겠습니다."

와선은 홈즈가 말을 마치자마자 벌벌 떨고 있다는 사실을 깨달았다. 살인자가 누구이던가. 천하의 잭 더 리퍼가 아니던가. 와선은 눈을 감았다. 격통은 더욱 심해지기 시작했다. 무서워졌다. 아무렇지 않게 살인자를 대하는 홈즈도, 또 홈즈에게 계속해서 메시지를 보낸 살인자도.

21
런던은 발칵 뒤집어졌다

마차가 광통교를 지났다. 제중원이 있는 구리개까지는 멀지 않은 거리였다. 마차가 흔들릴수록 와선의 마음도 심란해졌다.

"천지연의 집에 저도 가겠습니다."

"와선. 쉬어야 합니다."

"당신 혼자서 무얼 할 수 있습니까? 조선말을 압니까, 그렇다고 길을 알기를 합니까?"

와선이 따지자 홈즈가 검지를 들며 제지한다.

"냉정해집시다. 우리가 살고 있는 사회는 상식에 맞춰져 있지요. 만약 이러한 곳에 상식적이지 않은 누군가가 활개를 치고 피해를 입히려 한다면 속수무책일 수밖에 없습니다. 이미 와선이 납치된 것에서 증명되었지요. 살인마 잭이 진심으로 와선을 노린다면……. 당할지도 모릅니다."

홈즈는 마지막 말을 아꼈다. 그리고 완곡하게 표현했다. 당할지도 모른다고. 더구나 홈즈의 말에는 살인자가 와선을 진정으로 원하지 않았다는 말이 숨어 있다. 이 말이 오히려 와선을 부추겼다.

"홈즈, 당신. 비겁합니다. 당신은 어느 정도, 제가 납치되는 상황을 묵인했지요. 당신이 저만을 생각했다면 저를 지킬 수 있었을 겁니다. 하지만 그러지 않았지요. 그 말은 당신 스스로 범인과 대결하는 상황을 즐기고 있는 게 아닙니까?"

"와선!"

홈즈의 목소리가 격앙되었다. 조선에 온 어느 때보다 홈즈의 목소리가 떨리고 있었다.

"와선, 부탁입니다. 우리, 조금 더 큰 그림을 봅시다. 이 사건에는……."

"말 같은 소리를 하세요. 무슨 그림을 그린단 말입니까? 이미 세 여인이 억울하게 죽었습니다. 게다가 상인인 강석범도 죽음을 택했지요. 세 여인은 왜 죽어야 했습니까? 이유가 있었습니까? 억울하게 죽은 그들의 영혼은 무엇으로도 달랠 수 없습니다."

와선의 말에 홈즈가 한숨을 내쉬었다. 아랑곳없이 마차는 구리개를 향하고 있었다.

"먼저 살인마 잭에 대한 이야기부터 해봅시다."

1888년 8월 31일이었다. 런던의 새벽은 맥주와 주정꾼으로 득시글거렸고 그들 사이로 마치 주인인 양 거리의 여인들이 의자를 빼내 앉아 있었다. 간혹 신문팔이 소년들이 새벽을 깨웠다.

찰스 크로스는 새벽 거리를 비틀거리며 걸었다. 새벽 4시가 조금 못 된 시간이었다. 런던 화이트채플 버크 스트리트를 걷던 찰스의 눈에 검은 물체가 들어왔다. 가까이 다가갔을 때 그는 비명을 내지르고 말았다. 웅크린 검은 물체는 여인의 시체였다.

시신은 참혹했다. 여인은 왼쪽 턱이 멍들었고 두 차례 칼로 깊게 목이 베였다. 치명상이었다. 기관과 식도가 절개되었을 정도였다. 상처는 거기에서 그치지 않았다. 치명상을 입고 쓰러진 여인을 명백히 그어버린 절창이 배 위에서 아래까지 있었다. 내부 장기마저 거의 드러났다.

곧 신원이 드러났다. 거리의 여인이었던 42세의 메리 앤 니콜스였다.

두 번째 살인은 9월 8일에 일어났다. 토요일 새벽 6시, 헨베리 스트리트에 있는 시장 어귀에서 애니 채프먼이 발견되었다. 메리 앤 니콜스처럼 알코올중독으로 인해 가정이 파탄에 이르렀다. 상처는 비슷했다. 그러나 범인의 살인 방식이 진화했다. 이번에는 자궁을 들어낸 것이다.

범인의 살인 행각이 절정에 이른 진화를 보인 것은 세 번째와 네 번째 살인이었다. 두 번째 살인에서 약 20여 일이 지난 9월 30일 새벽 1시, 1시 45분, 연이어 살인 사건이 발생한다. 엘리자베스 스트라이드의 시체가 발견된 것이다. 그녀의 시체에서는 경동맥이 절단된 반면 절창이나 장기 적출은 이루어지지 않았다. 경찰은 이를 두고 범행이 방해를 받은 것으로 추측했다. 연이어 캐서린 애도우즈의 참혹한 시체가 발견됐기 때문이었다. 그녀는 목이 잘렸고 배가 갈라져 신장과 자궁이 사라졌다. 엘리자베스 스트라이드에게 가하지 못한 증오를 마치 네 번째 캐서린 애도우즈에게 앙갚음한 듯했다.

런던은 발칵 뒤집어졌다. 경찰에 대한 비난이 들끓었고 심지어 신장이 경찰에 배달되는 사건마저 발생한다. 특히 세 번째, 엘리자베스 스트라이드가 발견된 근처에 'The Jewes are The men That Will not be Blamed For nothing(유태인은 아무 책임이 없다)'라는 낙서를 경찰이 지웠다는 사실이 알려지자 비난은 정점에 달했다.

의사들 사이에서도 의견이 분분했다. 해부학적 지식이 상당하다는 의견과 어떤 의학적 지식도 찾아볼 수 없는 칼질이라는 의견이 맞섰다.

경찰에 대한 여론의 압박이 극에 달하자 경찰 역시 물량 공세를 퍼부었다. 용의점이 있는 남자만 2천 명 이상이 수사 대상에 올랐고 3백 명은 강도 높은 수사를 받았다. 심지어 80명은 입건되거나 구금되기까지 했다. 그러나 런던 경찰은 범인을 특정하지 못했다.

네 번째 사건에서 한 달이 지난 11월 9일, 이번에는 메리 제인 켈리가 그녀의 집에서 시체로 발견된다. 방세를 독촉하러 왔던 남자가 그녀의 시체를 발견하고 경찰에 신고했다. 시신은 목에 깊은 상처를 입었고 배가 갈라졌다. 갈라진 배에서 내장이 방 안에 쏟아져 나왔다. 그리고 이번에는 심장이 사라지고 없었다.

범인이 '잭 더 리퍼'라고 불리게 된 이유는 1888년 9월 27일 Central News Agency에 배달된 한 통의 편지 때문이었다. 범행을 고백한 편지에는 'Jack The Ripper'라는 서명이 있었다. 나흘 뒤 다시 편지가 배달되었는데 세 번째, 네 번째 살인을 고백한 편지였다. 두 편지는 같은 필체로 확인되었다.

"사람들은 이 살인을 잭 더 리퍼의 연쇄살인이라고 부릅니다. 하지만 저는 이 살인이 벌어진 장소에 주목했지요. 다섯 장소, 실제로는 네 장소에 가깝습니다만 이를 이으면 풍차 모양이 됩니다. 십자가 모양이라고 보아도 되지요. 하지만 저 역시 사건에 뛰어들기에는 역부족이었습니다. 이 시기에 상당히 많은 모방 범죄가 발생했고 잭 더 리퍼를 자처한 사람도 한둘이 아니었지요. 특히 현장을 볼 수 없었습니다. 실로 셀 수 없을 정도의 경찰과 관계자 들이 사건을 완전히 훼손한 뒤였거든요."

와선은 홈즈의 이야기에 그만 눈을 감아버렸다.

"범인을 좁혀보았지만 저 역시 허망하기 그지없는 결과만 만들었어요. 경찰이 꼽은 범인상은 이랬습니다. 평균 이하의 신장에 백인, 20대에서 40대 사이 남성으로 의학적 지식이 높은 상류층이거나 부유층으로 이스트엔드에 거주했을 것이다. 이 범인상에서 볼 때 직업이 있을 확률이 높고 오른손잡이이며 밤에 활동하기에도 제약이 없는 독신일 가능성이 높다. 그런데 잘 생각해보세요. 귀에 걸면 귀걸이, 코에 걸면 코걸이 식의 범인상이지요."

"왜 이렇게 거리의 여인들에게 증오를 보였을까요?"

"와선의 말처럼 증오가 응어리진 결과일 수도 있지요. 거리의 여인에 대한 끔찍한 기억을 간직한 사람일 수도 있고 이와 비슷하게 여인에게 성적인 학대를 당한 사람일 수도 있을 겁니다. 그러나 이러한 상상은 무용지물입니다. 잭 더 리퍼가 런던의 거리에서 사라져버렸기 때문이지요. 하지만 수없는 사람이 들쑤셔놓고 책임지지 않는 자리에서 훈수나 둔다면 미래에도 이런 비슷한 사건이 벌어지지 말라는 법은 없습니다. 제2, 제3의 잭 더 리퍼는 런던이 아니라 세계 어디에서도 탄생할 수 있지요. 바로 조선에서처럼 말입니다."

"그렇다면 홈즈 씨는 우리가 쫓는 잭 더 리퍼가, 런던의 잭 더 리퍼가 아닐 수도 있다고 생각하시는 겁니까?"

"모르겠습니다."

홈즈의 대답은 단호했다. 순간 와선에게서 허, 바람이 새 나왔다.

"솔직하시네요. 물론 비난은 아닙니다. 다만 홈즈 씨 이야기를 듣다 보니 런던에서 벌어진 살인 사건과 이번 살인 사건이 조금은 다를 수 있다는 생각이 드는군요."

"그렇지요? 현재는 어느 것도 특정할 수 없어서 저 역시 안타깝습니다. 다만 이번 살인에서 드러난 잭 더 리퍼의 범행은 대상에 대한 부분에서 명확히 런던의 사건과 일치합니다. 특히 외모로 볼 때 앵글로 색슨 계열의 여인들이지요. 모방을 했다면 명백히 거리의 여인에, 영국인, 물론 실제로는 영국인이 아니라 해도 그 부분을 간과할 수 없게 만들었습니다. 하지만 조선의 잭 더 리퍼는 거기에 목적을 하나 더 얹었습니다. 알파벳을 통해 이름을 나열했지

요."

"잭, 말씀이군요."

와선이 홈즈의 이야기를 듣고 전율했던, 이름의 머리글자를 딴 조합을 말했다.

"맞습니다. 물론 여기에서 또 모른다는 이야기를 하나 더해야 하니 마음이 서글퍼집니다. 범인은 일부러 머리글자를 통한 힌트를 주려 한 것인지도 모릅니다. 하지만 아무리 생각해도 떠오르는 게 없어요. 제가 조선을 잘 모르는 탓이겠지요."

"하지만 범인도 조선에 대해 제한적으로 알 수밖에 없지 않겠습니까?"

"제한적으로 안다?"

홈즈의 눈빛이 반짝였다. 홈즈는 똑같은 말을 다시 한 번 반복했다. 제한적으로 안다!

"가만. 와선, 그렇다면 저와 함께 천지연의 집으로 가보시겠습니까?"

"홈즈 씨는 왜 강석범이 죽은 천지연의 집으로 가시려는 겁니까? 아 물론, 거기에서 생활을 하십니다만 분명 그것과는 다르게 느껴집니다."

"그곳에서 시작되었기 때문이겠지요."

이번에는 와선이 홈즈의 말을 따라 했다. 그곳에서 시작되었기 때문이다?

"홈즈 씨께서 잊으신 게 있어요. 저는 이 마차를 탄 이후 줄곧 함께 가겠다고 고집을 부리고 있었습니다."

아하. 홈즈가 다시 검지를 추켜세웠다.

"그랬군요. 제가 갈대처럼 움직이는 남자는 아닙니다만, 그럼 이번에는 정중하게 요청하지요. 저와 함께 천지연의 집으로 가시겠습니까? 사건이 시작된 곳에서부터 다시 한 번 되짚어봅시다. 어떻습니까?"

와선은 명백히 긍정의 미소를 담아 고개를 끄덕였다.

"이런. 제가 여자에게 물러빠졌거나 여인을 유혹하는 부류의 사람은 아닙니다만……."

"알고 있습니다. 그래서 홈즈 씨는 더 걱정하시는 거겠지요. 사건을 해결하고 살인자를 잡는다는 마치 사칙연산의 공식 같은 당신의 행동 패턴에는 여성이라는 변수가 없지요. 냉정하게 분석하고 추리해서 범인을 잡는다, 그게 홈즈 씨, 당신이지요. 사건을 향한 당신의 행동에는 의미가 없는 행동이 없다. 그게 제가 당신을 판단한 결론입니다. 당신이 천지연의 집으로 가겠다는 것은 여러 추리와 결론이 뒤섞인 것인지도 모르겠어요. 적어도 추리의 결과를 확인하려면 제가 없는 것이 낫다고 판단했겠지요. 거기에 저는 빠져 있는 거고요. 그 말씀에는, 위험이 뒤따른다는 거겠죠, 죽음도 불사해야 할. 단순히 살인자가 나를 죽인다 만다, 하는 그런 가정이 아니라."

"간혹 당신과 저의 위치가 바뀌었다는 생각이 듭니다. 와선 당신 역시 사물을 대하고 뜯어보는 능력은 보통 사람에 비할 바가 아니군요. 에둘러 말하지 않겠습니다. 제가 범인을 쫓기 시작하면, 당신을 제대로 지켜드릴 자신이 없습니다. 이미 그런 결과들을 보 아왔고요. 그런 결과들은 하나하나 제게 쌓여서 아픈 상처가 되었 지요."

"당신이 간과하신 게 있습니다. 제 아버지는 반란을 진압한 장 수입니다. 아버지는 여자와 남자를 가리는 조선의 남자와는 달랐 고요."

"아하. 그렇군요. 제가 조선의 여인은 영국의 여인과 다를 수 있 다는 사실을…… 아니 정확하게는 와선이 일반적인 여인이 아니 라는 사실을 간과했군요. 대신 약속해야 합니다. 생명이 위험하다 면 언제든 도망가세요. 그것만 약속해주세요."

와선은 고개를 끄덕였다. 순간 와선은 홈즈의 말에서 문득 한 가 지 사실을 깨달았다. 홈즈의 말은 와선을 걱정하는 듯하지만 실제 로 그 속에는 와선을 잊어버릴 정도의 상황이 발생할지 모른다는 뜻이 숨어 있었다.

"호…… 홈즈 씨. 당신 무언가를 알아차린 거군요."

"다 와갑니다. 그것밖에는……."

와선의 말에 홈즈는 창 바깥으로 눈길을 돌릴 뿐이었다. 이토록 장황하게 와선에게 설명해놓고 결정적인 것은 가린다. 탐정이란 작자들의 속성일까. 그렇지만 홈즈는, 적어도 와선이 결과를 기대 하게 만드는 남자다. 런던의 잭 더 리퍼가 반드시 조선의 잭 더 리 퍼와 동일 인물이라는 보장은 없다. 그러나 붙잡아야 한다. 그래서 죽은 이들의 원통함이 조선 천지에 남지 않아야 된다.

"기다리겠습니다. 어떤 결과이든."

와선이 홈즈를 향해 말했다.

마차는 방향을 틀어 서대문으로 달리기 시작했다. 달이 차오른 밤은 마치 런던의 거리처럼 분주하고 시끄럽게 느껴졌다. 물론 와선은 런던에 가보지 못했다. 그러나 오늘 밤만은 이 거리가 런던이라 해도 와선은 믿어보리라 생각했다.

22
범인에게 한 발 다가가다

천지연의 집은 어둠으로 채워져 있었다. 하긴 밤이 돼야 새로이 하루를 시작하는 일을 가졌으니 당연했다. 잠겨 있는 뒷문을 열고 집 안으로 들어갔다.

"이런 큰 집을 비워놓다니."

홈즈가 어둠 속을 두리번거렸다.

"어쩔 수 없지요. 지금은 천지연이 모든 일을 도맡아 할 것이니까요. 사람들을 부려야 하고 그러려면 익숙한 사람들도 필요하잖아요. 집에 있던 행랑아범 부부만큼 의지가 되는 존재도 없을 거예요. 그리고 집은 무엇보다 홈즈 씨께서 지키고 계셨을 거잖아요. 물론 오늘 같은 경우야 예상 밖의 일이었지만요."

와선은 건물 앞으로 돌아와 대청마루를 쳐다보았다. 조금 높이 고개를 들어 기와가 얹어진 지붕도 올려다보았다. 홈즈는 화살이 저기 허공을 한 바퀴 돌아 지붕을 반회전하며 대청마루 뒤로 날아들었을 것이라 추측했다.

강석범이 죽은 이유는 그것으로 밝혔다고 치자. 그러나 배후에 깔린 진상은 밝혀내지 못했다. 이것은 살인의 방법을 밝혀내는 것과는 달랐다.

"무슨 생각을 합니까?"

홈즈가 곁으로 다가왔다. 홈즈가 말을 걸기 전에는 몰랐는데 한기가 들 정도로 날씨가 차가워졌다. 와선이 부르르 몸을 떨자 홈즈가 저고리를 벗어준다.

"조선 사람이라면 생각지도 못한 행동이에요. 남자가 저고리를 벗어준다는 거."

"바뀌겠지요. 권위도 세상이 변하면 달라지는 거니까요. 그런데……."

"아, 생각! 처음으로 돌아왔지요. 강석범은 왜 죽었을까? 누가 죽였을까가 아니라."

와선은 말해놓고 모순을 느꼈다. 이미 강석범의 죽음은 자살이라고 홈즈가 밝혔다. 그렇다면 자살이라는 내용에는 별다른 의문을 달지 말아야 한다. 그런데 보통 살인 사건이라고 머릿속에 새겨두고 나면 '왜'와 '누구'라는 게 함께 움직여버린다. 어쩌면 살인 사건이 가진 맹점일지도 모르겠다.

"그게 저도, 지금껏 생각해보지 않았던 다른 가설 하나가 떠올랐답니다. 물론 잭 더 리퍼가 표면에 드러나기 전에는 저 역시 생각할 수 없었던 가설입니다."

"그 말씀은?"

"어쩌면 강석범의 죽음이 살인일지 모른다는 뜻입니다."

아. 와선은 저도 모르게 탄식을 터뜨렸다. 잭 더 리퍼가 표면에 드러나기 이전에는 알 수 없었던 사실이라면 무엇을 뜻하는 걸까.

"이제 올 때쯤 됐을 텐데. 일단 집 안이 너무 어두우니 불을 밝힙시다."

홈즈가 와선을 독려했다.

홈즈는 앞장서서 집안 곳곳을 돌아다니며 촛불을 켜거나 횃불을 밝혔다. 사람도 없는 데다가 불까지 없어 적막하기만 했던 집 안이 그나마 사람 사는 집처럼 변했다.

불을 모두 밝힌 홈즈는 대청마루에 걸터앉아 회중시계를 꺼냈다. 벌써 새벽이 넘어 첫닭이 울 시간에 가까웠다.

"이 시간에 누가 온다는 게 믿어지지가 않네요. 천지연이 지금까지 오지 않은 걸 보면 아마도 기녀들과 함께 잠을 청할 것인가 보군요."

와선이 홈즈를 똑바로 보았다. 홈즈는 어깨를 으쓱하는 것으로 대답을 대신했다.

와선은 대답 없는 홈즈를 보다 까무룩 잠이 들고 말았다. 얼마나 잠이 들었을까. 조심스럽게 문을 두드리는 소리가 났다. 와선이 화들짝 놀랐을 때는 이미 홈즈가 문을 열고 있었다.

횃불을 밝히고 두 명의 하인과 함께 남자가 나타났다. 남자는 갈색 구레나룻이 턱까지 내려왔고 그것과 색깔이 다른 검고 짙은 수염이 얼굴을 덮고 있었다. 얼굴만 보았을 때는 산적이나 마찬가지인데 파란색 실크로 된 외출복을 입었다.

"재단사군요."

와선이 말했지만 문 앞에 있는 홈즈와 재단사 일행까지는 목소리가 다가가지 않았다.

홈즈가 무언가 말하며 악수를 청하자 남자는 재빨리 수다꾼으로 변신했다. 영어를 쓰는 사람을 만나 반갑다는 내용이 주된 이야기였다.

마당에서 대청마루로 성큼성큼 걸어온 재단사가 와선에게 서툰 조선말로 말한다.

"일어서주겠나?"

와선은 재단사의 서툰 말에 코웃음이 났다. 저 말 하나를 위해 얼마나 많은 조선어 연습을 했을까?

와선은 홈즈를 향해 유창한 영어로 물었다.

"제가 무엇을 하면 됩니까?"

순간 재단사가 놀라운 듯 "오 마이 갓!"을 외쳤다.

"평소처럼 손님을 맞는다고 생각하고 행동해주십시오."

홈즈가 말한다.

와선은 재단사를 사랑방으로 안내했다. 사랑방을 본 재단사가 원더풀, 하고 크게 소리쳤다. 하긴, 강석범의 사랑방은 여느 양반집의 사랑방과는 달랐다. 비교적 서양식에 가깝고 탁자와 함께 의자도 놓였다.

홈즈와 재단사를 안내한 뒤 와선은 부엌으로 향했다. 다기에 뜨

거운 물을 담아 내왔다. 부엌에서 홍차가 보여 흥미로웠다. 와선은
다기와 함께 홍차를 쟁반에 담았다.

홍차를 정성껏 달여 냈다. 홍차를 맛본 홈즈와 재단사가 엄지를
치켜들었다.

"깜짝 놀랐습니다. 영어를 하는 기생은 주홍이 말고는 처음 봅
니다."

재단사가 와선을 할기족거렸다. 정확한 발음으로 기생이라는 말
을 꺼냈다. 그리고 발음 너머에는 기생의 직업이 무엇인지도 정확
히 안다는 뜻이 숨어 있었다.

홈즈를 쏘아보았다. 그는 슬쩍 눈을 마주치나 싶더니 슬며시 고
개를 돌렸다. 망할 놈의 홈즈. 이 정도는 미리 상의했어도 됐지 않
은가. 가만 그런데…… 완전히 홈즈에게 놀아났다. 와선이 적극적
으로 사건에 개입하려 들 거라는 사실을 이용했다. 처음에는 천지
연의 집에 가는 것을 막아놓고 급작스레 와선의 말을 들어주며 함
께 가자고 했다. 와선은 그녀가 홈즈를 설득했다고 믿었다. 아니
었다.

"이런 비굴하고 망할 놈의 홈즈, 너!"

와선의 목소리가 절로 높아졌다.

"혹시 부부인 것은 아니지요? 지금은 부부 싸움?"

홈즈는 침묵하는데 재단사가 놀라며 묻는다.

"아마도."

홈즈가 하하하, 누가 보아도 어색하기 그지없는 웃음을 지었다.

"아. 그러면 당신, 부인에게 잘못해서 예쁜 옷을 지어주려는 거군요."

재단사가 적절히 말을 돌린다. 역시 동서고금을 막론하고 장사치만큼 입담이 좋고 순발력이 빠른 사람은 찾아보기 힘들다.

"아하, 맞아요."

홈즈가 고개를 돌린 채 대답했다.

"여자에게는 비겁하기 짝이 없군요. 당신, 살면서 여자 친구 한 번도 만난 적 없었죠?"

와선이 홈즈의 귀에 대고 속삭였다.

홈즈가 슬며시 일어서더니 방을 나갔다. 홈즈가 나간 덕분에 와선과 재단사는 어색함에 몸을 치떨 정도였다. 순간 홈즈의 한숨 소리가 방까지 들려왔다. 어색하던 분위기가 단번에 누그러졌다.

"착한 남자입니다. 여자를 저렇게 배려하잖아요."

재단사가 와선에게 속삭였다. 이때다, 싶었다. 홈즈의 행동 하나하나에는 의미가 담겼다.

"혹시 잭이라는 이름, 들어본 적 있으세요?"

"잭……이라고요?"

남자는 생각에 잠기는 듯했다.

"일단 제 이름이 잭슨이기는 합니다."

웃자고 한 이야기였을까? 가만있기도 뭣해서 와선이 잭슨의 홍차 잔에 뜨거운 물을 더 따랐다.

"아니요, 잭슨 말고 잭."

"잭슨 말고 잭이라. 글쎄요, 저도 조선에 온 지가 몇 년이 되었습니다만, 잭과 함께 일한 적은 없었어요."

순간 와선의 머릿속에 번쩍 번개가 치는 듯했다.

"잭과 함께 일이라니……. 그렇다면 하나 물을게요. 혹시 잭슨 씨와 함께 일을 하다 최근에 연락이 되지 않는 사람은 없나요?"

"많지요. 대부분 면천이 된 사람들에게 영어를 가르치며 일했던 터라……. 조선에서 새로운 복식을 만들어내는 일은 그 자체로 위험했어요. 양반들은 호기심을 내비치면서도 도무지 새것을 받아들이려 하지 않았거든요. 그러다 보니 저와 같은 서양인들을 대하는 기생들이나 드레스를 만들어 입었지요. 저 역시 이렇게 밤 시간이면 기생들에게 다니면서 옷을 만들어주는 직업으로 전락하고 말았답니다. 아, 질문이 그거였지요. 갑자기 사라진 사람은 없었던가. 함께 일하면서 갑자기 사라진 사람은 없었어요."

와선에게서 한숨이 새 나왔다. 무언가 붙잡았다고 생각했는데.

이때 홈즈가 방 안으로 들어왔다.

"잭슨, 지금 조선에 와 있는 서양인 재단사는 당신 혼자뿐입니까?"

아. 홈즈가 묻는 말을 깨달았다. 와선은 잭슨만 생각했다. 잭슨만 있으리라는 법은 없다.

"나만 있는 건 아니지요. 1년 좀 넘었나? 재단사 한 사람이 조선에 왔습니다. 타운센드 상선을 타고 왔을 겁니다. 내가 일이 바빠서 동료를 한 명 요청했거든요. 그랬더니 상해에 있는 상인들이 한 사람을 알아봐주더라고요."

"혹시 그 사람 이름이 마이클 델라였습니까?"

"마이클은 그녀를 데리고 온 상인이었지요. 재단사 이름은 주홍이었고. 주홍이는 기생이면서 옷을 만드는 아이거든요. 주홍이가 종로 일대에 있는 기생 아이들의 옷을 죄다 만들어주잖아요. 여기가 강석범의 집이라면서요? 나도 그가 죽은 줄은 알고 있지요. 그래서 호기심 반, 또 재미 반으로 온 거니까요."

"그럼 주홍이는?"

"그 아이. 걸인이었잖아요. 강석범이 상해로 옷 만들라고 보냈던 애입니다. 딱 2년 만에 옷도, 또 영어도 터득하다시피 해서 왔더라고요. 지금은 드레스 만드는 게 나보다 나아요. 나야 신사복을 더 잘 만들지만."

무언가 뒤통수를 내리치는 듯했다.

와선이 방 안에 서 있던 홈즈를 올려다보았다.

"자, 그럼."

홈즈가 잭슨에게 손을 펴 보였다. 나가라는 의미였다. 잭슨이 고개를 숙이며 와선에게 인사했다.

"즐거웠습니다. 오랜만에 우리말을 했더니 가슴에 있는 응어리가 쑥 내려가는 듯했어요. 정말이지 좋은 시간이었습니다. 혹시 도울 일 있으면 언제든 불러주세요. 내 한번은 오늘의 일을 갚아드릴 테니."

잭슨이 인사를 하며 일어섰다. 홈즈가 문까지 마중을 나갔다 돌아왔다.

"이게, 이게 어떻게 된 거죠?"

"제가 그랬지요? 강석범의 죽음은 조력자가 없으면 힘들다고. 이 말도 틀렸군요. 강석범의 죽음에서, 실제 죽이려던 사람은 마이클 델라였습니다. 강석범은 자신이 부리는 사람에 대한 믿음이 대단했지요. 천지연에게도 그랬겠지만, 주홍에게도 마찬가지였을 겁니다. 물론 천지연은 다른 의미에서 접근해야 합니다. 여러 정황상 천지연은……."

"강석범과 가족 관계일 확률이 높지요?"

와선이 오히려 홈즈의 말을 잘랐다.

와선은 어렴풋이 짐작했다. 조선이라는 나라에서 재산을 상속해준다는 의미, 그리고 남이 볼 때에는 첩으로 여기고 말 여인을 마치 보물처럼 아끼고 손대지 않았던 점, 딱 하나의 결론이라면 가능해진다.

"동생!"

"놀랍군요, 와선. 거기까지 짐작하고 있으리라고 생각지도 못했습니다. 천지연이 강석범의 죽음에 관해 숨기고 말하려 들지 않던 것은 가족에 대해 안 좋은 소문이 퍼지는 것을 막고 싶었겠지요. 게다가 천애 고아인 줄만 알았던 그녀에게 오빠가 있다는 사실이야말로 무엇보다 놀라웠겠지요. 그래야만 지금껏 그토록 상식적이지 않았던 상황과 일 들이 설명됩니다. 물론 그랬기에 상황 하나도 빗나가고 말지요. 천지연과 강석범은 주홍이야말로 가족과 같은 사람이라고 여겼을 겁니다. 천지연과 강석범은 어차피 가족이니 서로에 대해 이러저러한 설명을 하지 않아도 되는 뛰어넘을 수 있는 부분들이 많지요. 하지만 주홍은 바깥에 나가 있던 시간 동안 다른 사람이 되었을지도 모릅니다."

와선은 홈즈의 말을 어렴풋이 이해할 수 있었다.

"또 하나. 천지연이 입을 닫고 있는 것은 실제로 사건에 대해 모르기 때문입니다. 그에 대한 자책으로 끊임없이 자신을 절벽으로 내몰고 있을지도 모릅니다. 간단하잖아요. 마이클 델라나 주홍이가 천지연을 기절시키거나 잠에 빠지게 했다면, 천지연은 자고 일어나서 강석범이 죽은 모습만 보았을 테니까요."

맞다. 천지연은 강석범이 죽은 이후 한동안 대청마루에서 꿈쩍도 하지 않았다고 내직로가 말했다. 홈즈의 말이 사실이고 아니고를 떠나 상당한 개연성을 가지는 부분이다. 게다가 강석범이 죽은 날, 주홍이가 마이클 델라와 함께 왔는지 어떤지를 천지연이 몰랐다면 어떨까?

만약 그랬다면 천지연은 주홍이에 대한 의혹을 어떻게든 찾아내려 들지 않을까? 조사는 은밀하게, 결과에 대한 처단은 속전속결.

어린 주홍이에 대한 생각도 변해간다. 사람은 사람을 알고 난 뒤에도 변하지만 돈을 알고 난 뒤에도 변한다. 거지였던 주홍이야말로 사람과 돈을 알고 난 뒤 더욱 극적으로 변했을지 모른다. 주홍이를 여인으로 맞이한 남자가 생기고 그 남자가 돈을 알게 해주었다면, 나아가 그 남자가 그려낸 그림에 주홍이가 동의하게 된다면.

"아, 끔찍하고 무섭습니다."

와선이 고개를 세차게 내저었다.

"잭이라는 이름에 대해 수없이 생각했습니다."

홈즈가 와선을 보았다.

"와선은 잭이라는 이름이 가진 뜻을 압니까?"

"글쎄요. 제가 영어에 서툰 것은 아니지만 단어 하나하나가 가진 다양한 의미까지 완벽하게 파악하고 있는 것은 아니어서요."

"그것은 저 역시 마찬가지입니다. 그런데 잭이라는 이름에는 조끼라는 뜻이 있습니다. 덧입는 옷을 말하지요. 이를 통해 상당한 의미가 파생되기도 합니다. 장난삼아 부르는 뜻은 엄청나게 많아지고요. 말이란 것이 나고 성장하다 사라지지 않습니까? 조금 되짚어 생각해보면 살인자는 계속해서 자신의 직업을 알려주고 있었어요."

"이름이라고 생각했는데, 조선이었다면 쉽게 잡아낼 수 있는 직업이었군요."

"칼을 다루는 직업은 많지요. 하지만 칼만큼 날카로우면서 정교한 물건 하나를 잊고 있었어요. 바로 가위였지요. 거대한 가위는 악력과 힘에 따라 다리를 잘라내고도 남습니다. 약간의 도구를 더하면 별다른 악력이 없어도 가능해지지요. 주홍이라도 충분히 해낼 수 있습니다."

홈즈는 이곳에 오기 위해 얼마나 많은 고민을 했을까. 와선을 데려오지 않으려던 마음도, 또 와선을 이곳까지 데리고 오려 했던 마음도 알 것 같았다.

두 마음의 상충.

"그렇지만 홈즈, 아직도 전체적인 윤곽이 그려지지 않아요. 어떻게 해서 이런 사건이 벌어진 걸까요?"

"와선, 저도 아직은 정확히 모르겠습니다. 여기에 와선과 온 것은 와선에게 묻고 싶은 것이 있어서였어요."

"묻고 싶은 거라니요?"

"끝까지 이 사건을 파헤쳐야 할까요?"

"네? 그게 무슨 말씀이신지?"

"와선. 저는 살아오며 많은 사건을 해결했습니다. 살인도 있었고, 절도나 강도 사건도 있었지요. 대부분 사건들은 해결하고 나면 뿌듯한 자부심이 남게 마련입니다. 그런데 이번 사건만큼은 그렇지 않을지 모르겠다는 생각이 듭니다. 탐정으로서 무책임한 말이겠지만 그럴 것 같다는 직감이 든다고 할까요?"

와선은 쉽게 대답할 수 없었다. 막연히 품어왔던 이야기 하나가 홈즈의 설명을 들으며 풀어졌다. 강석범과 천지연의 묘한 관계. 막연했던 밑그림에 가족이라는 색깔을 더하면 어울리게 된다. 하지만 그 그림도 일반인이 보았을 때는 비상식적일 수밖에 없다. 거기에 마이클 델라와 주홍이 덧입혀진다. 칼이라고 생각했던 무기는 가위로 변하고 재단사가 덧붙은 산업이라는 그림이 하나 더 붙는다. 거기서 얼마나 더 거대해질까? 하지만······.

멀리서 닭이 울었다. 벌써 날이 밝은 것이다.

잠시 창호 문을 열었다. 찬 공기가 미명과 함께 와선에게 다가왔다.

"어쩌면 이렇게 묻어야만 하는 것은 아닐까요? 아니, 끝까지 이 사건을 파헤쳐야만 할까요? 돈이 도는 곳에는 사람이 꾀게 마련이지요. 그 사람들 사이에 벌어진 일일지도 모릅니다. 죽어버린 여인들에게는 한없이 미안한 이야기지만 어쩌면 여기서 들쑤시지 않을 경우, 이렇게 끝나버릴지도 모를 이야기입니다."

홈즈의 말이 묘한 울림을 만들었다.

살인자는 잭이라는 이름을 홈즈에게 제대로 각인시켰다. 그제야, 와선의 입에서 거친 감탄이 터졌다. 살인자는 주홍이를 미끼로 내놓은 것이었다.

"이 살인자, 누구보다 나쁘고 용의주도하군요. 홈즈 씨나 제가 이 사건을 더 깊이 파헤치겠다고 달려들 때 가장 먼저 주홍이가 희생되고 마는군요."

팔짱을 낀 홈즈가 와선을 향해 고개를 끄덕였다.

"홈즈, 저와 당신이 주홍이를 설득할 수 있을까요?"

팔짱을 낀 홈즈가 석상처럼 꼼짝도 하지 않았다. 그의 고뇌가 와선에게까지 다가왔다. 그런데 생각이 바뀐다. 1분도, 또 1초도 아깝다. 주홍이가 살인자의 손에 놀아나게 만들어선 안 된다.

벌떡 일어선 와선이 말했다.

"홈즈, 갑시다. 주홍이라도 구해야 돼요. 내버려둘 수 없습니다."

"하나만 약속합시다, 와선. 이제 어떤 결과가 나오더라도 우리는 그것을 받아들여야 합니다. 할 수 있겠습니까?"

와선은 홈즈에게 무언가 말하려 했다. 그런데 한없이 목소리가 떨리며 입 바깥으로 나오지 않았다. 와선은 홈즈와 눈을 맞추었다. 그리고 힘차게 고개를 끄덕였다. 그때마다 고갯짓을 따라 눈물이 떨어져내렸다. 홈즈가 그런 와선을 안고 있다는 사실은 눈을 떴을 때에야 알게 되었다.

23
살육의 현장! 홈즈마저 사라지다

사람은 큰 충격을 받으면 정신을 잃는다고 한다. 더러 보고되는 증상 중에는 기억상실 또한 존재했다. 간호사 수업을 받으며 와선은 겉핥기였지만 여러 증상들에 대해 배웠다. 물론 1891년, 오늘의 의학은 인간의 정신이나 철학에는 틈입하지 못하고 있다. 어쩌면 영원히 불가능한 영역일지도 모른다. 그럼에도 불구하고 의학을 배우고, 과학에 대해 눈을 뜬 와선은 가사 상태를 체험하고 말았다. 최근 유럽에서 크게 호응을 얻기 시작한 심령술사나 강신술사 들에게 와선의 경험을 말했다면 아마도 사후 세계를 체험한 것이라 둘러댔을 것이다.

어쨌든 와선은 말을 타고 달렸다. 그것도 홈즈의 앞자리에 앉아 있었다. 그런데 천지연이 일하는 기녀관에 다다를 때까지 그녀는 말을 타고 있는지도 몰랐다. 그저 물속에서 허우적대고 첨벙대며 겨우 숨을 쉬는 느낌이었다.

홈즈가 와선을 품에 꼭 안은 채 아슬아슬 한 손으로 말을 달리고 있다는 사실은 눈을 뜨고도 한참이 지나서야 알게 되었다.

"제가 잠들었던 건가요?"

누군가 뺨이라도 때린 듯 와선의 정신이 번뜩 돌아왔다. 와선의 물음에 홈즈는 가볍게 미소 지을 뿐 대답하지 않았다. 그런데 잠들었다고 치부하기에는 홈즈의 가슴팍도, 또 와선의 얼굴도 너무 젖어 있었다. 눈물 때문이었다.

"제가 자면서 울었나요?"

대답이 필요한 질문도 아니었는데 정신이 돌아오자마자 홈즈를 채근했다. 홈즈는 조금 전보다 또렷이 알아볼 만한 미소로 고개를 끄덕였다. 홈즈가 대답한 순간 와선은 알았다. 어쩌면 정신을 놓아버렸거나 잃어버린 것인지도 모르겠다. 그리고 홈즈는 거짓말을 하고 있다. 와선은 홈즈의 거짓말에 오히려 안심이 되었다. 거짓말을 해주는 홈즈가 고마웠다.

홈즈는 천지연의 집을 떠나오기 전에 물었다.

"끝까지 이 사건을 파헤쳐야 할까요?" 덧붙여 "죽어버린 여인들에게는 한없이 미안한 이야기지만 어쩌면 여기서 들쑤시지 않을 경우, 이렇게 끝나버릴지도 모를 이야기입니다."라고 말했다.

생각해보니 홈즈는 사건의 양상을 어느 정도 꿰고 있다. 그리고 와선이 받을 충격의 강도를 조절해가며 와선이 따라오도록 유도한다. 다만 그럴 때마다 홈즈는 와선이 느낄 충격에 대비하도록 준비했다. 때론 오기로 덤비게도 만들고 때론 바보처럼 허술하게도 행동한다. 홈즈가 끝까지 이 사건을 파헤쳐야 하느냐고 물은 이유는 하나일 것이다. 충격에 단단히 대비하라.

와선이 홈즈를 올려다보았다.

"정신 단단히 챙기겠습니다. 오늘 같은 모습은 보이지 않을게요. 하지만…… 천지연의 기녀관까지만 이러고 있겠습니다."

와선은 애써 몸을 일으키지 않았다. 홈즈는 왼손으로 와선을 꼭 껴안았다.

말발굽이 돌을 때리는 소리가 났다. 광통교를 지나는 중이리라. 곧 종로 시장 통에 있는 기녀관에 도착하게 된다.

"홈즈, 무서울까요?"

"글쎄요, 무섭다기보다 추악할까 봐 걱정입니다. 인간의 욕심이 점철된 사건일수록 추악하기 그지없으니까요."

"추악하기 그지없다?"

와선이 한 번도 생각해본 적 없던 말이었다. 인간이 추악하면 얼마나 추악할까. 그런데 추악하기 그지없다면 도대체 어디를 추악함의 끝이라고 상상해야 하는 것일까?

"그러나 미리 걱정할 필요는 없겠죠. 어차피 사건은 해결되고 난 뒤에나 결말을 온전히 알 수 있는 것이니까요."

홈즈는 말에 박차를 가했다. 골목을 꺾어 기녀관이 있는 시장 통 이슥한 곳까지 다다랐다.

"불이 꺼져 있군요."

말에서 와선을 내려주던 홈즈가 나지막하게 속삭였다.

"이 시간이라면 응당 꺼져 있을 시간이기는 합니다만."

와선이 하늘을 보았다. 어둠이 걷히며 희붐하게 하늘이 밝아오는 중이었다. 홈즈가 기녀관으로 다가갔다. 솟을대문 위에 쓰인 한 자를 그제야 보았다. 대명관. 강석범이 꿈꾸었던 미래는 크나크게 밝아지는 세상이었을까?

홈즈가 문을 두드렸다. 대명관, 이름처럼 세상이 밝아지고 있는데 문 너머에서는 어떤 기척도 없었다. 여전히 어둠에 빠져 있는 것일까. 홈즈가 다시 한 번 문을 두드렸다. 여전히 기척이 없었다.

"담을 넘어가도 될까요? 아니면 아까처럼 뒤에 있는 마구 문으로 들어가야 할까요?"

덜컥 겁이 났던 와선은 그냥 고개를 끄덕이고 말았다. 갸우뚱하던 홈즈가 솟을대문 우측으로 움직였다. 담 높이를 눈으로 재는가 싶더니 단번에 담을 뛰어넘는다. 금세 문이 열릴 거라 생각했는데 홈즈는 문을 열지 않았다. 와선이 문을 두드렸다. 한 번, 두 번. 그런데 홈즈의 기척이 느껴지지 않았다.

홈즈, 하고 와선이 불렀다. 그 순간 홈즈가 담벼락을 훌쩍 뛰어넘어 모습을 드러냈다. 홈즈의 모습이 언뜻 보기에도 아픈 사람처럼 보였다. 잠시 숨을 고른 홈즈가 와선에게 물었다.

"내직로 부윤이 있는 한성부까지는 얼마나 걸립니까?"

"말을 타면 금방입니다."

"갑시다, 함께."

"왜, 그러시는지?"

와선은 홈즈의 행동에 덜컥 겁을 먹었다. 홈즈가 식은땀을 흘리며 허둥거리는 듯했기 때문이다.

"일단 내직로 부윤을 찾아갑시다. 아니면 제가 현장을 지키고 있을 테니 말을 타고 내직로 부윤을 데리고 오십시오. 어서!"

허둥거리는 듯하다는 느낌과 달리 홈즈의 말은 단호했다. 와선은 홈즈의 눈빛에 용기를 얻었다. 얼른 말에 올랐다. 홈즈가 시킨 대로 쉬지 않고 한성부까지 달렸다. 문지기 나졸들이 얼른 뛰어와 와선을 가로막았다.

"내직로 부윤을 불러주세요. 저는 제중원에서 온 이와선이라 합니다. 한시가 급하니 어서……."

문지기 나졸 하나가 한성부 안으로 뛰어들었다. 곧바로 내직로와 함께 나졸이 뛰어나왔다. 그 뒤로 마롱휘도 보였다.

"무슨 일입니까?"

오히려 마롱휘가 내직로를 제치며 와선에게 달려왔다.

"저와 함께……."

와선은 차마 다른 말을 잇지 못했다. 급박하고 무서워서 몸이 제대로 말을 듣지 않았다.

"어디로 가야 합니까?"

마롱휘가 와선의 등을 도닥였다. 순간 와선은 중대한 실수를 했다는 사실을 깨달았다. 홈즈가 했던 말, 홈즈는 현장을 지키겠다고 말했다.

"현장이라고 했어요. 대명관이나 기녀관이라고 하지 않고. 그랬다는 건……."

그저 무섭기만 했던 공포가 단번에 밀려갔다. 와선은 재빠르게 말에 올랐다. 홈즈가 위험할지 모른다. 그래서 홈즈는 공포를 느꼈으면서도 단호하게 와선을 한성부로 내몰았다. 와선이 속으로 외쳤다. 홈즈, 조금만 기다려주세요.

와선은 말에게 계속해서 박차를 가했다. 내직로와 마롱휘가 와선의 뒤를 쫓았다. 말은 하얀 김을 토해내며 주홍색으로 밝아오는 종로 거리를 달렸다. 달리고 또 달렸다. 시장 통으로 꺾어지면서도 속도를 늦추지 않았다. 옆으로 장작을 파는 노인이 보였다. 소달구지에 산처럼 나무를 해왔다. 말이 다가오자 소가 음메, 하고 길게 울었다. 그래도 앞만 보았다. 눈 옆으로 무명 가게와 생선 가게, 흑피혜 가게가 바람처럼 뒤로 밀려갔다.

백여 미터 앞 기녀관이 눈에 들었다. 미친 듯이 내달려 기녀관 앞에 다다랐다. 와선은 말에서 펄쩍 뛰다시피 내렸다.

"홈즈! 홈즈!"

와선이 소리쳤다. 그런데 홈즈가 보이지 않았다. 주변을 둘러보며 담벼락을 따라 돌았다.

"와선, 무슨 일입니까?"

뒤따라 말에서 내린 마롱휘가 물었다. 내직로 역시 재빨리 말에서 뛰어내렸다.

"빨리 건물 안으로 들어가십시오. 홈즈 씨가 이곳을 현장이라고 했어요. 어서!"

와선은 담벼락을 향해 훌쩍 뛰었다. 어릴 때 아버지에게 배웠던 무예를 한 번도 게을리한 적 없었기에 어려움 없이 담을 넘을 수 있었다. 담을 넘은 순간 오금이 저려왔다. 뒤에서 담을 넘는 소리가 들렸다. 와선이 우뚝 멈추어 선 대명관 마당에 마롱휘와 내직로도 순간 멈추어 서버렸다.

"느꼈습니까?"

와선이 뒤를 돌아보며 물었다.

"피 냄새군요."

비교적 담담하게 마롱휘가 말했다. 그에 반해 내직로는 "피비린내에 치가 떨립니다."라며 조금 과장되게 말했다.

"제가 앞장서겠습니다."

내직로는 성큼 와선의 앞으로 다가왔다. 언제 준비한 것인지 전투형 단검을 들고 있었다. 마롱휘는 와선과 나란히 섰다. 그들은 함께 마루까지 다다랐다. 마루에는 그릇이 깨지고 소반 하나가 엎어져 있었다.

마루를 바라보던 내직로가 신발을 벗지 않은 채 훌쩍 마루로 올랐다. 깨진 그릇과 소반을 피해 우측, 안방에 해당하는 방 앞에 섰다. 와선이 마롱휘와 함께 마루에 올랐다. 기다렸다는 듯 내직로가 안방의 문을 열었다. 문을 열자마자 내직로는 통한의 한숨을 내쉬었다. 물론 여느 양반집이라면 안방이겠지만 이곳이야 그저 영업을 하는 장소일 뿐이다. 와선이 다가가자 내직로는 슬며시 문을 닫았다.

"보지 않는 게 좋을 겁니다."

그렇지만 와선은 거침없이 문을 열었다. 뒤에 섰던 마롱휘가 흡,
크게 숨을 삼켰다. 물론 와선은 자신이 낮은 비명을 지르고 말았다
는 사실을 나중에야 깨달았다. 마른기침이 튀어나와서야 낮은 비
명을 멈추었다.

"양반 넷에 기생 아홉이군요."

미명이 창호지를 뚫기 시작한 탓에 불이 꺼진 방 안을 조망할
수 있었다. 말 그대로였다. 양반 넷에 기생 아홉. 머리가 잘려 상
위에 그대로 얹어져 있었다. 상 위도, 또 방 안도 온통 피바다였다.

와선은 그 순간 떨리기보다 침착해졌다. 어쩌면 장수인 아버지
의 기질을 물려받은 탓일지도 몰랐다.

문을 닫고 뒤돌았다. 사랑방이 있는 좌측으로 발걸음을 옮겼다.
문을 열자 익숙한 얼굴들이 보였다. 행랑아범과 그의 부인, 그리고
대명관에서 일하는 늙은 기녀들이 보였다. 개중 밥을 하는 늙은 기
녀는 눈을 감지 않아서 애처로웠다. 모두 일곱 개의 머리가 상 위
에 얹어져 있었다.

"천지연이 보이지 않는군요. 뒤채는 주로 식솔들이 쓰던 터라
저기에 시체를 두었을 것 같지는 않습니다. 보다시피 밥을 하는 늙
은 기녀까지 상 위에 머리가 있거든요."

"모두 스무 명이나 죽었군요."

"마치 하나하나 목적을 위해 처형을 한 듯합니다."

와선에 이어 내직로와 마롱휘가 말했다.

처형이라. 그럴지도 모르겠다.

"가만, 홈즈 씨는요?"

와선은 뒤채로 뛰어갔다. 방문을 모두 열었다. 짐작대로 더 이상 시체는 보이지 않았다. 그런데 홈즈도 보이지 않았다.

홈즈! 와선이 큰 소리로 외쳤다.

"저, 와선 낭자. 마롱휘 씨와 함께 천지연의 집으로 일단 가겠습니까? 아무래도 저 양반들의 머리가 마음에 걸립니다. 이곳에 드나들 정도면 한양에서는 내로라할 집안일 텐데, 겨우 솜털이 부숭부숭한 아이들입니다. 저들이 정승의 자제라도 된다면 아마 이곳은 오늘 내로 불타 없어질지도 모릅니다. 그렇게 되면 괜한 불똥이 와선과 마롱휘 씨에게도 튈지 모르고요. 굳이 화마를 뒤집어쓸 이유는 없지 않습니까?"

"그런데 홈즈 씨가……."

"천지연의 집에 있을지도 모르지요. 지금 천지연의 머리가 나오지 않은 것으로 보아서는 피신했을 수도 있지 않습니까?"

"그럴까요?"

내직로가 계속해서 와선을 바깥으로 내몰려 했다. 홈즈 역시 이런 마음이었을까? 와선은 내직로의 말이 헛된 희망이라는 느낌이 들었지만 겉으로 내색하지 않았다.

세 사람은 함께 담을 넘었다. 그길로 내직로는 한성부로 향했고 와선과 마롱휘는 서대문 근처로 말머리를 돌렸다.

와선은 계속해서 속으로 외쳤다.

홈즈, 당신 죽은 것은 아니지요? 살아 있는 거죠, 홈즈? 그러나 아무도 대답해주지 않았다. 서대문에 가까이 와서 와선은 의문의 실체와 마주했다. 그리고 천지연의 집에 홈즈는 없었다. 와선은 온몸에 한기가 들고 지끈지끈 머리가 아파오는 통에 마루에 앉자마자 픽 쓰러졌다.

"너무 충격이 컸어요. 와선이 아무리 대장부 같은 여자라지만 이번만은 좀 쉬어야 합니다."

마롱휘가 와선을 안방에 눕혔다. 와선은 곧바로 정신을 잃은 것인지, 아니라면 피곤에 겨웠는지 알 수 없을 정도로 수마에 빠져들었다.

꿈을 꾸었다. 홈즈의 머리가 천지연과 함께 나란히 상 위에 얹어진 꿈이었다. 갑자기 상 위에 얹어진 머리가 눈을 떴다. 그러더니 스멀스멀 와선을 향해 돌기 시작했다. 천지연도, 또 홈즈도. 와선과 눈이 마주치나 싶을 때 두 사람이 동시에 말했다.

"살려주세요!"

24
살인자의 숨겨진 목적을 알아내다

"살려주세요!"

와선은 고함을 내질렀다. 식은땀에 속곳이며 속치마와 저고리까지 흠뻑 젖어 있었다. 눈을 뜨고서도 현실인지 꿈인지 분간이 가지 않았다. 한참이나 주변을 두리번거리고서도 일어난 것인지 누운 것인지도 구분할 수 없었다. 그런데 울고 있었다. 엉엉 소리를 내면서.

번뜩 천지연과 홈즈의 눈빛이 떠올랐다. 와선이 내지른 비명은 혹시 그들의 울음은 아니었을까. 와선은 벌떡 일어섰다. 거칠게 눈물을 훔치고 주먹을 부르쥐었다.

홈즈!

와선은 저도 모르게 비명처럼 그의 이름을 불렀다. 와선의 고성 때문인지 문이 열리며 알렌이 황급히 들어왔다.

"와선! 괜찮은 거요? 여기에 오자마자 정신을 잃었다고 들었소. 그래서……."

"괜찮으냐?"

알렌에 이어 이제마가 들어섰다.

"아빠……."

와선은 아버지를 보자 와락 달려들었다. 일곱 살 아이로, 세상 시름 모른 체 안기던 시절로 돌아가고 싶었다. 어느새 틈입한 이성으로 인해 아버지를 껴안았던 손에서 힘이 빠져나갔다.

"괜찮으니 앉거라."

아버지가 손을 맞잡으며 와선을 앉혔다. 앉고 나서야 마루에 일단의 사람들이 모여 있음을 알아차렸다. 마롱휘와 그의 수하들도 보였고, 내직로와 제중원 사람들도 보였다.

"제가 얼마나 누워 있었던 것입니까?"

"이 애비가 함경도에서 말을 달려 이곳까지 올 정도였다."

아버지인 이제마가 에둘러 시간을 말했다.

함경도에서 이곳 한양까지라면 역참에서 말을 바꾸어 탄다 해도 족히 하루는 쉬지 않고 말을 달렸으리라. 서신을 전한 시간까지 합친다면 하루가 넘었을지 모른다.

"여태 홈즈를 찾지 못한 것이군요. 더구나 내직로 부윤께서 이곳에 있다는 것은 사건이 이제 내직로 부윤의 손을 떠났다는 뜻이고요. 이렇게 무력하게……."

앉아만 있을 겁니까? 아니면 이제 백기를 들고 투항하신 겁니까? 잭 더 리퍼를 찾는 일은 포기하신 겁니까?

와선은 목구멍에서 치밀어 오르는 말을 삼키느라 꾹 눌러 침을 삼켰다. 그런데 참아내지 못한 주먹이 바들바들 떨렸다. 분하다. 홈즈도 이런 마음이었을까. 꿈을 꾸고 깨어났을 때와는 다른 의미의 눈물이 흘렀다.

"미치도록 잡고 싶습니다."

"세종대왕의 마음이 그러했을 것이다."

『신주무원록』. 억울하게 죽은 백성의 원통함이 없게 하라!

"와선이 네가 사내대장부였다면 이제 관직에 들 마음가짐이 갖추어졌다."

이제마는 이번에도 에둘러 말했다. 와선은 고개를 들어 아버지를 바라보았다. 지금껏 손을 놓지 않았던 아버지가 바투 와선의 손에 힘을 주었다.

돌이켜보면 아버지는 또래 양반들이 당상관에 올랐을 나이에 첫 벼슬길에 올랐다. 곁에서 시킬 때는 마다하다가 본인이 되었다 싶은 순간에 의지를 실천했다. 와선은 남들이 볼 때는 아버지와 전혀 다른 길을 걷는다. 심지어 조선말보다 영어가 더 친근하다. 그런데 요모조모 뜯어보면 아버지를 닮았다. 생각을 실천하는 의지나 의지를 관철시키는 철학마저 아버지를 닮았다. 누가 가르쳐준 것도 아니건만.

"어떻게 된 일이더냐?"

와선은 아버지가 홈즈를 살린 순간부터 이야기를 꺼냈다. 강석범이 해괴하게 마루에서 화살을 맞았다는 대목에서 그는 눈을 크게 떴다. 홈즈가 단번에 그것을 간파했다는 설명도 덧붙였다. 강석범의 죽음이 신호탄이었다. 거지 아이였던 개똥이가 죽었고 색목인으로 거리에서 일하던 여인들마저 차례로 죽어갔다. 살인마가 이름으로 장난을 쳤다. JACK!

"마롱휘 씨는 그런 가운데 상해에서부터 살인마 잭을 찾아 이곳까지 왔습니다."

"그것만은 아니라고 생각된다."

와선은 아버지의 통찰력에 감탄했다. 아니라면 와선이 자고 있는 사이 마롱휘와 여러 이야기를 나누었을 수도 있다.

"중요한 일은 아닙니다, 아버님. 마롱휘 씨와 있었던 일은 그저……."

와선은 꿀꺽 침을 삼켰다. 그런 뒤 이야기를 이었다.

"홈즈는 천지연과 강석범의 관계가 일반적이지 않다는 데 주목했지요. 돌이켜보면 두 사람의 관계에 대해 조금만 다르게 접근했었어도 깨우쳤을 일입니다. 강석범과 천지연은 부부 관계가 아니라 남매 사이였습니다."

이럴 수가. 내직로의 탄식 소리가 마루에서 방 안으로 짓쳐들었다.

"지금까지는 홈즈와 저 역시 강석범이 마이클 델라를 죽이기 위해 천지연과 공모했을 것이라 여겼지요. 그런데 강석범을 거든 것은 천지연이 아니라 주홍이었습니다. 강석범은 영어를 가르치려 유학까지 보냈던 주홍이에게 천지연과 다름없이 가족으로 대했을 것입니다. 하지만 주홍이는 영어를 배우러 갔던 상해에서 남자를 알게 되고 말았지요. 아니 이 추측은 자신이 없습니다. 이곳에서 먼저 살인자를 알아 영어를 배우겠다고 떼를 쓴 것은 아닌지. 하지만 자신을 길러주다시피 했던 강석범을 죽일 정도로 주홍이는 남자를 따랐습니다."

"그 남자가 잭입니까?"

참지 못한 내직로와 마롱휘가 마루에서 문지방까지 다가왔다.

"마이클 델라가 잭인지는 모르겠습니다. 거기까지 밝혀내지는 못했습니다. 한데 마이클 델라의 직업이 재단사인 것만은 분명합니다."

"재단사라면?"

"서양 옷을 만드는 사람을 일컫습니다. 주로 옷감을 마름질하는 사람을 가리키지요. 이들은 가위를 마치 젓가락처럼 잘 놀립니다. 가위질만으로도 미세한 감촉을 구별하지요. 무엇보다 재단사는 잘라내는 것에 전문가입니다."

아. 이번에도 내직로에게서 낮은 탄식이 터진다. 그에 반해 마롱휘는 가만히 듣는 척을 할 뿐이다. 마롱휘와 눈이 마주치자 와선은 눈길을 거두었다. 곁에 있던 내직로를 바라보았다.

"사건은 어떻게 되어가는 겁니까?"

와선의 물음에 내직로가 난감한 표정이 된다.

"말하기 무섭습니다만, 죽은 사람들은 사대부 가문의 자녀들이었습니다. 모두 장남들로 그네들끼리 모임이 있었다고 하더군요. 한양이 발칵 뒤집어질 뻔했습니다. 혼란을 우려해 영의정 대감이 사대부 가문들에 입막음을 시켰습니다. 나라를 이끌고 존경의 대상이 되어야 할 사대부 가문이 조롱의 대상으로 전락하는 꼴은 보지 못하니까요."

체면 때문이다. 따지고 보면 이 역시 범인의 계략이다. 이는 적중했다. 또한 앙갚음이기도 했다. 동래부 기장 매 바위 정자에서 제시가 죽은 것을 정승들이 덮은 것에 대한.

"범인만큼 조선을 잘 분석하고 이를 살인과 연결하는……. 뭐랄까요, 그가 꿈꾸는 것과 연결 짓는 데, 유효 적절히 써먹는다고 할까요? 그런 사람은 드문 것 같습니다."

"살인까지 이용해서?"

이제마가 물었다.

"네, 살인이 최종 목적이 아니라 살인을 하나의 수단으로 사용하는 자였습니다."

"저……."

내직로가 마저 할 이야기가 있다는 듯 끼어들려 했다.

이제마와 와선이 약속이나 한 것처럼 내직로를 바라보았다.

"천지연의 가게는 완전히 봉쇄되었습니다. 아직은 별다른 소문이 퍼지지는 않았지만 금세 소문이 날개를 달고 퍼질 겁니다."

소문이다. 와선도 이에 대해 겪었다. 천지연의 가게뿐 아니라 천지연이 강석범의 유지를 받들려 했던 사업도 무너질 것이다.

"그래서인지 조선인이 운영하는 유곽이라 해야 할까요, 유곽이라는 말이 틀릴지는 모르겠습니다만, 그런 비슷한 사업들이 일제히 문을 닫았습니다."

내직로의 말에 와선은 순간 심장이 쿵 내려앉는 듯했다.

"일제히 문을 닫았다고요?"

"생각해보십시오. 사대부 가문의 자식들이 하던 모임이었습니다. 사회 지도층의 자제이지요. 이들은 천지연의 가게뿐 아니라 예쁜 기녀들이 있는 곳이라면 돈 걱정 하지 않고 돌아다녔을 겁니다. 다시 말해 이들 사대부 자제들을 모르는 기녀관이 없었을 거라는 이야깁니다."

"이 죽음에서 자유로울 수 있는 기녀들이 없다는 뜻이겠구만?"

이제마가 내직로를 향해 물었다.

"그렇습니다. 오늘내일 정도야 사태를 파악하기 위해 사대부들도 은밀하게 움직일 것입니다만 누구 한 사람이 기녀관을 쓸어버리겠다고 마음먹는 순간, 한양 일대에 있는 기녀들 전부가 참형을 당할지도 모르는 일입니다."

내직로가 참형이라는 말에 목소리를 낮추었다. '눈에는 눈, 이에는 이'라고 했던가. 자식들의 목이 한낱 기녀관 술상 위에 놓여 있었다. 분노하지 않을 아버지는 없다. 복수를 하겠다고 사대부 누군가가 다짐한다면 똑같은 방법을 취할 것이다. 참수형!

"마롱휘 씨가 여기에 가만히 계신다는 건 완전히 벽에 부딪쳤다는 뜻입니까?"

마루를 향해 와선이 목소리를 높였다.

"아닙니다. 이번 일에 대해 와선 씨만큼 잘 아는 사람이 없지 않습니까? 성급하게 행동하기보다 깨어나시기를 기다리고 있었습니다."

마롱휘가 말했다.

와선은 상황 전체를 조감해보았다. 기녀들이 일하는 가게들은 모두 문을 닫았다. 내직로의 말처럼 며칠 내에 엄청난 폭풍이 종로 거리를 뒤덮을 것이다. 기녀들이나 관련된 상인들은 한동안 모습을 드러내지 않거나 도망칠지도 모른다. 마롱휘는 그런 가운데 눈에 띄는 사람이나 와선이 지목한 사람을 쫓으려 한다.

지금 상황에서 와선은 무엇을 해야 할까. 의외로 간단한 답이 나온다. 홈즈의 뒤를 쫓는다. 그러나 지금은 홈즈의 뒤를 쫓을 수 없다.

"홈즈라면 지금 무슨 생각을 할까요?"

와선은 저도 모르게 아버지에게 물었다.

"홈즈가 무슨 생각을 하는지도 중요할 것이다. 그런데 이 사건에서 조명되지 않고 빠져버린 사람이나 무시된 상황은 없느냐? 홈즈라면 그것을 쫓지 않았을까?"

"왜요?"

"네가 그러지 않았느냐? 이 살인마는 살인까지도 목적을 위해 수단으로 사용한다고."

"그랬지요."

말해놓고 와선은 낮게 비명을 내질렀다. 조금 전 심장이 쿵 내려앉았던 원인을 알아차린 것이다.

"사람이 무언가를 취하려면 어떻게 해야 할까요?"

아버지에게 물었다. 그런데 내직로가 먼저 대답한다.

"무언가를 주겠지요."

"살인도 그랬다면요?"

"살인이라니?"

갑자기 끼어든 내직로가 와선의 물음을 물음으로 답한다. 그런데 잠시 이야기를 듣던 이제마가 말한다.

"처음 일어났던 살인은 강석범, 그다음으로 살인마 잭은 부산과 목포, 한양에서 색목인 여자를 절단해서 죽이지 않았느냐? 그랬다는 건……."

"그것입니다, 아버지. 조선에 살고 있는 색목인들이 과연 몇 명이나 될까요? 이들은 딱 두 가지 목적으로 이곳에 거주하고 있지요. 선교와 돈벌이입니다. 선교야 그렇다 치지만 돈벌이를 위하는 자들이라면 날이 갈수록 막대한 돈을 벌어들여 이 나라 경제를 장악하려 들겠지요. 하지만 영국이나 미국 등 이들 스스로도 이권과 연줄, 지역에 따라 나뉘어져 있습니다. 최근 왜국의 기세를 보십시오."

"틀리지 않다."

이제마가 와선의 말에 맞장구를 쳤다.

"정보 역시 마찬가지입니다. 사업에 관한 정보라고 칠 때 지금까지라면 이런 이야기를 나눌 곳은……."

"기녀관이지요."

내직로가 끼어들었다.

"기녀관이 사라진다면?"

이제마가 와선의 말과 상황을 종합해 의문을 던졌다.

기녀관이 사라진다면? 과연 기녀관은 그대로 사라지는 것일까?

"생각해보십시오. 청나라에 나가 있는 상인들만 해도 나라가 같다는 이유로 뭉칩니다. 영국이고 미국이고 할 것 없이 거리의 여자들이 파란 눈에 하얀 피부를 가졌다는 이유로 죽었다는 소문이 거리에 퍼졌을 겁니다. 이렇게 됐다는 건."

"그들이 하나로 뭉쳐 있다는 뜻이구나. 조선의 사람들, 심지어 홈즈조차 처음에는 살인자를 쫓았겠지만 실제로는 이 사람들이 모이는 목적을 쫓았어야 했다는 뜻이구나."

이제마가 혀를 찼다.

"지금 해외에서 온 여자들은 어디에 있습니까?"

와선의 질문에 내직로가 벌떡 일어섰다.

"아직 나라 사이에 조약을 맺지는 않았습니다만, 이들은 그들만의 땅을 차지하고 있습니다. 경복궁에서 조금 북쪽에 있는 땅을 자신들의 영토로 달라며 고집을 부렸지요. 알렌 선생을 비롯해 유력 선교사들이 힘을 써서 그 나라 사람들이 자유롭게 행동하고 살아갈 수 있도록 했지요. 상당수 사람들이 그곳에 있을 겁니다."

"홈즈는 그곳에 있습니다. 잭 더 리퍼도 그곳에 있습니다. 분명합니다."

와선이 자리를 박차고 일어섰다.

아, 얼마나 외로웠을까. 홈즈는 와선을 떼어낸 뒤 홀로 싸움을 하기 위해 달려갔다. 와선을 떼놓고 나면 벌어질 일도 예상했다. 내직로와 마롱휘는 살인자만을 잡겠다는 신념에 사로잡혀 있다. 눈이 가려진 두 사람은 절대 사건 이면을 파악해내지 못했을 것이다.

"강석범이 꿈꾸었던 것은 기녀관의 대통합이었을 겁니다. 그래서 강력한 상권을 쥔 기녀들이 스스로 주인이 되어 세상을 바꾸어 나가길 바랐을 거예요. 동생인 천지연을 위해서였지요. 그런데 알게 되었던 겁니다. 마이클 델라의 음모! 그 역시 해외를 떠돌며 꿈을 꾸었겠지요. 정치, 경제를 장악한 주요 인사들이 정보를 나누고 교류하는 곳은 비밀을 우선하는 최고급 술집이라는 것을요. 하지만 그곳에는 여자들이 있지요. 그들은 정보를 들을 수 있습니다. 강석범이라면 절대 안전이 보장되고 비밀이 소멸하는 기녀관을 꿈꾸었을 테지만, 마이클 델라는 정반대였을 겁니다. 여자들을 움직이고 정보들을 취합해 이를 거대한, 실로 추측조차 할 수 없을 정도의 돈으로 바꾸려 했겠지요."

아, 홈즈.

와선이 마루로 달려 나가는데 누군가 팔을 확 붙잡았다. 알렌이었다.

"이제 그만. 와선은 여기까지만……. 부탁이오."

어느새 마롱휘와 내직로가 마당에 서 있었다. 그들의 눈에서 전의가 불탔다. 알렌마저 마당으로 내려갔다. 그러더니 서로가 약속이나 한 것처럼 마루에 선 이제마와 와선을 향해 허리를 숙였다.

"다녀오겠습니다. 어찌 될지 모르지만 제게 와선을 향한 기회가 있다면 이다음이겠지요."

지금껏 여러 사람들의 이야기를 듣던 마롱휘가 와선을 향해 고개를 숙인다.

"다녀오시게. 이 아이는 내가 잘 붙들고 있겠네."

이제마가 마당에 선 사람들을 향해 말했다. 순간 와선은 다리에 힘이 풀렸다.

아, 홈즈. 당신이 곤경에 처했다면 내가 제일 먼저 달려갈 줄 알았습니다. 부디 살아 계십시오. 부디.

와선이 눈을 감았을 때 사람들의 발소리가 멀어졌다. 물론 이때는 몰랐다. 어둠의 그림자가 와선을 향해 달려오고 있다는 사실을.

25
살인자의 암호를 해독하다

와선은 숨을 골랐다. 무력하다는 것을 새삼 느꼈다. 마루에 무너지듯 주저앉았다.

"아버님. 조선 땅에 여자로 태어난 것은……. 이런 무력한 마음을 쉴 새 없이 느끼며 죽을 때까지 살아가야 하는 것입니까?"

와선은 아버지의 눈빛을 애써 외면했다. 알고 있다. 아버지는 이 땅에 서자로 태어났다. 떵떵거리는 양반은 마치 여자마저 소유할 수 있는 물건으로 생각한다. 신분이 맞지 않으면 혼인도 되지 않고 사랑한다는 말은 바람보다 빨리 사라진다.

"와선아. 정신을 놓으면 안 된다. 어느 때보다 냉정해지거라. 너는 지금 내직로 부윤과 마롱휘를 움직이게 만든 핵심이자 두뇌와 같다. 지금 저들이 네 한마디에 움직여 알렌이 말한 색목인 여인이 있는 기녀관까지 달려갔다."

아버지의 목소리는 그 어느 때보다 깊고 넓었다. 그래서 목소리만으로도 와선을 안아줄 수 있을 것만 같았다.

"네가 지금까지 저들에게 말한 추리에는 한 치의 오류나 오차도 없는 것이냐?"

깊고 넓었던 울림이 갑자기 파문을 만든다. 한 치의 오류나 오차?

가만. 와선은 정신을 가다듬었다. 막상 오류나 오차를 찾아보려니 눈앞이 캄캄해진다.

"모르겠습니다."

"그러면 상황을 거꾸로 복기해보는 것은 어떠하냐?"

"복기라면?"

"홈즈가 사라진 곳부터 시작해보아라. 홈즈는 알렌이 힘을 써서 보호해주었다는……."

엇! 와선의 입에서 순간 신음이 새 나왔다. 경복궁 북쪽에 색목인이 모여 살았다는 사실은, 급박한 이야기 탓에 어물쩍 넘어가고 말았다. 와선은 몰랐다. 겨우 조선에 온 지 두 달이 되었을 뿐이다. 와선이 몰랐다면 홈즈도 몰랐다는 말이 된다. 어찌 보면 사건에서 가장 간단하고 쉬운 사실이었는데 이를 간과했다.

"맙소사! 아버님. 홈즈 씨가 영국인들이나 미국인들이 모여 사는 마을을 알았을 리가 없습니다."

"이런. 그 이야기는 홈즈가 색목인들이 모인 마을에 가지 않았을지도 모른다는 말이 아니더냐?"

통한의 결론이었다. 너무 성급하게 추리한 내용을 말했다. 이 때문에 내직로를 비롯한 마롱휘 일행까지 되짚어보지 않은 채 움직였다.

"그렇다면 홈즈는 왜 사라졌을까?"

아버지의 말처럼 홈즈는 왜 사라졌을까? 천지연이 운영하던 대명관에는 거의 모든 가족들이 목이 잘려 사망했다. 그런데 그곳에, 천지연만 없었다.

"아버님. 천지연이 운영하던 가게에 천지연만 없었습니다. 그녀가 죽었다면……."

왠지 뒷말을 이을 수가 없었다. 죽고, 살고, 죽어서 어떻고 살아서 어찌 되고.

"살았어도 마찬가지다. 이미 사대부들에게 죄를 묻는 과정도 없이 목이 잘렸을지 모른다. 그런데 그녀가 없다는 것은, 살인자에게 끌려갔거나 살인자에게서 도망을 쳤거나 둘 중 하나겠지. 허나 도망을 쳤다 해도, 그 아이라면 갈 데가 없지 않느냐?"

이곳 말고는 천지연은 오갈 데가 없다.

"현명한 아이였습니다. 죽어도, 그냥 죽지는 않았을 겁니다. 살아 있다면 분명 자신이 살았다는 표시를……."

가만. 혹시? 급작스레 동화 한 편이 떠올랐다.

"헨젤과 그레텔?"

"무슨 소리냐?"

아버지는 딸의 입에서 나온 생소한 말에 호기심을 보였다. 와선은 과자의 집과 이에 갇힌 남매가 탈출하는 이야기를 재빨리 들려주었다. 헨젤과 그레텔에서 와선이 주목한 것은 길에 만든 표식이었다. 영민했던 두 아이는 길을 잃을까 두려워 처음에는 조약돌로, 뒤에는 빵으로 되돌아올 길을 표시한다. 만약 천지연이 살인마에게 잡혀갔든지, 아니라면 살인자를 쫓아갔든지 간에 이를 표시해 두었다면 어떻게 되었을까?

"네 말이 맞을지도 모르겠구나. 처음 홈즈는 살인 사건이 벌어진 현장만 확인한 채 담을 넘었을 것이다. 그런 뒤 너에게 경고를 하고 내직로 부윤을 부르라 청했을 테야. 와선이 네가 말을 타고 한성부로 간 사이 천지연이 남겨둔 표식을 홈즈가 발견했다면……. 그래, 그래야만 자연스럽다."

"그런데 왜 홈즈도, 또 천지연도 지금까지 나타나지 않는 것일까요?"

"곤경에 처한 것 말고 다른 이유가 있겠느냐?"

이제마가 한숨을 내쉬었다. 와선 역시 전염된 것처럼 한숨을 내쉬었다.

"지금이라도 대명관으로 가야 하는 것 아닙니까?"

"섣부르구나. 대명관에서 나온 시체만 스무 구였다. 이상한 흔적이 있었다면 내직로가 아니라 말단 나졸이라도 찾아냈을 것이다."

아. 와선이 입술을 깨물었다. 아버지의 말처럼 섣부르고 성급하기 그지없었다. 아버지에게 다시 물었다.

"홈즈도, 또 천지연도 위험하다면 도대체 지금까지 아무 일이 없는 건 어떻게 해석해야 합니까?"

"간단하게 생각해라."

간단하게? 생각해보니 처음 질문 단계에서 하나를 빼먹었다.

"왜 천지연을 붙잡아 갔을까요? 그 많은 사람들을 죽였다는 건 목적을 달성했다는 뜻이잖아요?"

"와선아, 네가 그랬지 않았니? 이 살인자는 살인마저 수단으로 써먹는다고. 네가 마롱휘와 내직로를 들끓게 했던 추리는 틀리지 않을 게다. 분명 마이클 델라는 그것으로 목적을 성공시켰다."

"잭 더 리퍼는? 잭 더 리퍼라면요?"

묻고 나니 스스로 대답하게 된다.

"천지연을 죽이고 셜록 홈즈와 대결하는 것!"

"그것도 추리냐?"

이제마가 눈을 크게 뜬다.

"아니요. 잭 더 리퍼 같은 희대의 살인자라면 그런 마음을 가지지 않았을까요?"

"대결이라……."

이제마가 한숨을 내쉰다.

"아버지라면, 아버지의 철학이나 의술과 필적할 호적수가 있다고 할 때 그와 대결하고 싶은 생각이 들지 않으시겠어요?"

"그런 생각이 들지는 않는다. 다만……."

이제마가 깊이 신음했다.

"대척점에 서 있는 원수의 상황이라면 달라지겠다. 내가 현감이고 현을 어지럽히는 살인자라면, 반드시 잡아야겠지. 생각해보니 홈즈도 그런 마음이었겠다. 그래서 홈즈는 잭 더 리퍼와 어디에서 대결을 하고 있을 것 같으냐?"

"저는 모르겠습니다. 하지만······."

"하지만?"

"아이들이라면 알지도 모르겠습니다. 비호라면 분명히 알 겁니다."

와선이 마루에서 일어섰다. 이제마도 따라 일어섰다. 외출복으로 갈아입자마자 구두를 신고 천지연의 집을 뛰어나갔다. 갓 끈을 묶고 흑피혜를 신은 아버지는 묵묵히 와선의 뒤를 따랐다.

와선은 마치 광인이 된 것처럼 거리로 나왔다. 거지 아이들이 누워 있을 만한 자리면 불쑥 그곳을 뒤졌다. 급기야 와선은 비호야, 비호야, 하고 부르기 시작했다. 얼마나 종로 방향으로 걸었을까? 골목 모서리에 버려진 듯 보이는 짚 더미가 부스스 움직였다. 곧이어 형클어진 짚 더미 같은 머리 하나가 불쑥 나타났다.

"저기······. 비호를 찾으세요?"

아이가 와선을 보다 뒤에 서 있는 이제마를 보더니 흠칫 놀란다.

"괜찮다. 나는 비호와 친한 누나란다. 뒤에 계신 분은 내 아버지시고. 밥은 먹었니?"

아이가 와선과 이제마를 가늠한다 싶더니 고개를 젓는다.

와선이 아이를 일으켰다.

"저기 서대문 언덕에 있는 상인의 집을 아니?"

"아아, 아저씨랑 개똥이 죽었던 집이요?"

소문이란. 와선은 고개를 끄덕였다.

"누나가 거기서 밥을 해놓고 기다릴 테니 비호나 또 함께 움직이는 동생들 누구라도 괜찮으니 데리고 올 수 있겠니?"

"밥이요?"

"그래. 누나가 진수성찬을 차려놓으마."

약간은 거짓말을 보탰다.

"조금만 기다리세요. 비호, 얼른 데리고 올게요."

아이는 와선이 쥔 손을 슬쩍 빼내더니 종로 방향으로 멀어졌다.

와선이 돌아서자 아버지는 벌써 언덕에 있는 강석범의 집으로 향하고 있었다.

강석범과 천지연이 살던 집으로 돌아온 와선은 밥을 지었다. 몇몇 남지 않은 찬거리로 나물을 볶고 무로 국을 끓였다. 밥이 익어갈 때쯤 대문을 두드리는 소리가 났다. 문을 열자 서 있는 아이는 비호였다. 반가움에 와락 비호를 껴안았다. 뒤로 거지 아이들 6명이 보였다. 얼른 아이들을 마루로 들였다.

아이들이 앉자마자 와선은 밥상을 내왔다. 비호가 와선을 거들었다. 아이들은 밥을 보자마자 눈을 반짝거렸다. 숟가락을 건네자 게걸스럽게 밥그릇을 비우기 시작했다. 그에 반해 비호는 와선의 눈치를 본다.

"어떻게 지냈니?"

밥그릇을 비호 앞으로 당겨주며 물었다. 눈치를 보는 비호를 아버지와 함께 사랑방으로 들였다.

자리에 앉은 비호가 말을 더듬거렸다.

"무, 무서웠어요. 개똥이가 죽은 것도 그렇고. 살인자가 아이들을 노린다는 것도 그렇고."

눈물을 그렁거리며 비호가 말을 잇는다.

"봤어요. 마치 살인자는 제가 보는 걸 알기라도 한다는 듯 사람들 목을 하나하나 잘랐어요. 그런 뒤 바닥에 글씨를 썼어요. 무서워서 우물 뒤에 숨어 꼼짝도 하지 못했습니다."

"글씨를?"

一六一51八貳z!

손가락으로 비호가 책상 위에 글씨를 쓴다.

"남자는 마치 제가 듣고 있다는 듯이 이렇게 말했어요. '결투야. 홈즈와 나의. 그리고 마지막 글자는 제트다.'라고."

"마지막 글자는 제트다?"

비호가 고개를 끄덕였다.

"홈즈 씨가 담을 넘어올 때까지 저는 완전히 얼어버렸어요. 담을 넘어온 홈즈 씨를 보고 달려가 엉엉 울었거든요."

말을 하는 지금도 비호는 엉엉 울 태세였다.

"그래서, 그래서?"

와선은 비호를 보챘다.

"얼른 도망치라고 했어요. 홈즈 씨가 지게 될지도 모른다고요. 그러면 와선 언니를 보호할 사람은 저밖에 없다고요. 꼭 아이들과 모여 다니라고도 했어요."

홈즈 씨가 지게 된다고? 와선은 홈즈가 한 말의 의미를 깨달았다. 살인자가 부추겼고, 홈즈는 살인자와 결전을 준비하고 있었던 것이다.

"홈즈 씨는 바닥에 있던 글씨를 짓이겨 없애버렸어요. 혹시라도 언니가 알게 되면 안 된다고요. 그래서……."

"그래서 지금까지 숨어 있었다고?"

저도 모르게 와선의 목소리가 높아졌다. 비호는 얼른 눈물을 닦더니 고개를 숙인다.

"바닥에 있던 글씨를 다시 한 번 써보겠느냐?"

이야기를 듣고만 있던 이제마가 비호에게 말했다.

"괜찮아. 내 아버지시란다."

아아. 입을 벌린 비호가 와선과 이제마를 몇 번이나 번갈아보았다. 그러다 탁자 위에 다시 글씨를 썼다. 이번에도 똑같았다. 一六 一51八貳z!

"안 본 사이 열심히 공부했구나."

와선은 비호를 달래려 머리를 쓰다듬었다.

"이 글자는 암호인 것 같구나. 그런데 이 애비는 모르겠다. 살인자가 썼다면 우리가 알고 있는 방식으로 암호를 냈을 것 같지는 않다. 그런데 홈즈 씨는 바닥에 있던 글씨를 짓이겨 없애버렸다고 했지? 보는 순간 알아보았다는 뜻이다. 흔히 조선인이 알아볼 수 있는 방식이 아니라 색목인들이 알아볼 수 있는 방식이라는 뜻일 게다."

"영국인이나 미국인 들이 알아볼 수 있는 방식요?"

와선의 머릿속에서 아버지의 이야기가 금세 그림을 그리며 구체화되기 시작했다.

홈즈도 단번에 알고 살인자도 아는 암호. 그러나 조선인들이 쉽게 이해하거나 알아차릴 수 없는 암호. 글자일 것이다. 홈즈는 단번에 발로 짓뭉개고 살인자를 찾아갔다. 그렇다면 암호는 장소라는 뜻이 아닐까.

금세 결론을 내렸다. 저 암호는 영어다! 그리고 영어로 쓴 지명이 아닐까?

한자로 조합된 一六一, 숫자 51, 역시 한자 조합의 八貳, 그리고 알파벳 z. 언뜻 보기에는 무척이나 두서없는 조합으로 여겨졌다. 그런데…….

간단하게 생각하자. 와선은 마음을 다잡았다. 1615182z. 머릿속에서 다시 한 번 그림이 구르며 말을 걸었다. 숫자의 조합이라면 알파벳 Z는 ZERO를 나타내는 '0'이 아닐까?

16151820! 와선의 입에서 감탄사가 터져 나왔다. 저렇게 숫자를 나열해버리니 다른 암호가 된다. 숫자가 글자로 바뀐다면, 너무나 간단해졌다.

"그냥 알파벳입니다!"

와선은 아버지를 향해 격앙된 목소리로 말했다.

"알파벳?"

"어디인지 알겠습니다. 항구, 항구입니다. PORT!"

"항구라니?"

"시작된 곳에서 끝을 내려는 겁니다. 홈즈도, 살인자도."

"시작된 곳에서 끝을 낸다?"

와선은 마루로 달려 나왔다. 한달음에 마구간으로 뛰었다. 서서 잠을 자던 말을 깨웠다. 위에 안장을 얹기 무섭게 말을 내달렸다. 와선은 박차를 가하는 데 장애가 되는 드레스를 북 찢어버렸다.

홈즈! 이 전쟁은 당신만의 전쟁이 아니랍니다. 부디 살아 계세요. 그리고 아직 당신은 건장한 살인자와 일대일로 대결할 만큼 건강하지 않아요. 부디…….

속으로 외치며 와선은 제물포를 향해 내달렸다. 멀리서 밝아오는 새벽 해가 와선의 등 뒤에서 살인자처럼 뒤따라 붙고 있었다. 박차를 가하고 또 가하며 쉼 없이 말을 독려했다.

26
와선에게 죽음이 덮치다

말이 지쳐갈 때쯤 포구가 눈에 들어왔다. 살인자가 말한 암호는 'PORT'였다. 항구. 홈즈도 알고 살인자도 아는 항구라면 제물포밖에 없다. 포구가 내려다보이는 언덕에 이르러 말을 멈추었다.

뒤를 돌아보았다. 아버지와 비호를 두고 온 게 후회되었다. 한사람이라도 필요한 상황이다. 이럴 때는 남자가 아닌 것이 아쉽다. 압도적인 힘과 무예 실력으로 살인자를 쓰러뜨릴 수 있다면. 그런데 사람들이 뿔뿔이 흩어져버렸다. 홈즈는 살인자와 대치하고 있을 것이다. 내직로와 마룽휘는 색목인들이 모여 산다는 곳으로 달려갔다. 아버지는 분명 거지 아이들을 돌보고 있으리라. 아, 또 한번 나오는 한숨에 입술을 깨물었다. 홈즈라면 사람들이 모여서 살길을 도모하라 하지 않았을까.

희대의 살인마다. 무려 잭 더 리퍼! 그를 상대하면서 와선은 감정에 치우고 이성은 마비되었다. 홈즈라면 이렇게 말했을지 모르겠다. '바보 같군요, 와선.' 대책 없이 성급했던 자신에게 화가 났다.

생각에 빠진 와선을 말이 깨운다. 거친 입김을 토해낸 말이 와선을 향해 목을 돌렸다. 갈기를 쓰다듬으며 와선이 말을 칭찬했다. 잘했어. 너 때문에 여기까지 온 거야. 조금만 더 가보자.

말을 달려 언덕을 내려갔다. 말은 칭찬한 것을 알아차린 듯 더욱 속력을 낸다. 말이 언덕을 내려갈수록 바닷물의 비린내가 강렬해진다. 포구가 가까워질수록 태양은 머리를 높이 쳐들었다. 포구가 멀지 않았다.

여전히 낮게 떠 있는 해가 정박한 배와 근처에 있는 집, 움직이는 사람들에게 기다란 그림자를 만들었다. 말은 사람들과 가까워지자 절로 속도를 낮추었다.

포구에 다다라서야 다시 한 번 후회가 밀려들었다. 포구. 그게 전부였을까? 홈즈는 어떻게 살인자를 찾아갔을까? 'PORT'가 제물포라는 사실에는 변함이 없다 여겨졌다. 그렇다면 제물포 어디라는 말인가?

와선은 제물포 포구 주변을 미친 듯 두리번거렸다. 지나치는 사람들이 와선을 신기한 듯 바라보았다. 드레스를 입고 말을 탄 조선의 여성. 하긴 그런 여성을 몇이나 보았을까? 순간 와선은 알아차렸다. 나는 길을 잃었다.

문득 의문 하나가 스친다. 그렇다면 홈즈는 이곳에서 길을 잃지 않았다는 말인가?

살인자가 제시했고, 홈즈는 알아차렸다. 그것도 단번에. 와선도 분명 접근했다. 마당에 썼다는 글을 비호가 보았다. 와선은 그것을 해독해냈다. 숫자 암호였다. 시작된 곳에서 끝을 낸다. 살인자의 의도까지 알겠다. 그런데 어디일까? 살인자는 홈즈에게 어디로 오라 신호했던 것일까? 비호가 말한 암호가 전부였을까?

말이 물 냄새를 맡았는지 절로 움직였다. 와선은 말이 하는 대로 내버려두었다. 말은 와선을 이끌고 계속해서 어디인가로 움직였다. 의아했다. 말이 왜 이러지? 와선은 어디로 갈지 모르는데 말은 아는 것처럼 행동했다.

아. 와선은 미련스러운 자신에게 한숨이 났다. 살인마와 외로운 싸움을 벌이고 있을 홈즈가 떠올랐다. 포구! 그런데 포구 어디에 홈즈와 살인마가 격투를 벌이고 있을까?

홈즈는 상황만 보고 전체를 깨달았다. 왜 나에게는 그런 재주가 없는 것인가!

와선은 질끈 입술을 깨물었다. 와선은 갈 길을 잃고 말았는데도 말은 제 갈 길을 척척 찾아간다. 엎드려 흐느끼고 싶은데도 묘하게 말이 위안을 주었다.

어느 순간 말의 척추를 통해 활력이 느껴졌다. 눈을 감은 사실도 알아차리지 못했던 와선이 황급히 눈을 떴다. 말은 어느 가게 앞에 멈추어 있었다. 그러곤 통에 채워진 물을 벌컥벌컥 마셔댔다. 물을 마시는 말의 행동이 척추를 타고 전해진 것이었다. 말에게서 눈을 들었다. 가게에는 조악하게 음각이 된 간판이 걸려 있었다.

'BAR 153'

누가 만들었는지는 몰라도 통나무를 덧대 제법 이국적인 냄새를 풍겼다.

간판에서 눈을 떼려다 '153' 숫자 옆에 알아보기 힘들 정도로 그려진 모양에 주목했다. 자세히 보니 말 그림이었다. 말의 목과 갈기까지 그려져 있었다. 그때 문이 열리며 거나하게 취한 선원이 모습을 드러냈다. 비틀거리며 나와 마구 통에 대고 오줌을 누려 했다. 그러다 물을 마시는 말과 와선을 자연스레 훑어보았다.

"아가씨도 배를 타고 가려는 거요?"

남자가 영어로 물었다.

"배를 타고 가다니요?"

"오늘 타운센트 상선이 떠나는 날이지 않소. 나는 거기 선원이외다. 이번 상선은 상해가 아니라 일본까지 가는 배거든."

일본이라.

"그런데 미국 사람인가 보오. 억양이……. 영국인은 아니구랴. 술이 당기면 들어가보시오. 주인이 미옥이라는 여자와 정착한 미국인 선원인데 재미있는 이야기를 잔뜩 들려줄 게요. 이거 원 소변이 마려워서."

남자는 꽁지에 불이라도 붙은 새처럼 재빨리 몸을 감췄다. 선원치고는 제법 신사다운 사람이었다. 바 153, 순간 와선의 눈에 불이 붙는 듯했다. 선원들 사이에서는 숫자로 영어를 표기하는 일이 흔했던 것일까? 아니면 이곳 제물포에서만 통용되는 것일까. 특별한 숫자라고 여긴 것도 아니었건만 '153'을 해석하게 된다. 15번째 알파벳 O, 3번째 알파벳 C! 둘을 합치면 미옥의 '옥'이 된다. 간판은 'BAR OC'이었다.

와선은 말을 묶었다. 한걸음에 바 안으로 들어갔다. 아침인데도 바 안은 마치 저녁을 먹은 뒤의 파티장처럼 시끌벅적했다.

"주인장?"

조선말에 아무도 대답하지 않는다.

"바텐더?"

영어로 고함을 내지르자 한 남자가 와선과 눈을 맞추었다. 상투를 틀었는데 눈이 파란색이었다. 남자가 바 너머에서 와선에게 다가왔다.

"리처드 안이오."

"리처드 안?"

"여기는 조선이지 않소. 안미옥이라는 여인과 결혼을 했으니 성을 안으로 바꾸었지. 릭이라고 불러도 됩니다."

"릭, 혹시 153이라는 말에 의미가 있나요?"

"그거야……."

그때 한 여인이 다가왔다. 와선처럼 드레스를 입고 머리를 풀어서 내렸다.

"어머나. 난 이곳에서 드레스 입은 조선 여인은 처음보네요. 안미옥입니다. 이 남자의 부인이에요. 153은 제 이름이죠. 이 사람을 데리고 왔던 남자가 가르쳐준 장난이래요. 세계 어디를 가더라도 숫자로 알파벳을 가르치면 쉽다나요. 영어를 조금 알고 났더니 하나도 쉬운 줄은 모르겠습디다만."

미옥이 "위스키?" 하고 물었다.

와선은 고개를 내저었다.

"혹시 숫자로 알파벳을 가르쳐준 사람이 잭이었나요? 아니면 마이클 델라?"

"오! 당신도 델라를 아시는군요. 좋은 사람이었죠."

"좋은 사람이었다니요?"

"완전히 변해버렸거든요. 사람이 뭐랄까, 자본의 신봉자가 되었다고 할까요. 돈만 있으면 나라도 만들 수 있다. 그러니 이런 곳에서 황인종들을 주무를 수 있는 나라를 하나 만들어보자."

"나라를 만들어보자?"

"그러니까요."

이번에는 미옥을 리처드가 거든다. 호흡이 척척 맞는 부부였다.

"제가 높은 신분도 아니었고 선원 출신이지만 사람 위에 군림하는 건 어쩔 수 없이 왕이나 하는 거지. 흔히들 그러잖아요, 왕도 편하지는 않을 거라고. 또 그렇기는 해도 미국이 생긴 이유가 뭔데."

다르긴 하지만 그렇게 생각할 수도 있겠다. 더구나 요즘 같아서는 조선에서 왕만큼 불편한 자리도 없을 거라는 말이 돈다. 급변하는 세상이다 보니 나오는 이야기다. 수구와 개화를 논하며 벌어지는 논쟁에서 왕은 필요하다고도, 또 필요 없다고도 한다. 그런데 이런 농담을 리처드가 하다니, 조선 사람이나 마찬가지였다.

"재미있는 건 153 옆에 있는 말 대가리라오."

안미옥이 대가리라 말해놓고 웃으며 몇 번 되풀이했다.

"말이 여기를 찾아왔지요? 이이가 콩을 갈아서 마구 통에 발라 두었답니다. 목마른 말이 곧잘 이곳으로 직진하지요. 그러고 보면 세상에 우연이란 없어요. 우리 간판 보셨죠?"

"말 대가리요?"

"그럼요. 153이라는 숫자는 말 대가리를 놓고 하는 게임에서 유래가 됐대요. 상 위에 26개의 조각된 말 대가리를 늘어놓고 이걸 적당히 갈라 숫자를 만들어요. 그러면 단어가 되는 거죠."

맙소사! 와선은 미옥의 말에 낮은 감탄을 터뜨렸다.

"세상에 우연이란 없다!"

"그렇죠, 그러고 보니 아직도 이름을 물어보지 않았네요?"

미옥이 바에 올려놓은 와선의 손을 살짝 건드렸다. 와선은 와선 루이즈 리, 하고 대답했다.

"스무 개의 말 대가리가 있어요."

사람이라는 말은 숨겼다.

"으흠. 계속해봐요."

미옥이 와선의 말에 장단을 맞추었다.

"한쪽에는 아홉 개, 한쪽에 열한 개가 있다면 어떻게 되죠?"

"간단하네요. 키트, 라는 단어를 만들 수 있죠. K, I, T!"

리처드가 대답하더니 술을 달라 재촉하는 선원에게로 재빨리 다가갔다. 너무 취했어, 밤에 떠나야 한다며, 하는 완곡한 거절의 말이 들려왔다.

"키트라니."

"델라가 이곳에 와서 저에게 가르쳐준 몇 개의 단어 중 하나였네요. 자신은 잘난 놈들을 위한 복장, 키트나 만드는 재주밖에 없다고 그랬죠. 하지만 그도 이제는 정신을 차렸겠죠, 저세상에서."

"저세상이라니요?"

"델라는 죽었어요. 그래서 저이도 이곳에 완전히 정착했던 거고요. 가게야 뭐 이렇게만 장사가 된다면 간간이 고기는 먹겠더라고요."

"맙소사!"

그렇다면 마이클 델라 행세를 했던 사람이 정말 잭 더 리퍼였다는 걸까. 포트와 키트, 포트 키트. 와선은 저도 모르게 두 단어를 되뇌었다.

"어머. 와선, 당신. 델라가 열었던 가게를 알았었나 보네요. 여기서 멀지 않아요, 포트 키트. 그가 조선에 오는 서양 사람들을 위해 옷을 만들어주던 가게였어요. 방치된 지 두어 달 됐을 거예요. 아무도 물려받으려는 사람이 없었거든요. 그가 데리고 있던 젊은 제자였던……."

"잭이었나요? 잭?"

"맞아요. 잭은 재단사라기보다 세계를 유랑하는 젊은이였죠. 물론 델라만큼이나 옷도 잘 만들었고요. 어디서 배운 건지는 몰라도 이미 델라의 재단 기술을 넘어섰다고 종종 그랬어요. 특히 가위를 다루는 기술은 환상적이었거든요."

미옥이 바 위에 늘어진 그릇들을 재빨리 치우며 덧붙였다.

"포트 키트가 어디에 있나요?"

와선은 심장이 빠르게 뛰는 것을 느꼈다.

"말을 타고 왔죠?"

미옥의 물음에 고개를 끄덕였다.

"가게를 나가서 남쪽으로 곧장 가세요. 가다가 포구가 끝나는 지점에서 왼쪽으로 꺾어 들어가세요. 그러면 보일 거예요."

"아, 위스키 한 잔 주실 수 있나요?"

미옥이 위스키를 한 잔 따랐다.

와선은 벌컥 위스키를 들이켰다. 뜨거운 기운이 거세게 뛰는 심장을 감싸는 듯했다. 돈을 꺼내려 하자 미옥이 윙크를 한다.

"저처럼 드레스를 입은 조선 여인에게 신의 가호가 있기를! 서비스예요."

와선도 미옥을 향해 윙크했다.

"촌각을 다투는 일이 있어서요. 마무리되는 대로 이곳에서 거하게 한잔할게요. 두주불사! 그리고 세상에 우연이란 없다."

솔직히 우연이었다. 와선은 위스키 잔을 탁 내려놓았다.

문을 부술 듯 열고 가게를 빠져나왔다. 미옥이 다음에 꼭 와요, 하고 소리치는 목소리가 들렸다. 맙소사, 맙소사. 와선의 입에서 감탄사가 떠나지 않았다. 살인자는 대담무쌍했다. 홈즈에게 상 위에 놓아둔 목으로 단어를 말했다. 모자란 부분은 보고 있던 비호를 통해 전달했다.

분주한 와선의 마음과 달리 문 바깥에서는 말이 한가롭게 통

주변을 훑어댔다. 콩 냄새가 나는지 심지어 개처럼 킁킁거리기도 했다.

말에 올라타고 포구로 방향을 틀었다. 말은 와선의 의지를 알아차린 듯 거세게 포구 끝까지 내달렸다. 오른쪽은 바다, 왼쪽은 해안로가 펼쳐졌다. 죽음이 와선의 주변에서 일렁거리는 상황만 아니었다면 물과 흙이 갈라놓은 자연의 경계를 충분히 즐겼을 터였다.

와선은 포구 끝에서 좌측으로 방향을 틀었다. 그러자 길이 이어지며 상점이 늘어섰다. 상점들이 문을 여는 시간이어서인지 사람들이 점점이 나타났다 사라지기를 반복했다. 그들을 피하며 계속해서 말을 달렸다. 그러다 상점가 거의 끝에 이르러 영어 간판이 눈에 들어왔다.

PORT KIT!

와선은 말에서 날다시피 뛰어내렸다. 말을 묶지도 않고 가게부터 살폈다. 가게 문은 단단히 닫혀 있었다. 주변을 돌아보았다. 집에 딸린 담을 개조해 가게로 만든 듯했다. 담이 키보다 한참 높은 탓에 빙 둘러보며 대문을 찾았지만 곧 포기했다. 문 안에서 "죽어!" 하는 고함이 들려왔기 때문이었다.

한시가 급박했다. 와선은 땅에 코를 처박고 있는 말에게 달려갔다. 말안장에 올라 일어섰다. 그런 뒤 담 근처까지 다가갔다. 목을 뻗고 발에 힘을 주자 한 남자의 모습이 보였다. 남자는 가위를 하늘 높이 치켜들고 있었다. 와선은 죽을힘을 다해 발돋움했다. 담장 기와에 발이 닿았다 싶은 순간 남자를 향해 뛰었다.

하늘을 날았다.

찰나, 바다에 누워 얼굴 위로 손을 치켜든 홈즈의 모습이 스쳐 갔다. 와선은 둔탁하게 남자와 부딪쳤다. 남자는 세차게 몸을 날린 와선으로 인해 바닥을 굴렀다. 순간 홈즈가 일어서는 게 보였다. 그러나 홈즈의 동작이 남자보다 늦었다. 와선은 가위를 든 남자가 홈즈를 덮치는 순간 그를 막아섰다.

가위가 와선의 어디인가를 깊숙이 찔렀다. 와선은 본능적으로 가위를 그러쥐었다.

"와선!"

홈즈가 비명을 내질렀다.

와선은 남자가 든 가위를 놓지 않았다. 가위를 쥐면 쥘수록 피가 뚝뚝 흘러내렸다. 와선은 의식을 잃으면서도 가위를 바투 쥐었다. 홈즈가 와선의 앞으로 나타나서야 와선은 눈을 감았다. 죽음보다 깊은 암흑이 와선을 덮쳤다. 문득 그런 생각이 스쳐갔다.

조선에 와서 처음으로 깊이 잠들겠는걸. 그게 죽음이든, 다른 무엇이든.

27
최후의 결투

"와선!"

홈즈는 고함을 내질렀다. 재빨리 와선을 껴안으며 돌아섰지만 이미 늦었다. 놈이 쥐고 있던 가위가 와선의 옆구리를 둔탁하게 파고들었다. 순간 빈틈이 보여 홈즈는 제대로 된 훅을 놈에게 날렸다.

와선을 보듬어 안았다. 그런데 그녀가 눈을 감으면서도 말한다.

"놈을 잡으세요. 조선에 더 많은 희생이……."

홈즈는 재빨리 와선의 입술을 손가락으로 막았다.

"죽지 말아요, 와선. 내가 저놈을 잡을 테니 반드시 버티세요."

홈즈는 의식을 잃어가는 와선에게 고함쳤다. 홈즈가 고개를 들었을 때 살인자는 담을 향해 뛰는 중이었다. 녀석은 와선이 거세게 가위를 움켜쥐는 바람에 홈즈를 죽일 기회를 놓쳐버렸다. 그러나 녀석이 담을 넘는다면 홈즈 역시 녀석을 잡을 기회를 놓쳐버린다. 살인마가 표적한 사람을 죽이지 못하는 것과 홈즈가 살인마를 잡지 못하는 것은 다르다.

"그러고도 네가 잭 더 리퍼라고? 부끄럽지 않나?"

홈즈가 도발했다. 담을 넘으려던 녀석이 움찔한다.

"여인들의 배를 가르고 다리를 자를 때처럼 나에게도 덤비란 말이다, 어리석은 녀석아! 네가 잭 더 리퍼라면 세상이 웃을걸."

홈즈가 녀석을 한 번 더 자극했다.

홈즈는 녀석이 잭 더 리퍼인지 아닌지 모른다. 그러나 그 위험성만은 충분히 알고 있다. 모리어티 교수만 해도 그렇다. 그는 영국 전체를 아우르는 범죄를 계획했다. 모리어티는 대담무쌍한 범죄 계획을 실행에 옮겼다. 그는 유럽 최고의 두뇌였고 홈즈와 쌍벽을 이룰 정도의 지성체였다. 홈즈의 뇌가 범죄를 해결하는 데에만 집중하는 것에 반해 모리어티의 뇌는 범죄를 만드는 것에만 집중했다. 심지어 몇몇 사람은 모리어티가 한 명이 아니었을 거라고까지 말했다.

잭 더 리퍼라고 다를 리 있을까?

모리어티는 머리를 쓰는 범죄자였고, 잔혹하기 그지없었다. 잔혹하기로는 잭 더 리퍼 역시 둘째가라면 서러운 사내였다. 런던이 아닌 조선에서 스스로 잭 더 리퍼라고 칭한 사내는 거기에 하나가 더 붙었다. 바로 돈이었다. 돈이면 나라까지 쥐락펴락할 수 있다고 생각했다. 최근 발전하는 자본에 대한 여러 이론들을 생각해보면 틀리지 않을 수도 있다. 그러나 조선의 잭 더 리퍼는 명백히 하나를 빼먹었다. 돈보다 우선하는 것은 사람, 즉 인간성이다.

인간성은 무모하다. 그리고 이를 정당화시킨다. 모성애가 바로 그것이다.

인간성은 현명하다. 실패하지 않는 방법을 찾아내려 애쓴다. 지금껏 살아온 역사가 그것을 증명한다.

어디 그뿐이랴. 인간은 이 별에서 몇 천 년을 넘게 생존해왔다. 최근에는 이 별이 둥글다는 것까지 밝혀냈다. 그리고 인간성의 기저에는 희생이 숨어 있다. 잭 더 리퍼는 명백히 이를 간과했다.

홈즈는 무분별한 아편과 대마초의 사용으로 인해 종잇장처럼 허약해졌다. 바람만 불어도 훅 날아가고, 물에만 젖어도 찢어질 듯 변해버렸다. 아무리 복싱에 조예가 깊고 여러 격투기를 섭렵했다고 하나 건장한 잭과 대결하는 것은 무모했다. 홈즈의 목숨은 경각을 다투고 있었다. 적어도 이번만큼은 라이헨바흐 폭포에서 떨어질 때보다 죽음에 가까웠다.

그런데.

와선이 홈즈를 살렸다. 낯선 이국 땅, 조선이라는 나라에서 홈즈를 대신해 칼을 맞을, 정확하게는 가위에 맞서 생명을 버릴 여인이 있었다는 것은 천운이었다.

찰나, 시야가 흐려졌다.

눈물인가.

적어도 성인이 된 이후로 단 한 번도 떠올리려 하지 않던 단어였다.

품이 넓은 조선 옷 소매는 눈물을 닦는 데 거추장스러웠다. 찬바람에 아랑곳없이 저고리를 벗어던졌다. 재빨리 잭을 쫓았다. 잭은 날렵한 몸으로 담장을 짚어 도약하고 있었다.

미친 듯이 내달렸다. 잭의 다리를 붙잡나 싶은 순간 손바닥을 스치며 발이 허공에서 사라졌다. 들입다 담벼락을 짚었다. 날렵하게 담을 넘은 잭과 달리 발이 담에 부딪치며 두어 번 도약해야만 했다. 복부를 담에 대고 안에서 바깥으로 넘었다. 기와 하나가 깨지며 홈즈보다 먼저 바닥으로 떨어졌다.

깨진 기와보다 조금 늦게 담 바깥에 내려앉았다. 10여 미터 앞에서 잭이 달려가고 있었다. 그의 주변으로 문을 연 가게들에서 상인들이 분주하게 움직였다.

황급히 내달리던 잭이 상인으로 보이는 남자에게 부딪쳤다. 남자는 대나무로 만든 바구니를 바닥에 흩뿌리며 엉덩방아를 찧었다.

"이런 망할 놈의……."

상인이 입을 놀리나 싶은데 잭이 남자를 발로 걷어찼다. 그로 인해 두어 걸음, 잭과 홈즈가 가까워졌다.

벌떡 일어난 잭이 상인을 한 번 더 발로 짓이겼다.

"뭐여, 시방."

남자의 곁에서 한 상인이 고함을 쳤다. 고함을 지른 상인에게도 잭이 발길질했다. 상인이 뒤로 벌러덩 나자빠졌다. 홈즈는 숨을 고른 뒤 다리에 힘을 주었다. 오랜만에 뛰어서인지 심장이 격렬해지고 다리가 후들거렸다. 그러나 멈출 수 없었다.

바구니 가게 옆은 천을 파는 가게였다. 홈즈는 발에 걸릴 뻔한 천을 뛰어넘었다. 가위를 든 여인이 홈즈를 보더니 깜짝 놀란 듯 고함을 내질렀다. 홈즈는 반사적으로 오케이? 하고 물었다. 고개를 끄덕이는 여인을 보느라 반짝거리는 구리 그릇을 내오는 여주인과 부딪칠 뻔했다.

망할 놈의. 홈즈는 저도 모르게 욕을 내뱉었다. 순간 그릇을 가지고 나오던 여인도 영어 욕으로 대꾸했다. 잊을 뻔했다. 포구다. 홈즈는 황급히 "쏘리!" 하고 갓 끝을 붙잡았다. 그 모습을 보더니 여인이 웃으며 길을 터준다. 이토록 화급한 마당에!

채 2초도 되지 않은 시간인데 마음은 더없이 불안해졌다. 고개를 들어 앞을 바라보자 잭이 상인들에게 휩싸였다.

잭의 실수였다. 런던도 그렇지만 조선도 마찬가지리라. 뱃사람에게는 뱃사람의 법칙이 있듯 상인들은 상인들의 법칙이 있기 마련이다. 상인에게 발길질하면 결국 상인들의 발길질로 되돌아온다.

홈즈는 잠시 숨을 골랐다. 그리고 성큼성큼 잭을 둘러싼 상인들에게 다가섰다.

"이런. 비키세요, 어서!"

홈즈는 사람들을 힘으로 제지했다. 보고도 믿을 수 없는 광경이었다. 잭이 홈즈에게, 또 와선에게 그랬듯이 무고한 사람들을 향해 가위를 마구잡이로 휘두르고 있었다. 벌써 상인 두 사람은 손목과 옆구리를 다쳐 쓰러져버렸다.

홈즈가 앞으로 나서자 상인들이 바다가 갈리는 것처럼 길을 비켰다. 한복을 입은 서양인이 가위를 들고 뱃사람 복장을 한 서양인과 마주한 것이다.

홈즈가 사람들을 향해 말했다.

"저 사람은 살인자예요, 비켜서십시오."

상인 중 누군가가 홈즈의 말을 통역했다. 그러자 사람들이 웅성거리며 멀찍이 거리 가장자리로 물러섰다. 그런데 한 남자가 무언가 외치자 웅성거리며 사람들이 가게로 황급히 뛰어 들어갔다.

하긴, 도망하는 것처럼 쉬운 게 어디 있다고.

홈즈는 복싱의 방어 자세를 잡으며 잭에게 접근했다. 순간 잭이 가위를 고무줄에 묶는가 싶더니 휙 홈즈를 향해 날렸다. 피한다고 피했다. 그런데 이상하게 몸을 긁더니 잭에게 돌아간다. 옷이 찢어졌고 상처에서는 피가 났다.

상처보다 탁, 손으로 가위를 잡는 잭의 손으로 눈길이 갔다. 잭은 가죽으로 만든 장갑을 끼고 있었다. 망할 놈의 잭! 저도 모르게 탄성이 터졌다.

그때였다.

가게로 뛰어갔던 사람들이 하나둘 되돌아오기 시작했다. 그들의 손에는 방패로 삼거나 무기를 할 수 있는 여러 도구가 들려 있었다.

홈즈를 위시해 잭을 둘러싼 사람들에게 잭이 가위를 휘둘렀다. 순간 어떤 사내가 가위를 막아냈다. 가위가 방패 모양으로 된 나무에 딱 꽂혔다. 항아리를 덮는 덮개인 듯했다.

"내가 이래 봬도 과거에는 반란군을 토벌한 관군이었어."

남자가 한마디 했다.

거의 동시였다. 가위를 들고 있던 천 가게 여주인이 재빨리 고무줄을 끊어버렸다. 홈즈가 천 가게 여주인에게 말했다. 나이스! 여인도 재빨리 화답했다. 유, 나이스 투!

홈즈는 재빨리 자세를 바로잡고 인스텝을 밟았다. 허를 찔린 듯한 표정으로 변한 잭에게 스트레이트를 먹였다. 코를 붙잡은 잭이 휘청거리더니 무릎을 꿇었다.

"일어나. 너는 맞아야 돼!"

홈즈가 소리쳤다. 한 상인이 홈즈의 말을 통역했다. 그러자 상인들이 손에 든 무기와 방패로 소음을 만들어냈다. 환호를 내질렀다.

"혹시 영어가 되시는 분. 저기 끝에 있는 포트 키트에 저놈이 찌른 여인이 상처를 입고 피를 흘리고 있습니다. 그러니 어서 병원으로 데려다주시겠소?"

홈즈가 잭에게서 눈을 떼지 않은 채 외쳤다. 그러자 천 가게 여주인이 내가 갈게요, 하고 서툰 영어로 말했다.

여인은 주변 사람들에게 무어라 속삭였다. 그러자 여인들 몇몇이 천 가게 여주인 뒤를 따랐다. 안도한 홈즈는 다시 잭을 노려보았다. 홈즈는 전진 스텝을 밟으며 훅을 날렸다. 일어나려던 잭이 제대로 관자놀이를 얻어맞고 바닥에 나부러졌다. 구경꾼들이 홈즈를 향해 박수를 쳤다.

홈즈는 바투 주먹을 쥐었다.

"일어나, 일어나라고. 네가 죽인 사람이 몇이나 되는 줄 알아? 그런데 겨우 내 주먹 한 방에 쓰러진다면 그건, 죽은 사람들에 대한 예의가 아니야! 너는, 더 맞아야 돼."

홈즈가 고함쳤다. 덩달아 사람들이 소리쳤다. 덥석 잭에게 다가 간 어느 남자가 잭을 일으켜 세웠다.

"물러서요. 그 사람은 살인자입니다."

홈즈가 목소리를 높였다. 그런데 남자는 고개를 갸우뚱하더니 잭을 뒤에서 받쳐주었다. 그러면서 손짓했다. 마치 홈즈에게 오라 는 듯했다. 홈즈는 어깨를 풀며 주먹을 빙빙 돌렸다. 잭에게 마지 막 일격을 가하려는 찰나였다.

"저기 저, 아가씨가 죽은 것 같아요. 어쩌죠?"

"주, 죽다니요? 와선이 죽다니. 그럴 리 없습니다. 피를 좀 흘리 긴 했지만 그녀는……."

홈즈는 머릿속에 아뜩해졌다. 와선이 죽다니.

그때였다. 홈즈의 옆구리를 불쏘시개로 지지는 듯한 고통이 틈 입했다. 저도 모르게 홈즈는 비명을 내질렀다. 조금 전 잭이 그랬 던 것처럼 홈즈도 무릎이 푹 꺾였다.

고개를 돌렸다. 잭이 홈즈의 옆구리에 가위를 들이박고는 웃고 있었다. 홈즈는 가위를 빼내며 주먹을 휘둘렀다. 주먹은 빗나갔다. 있는 힘을 다해 가위를 잭에게 던졌다. 가위가 잭에게 정통으로 꽂 혔다. 순간 스멀스멀 뒷걸음질 치던 잭이 웅성거리는 사람들 속에 서 모습을 감추고 말았다.

홈즈는 필사적으로 기었다. 한 움큼, 한 걸음, 힘이 닿는 데까지. 그러다 땅으로 손바닥을 짚었다. 땅을 긁듯이 앞으로 팔을 내뻗었 다. 땅을 파고 또 긁으며 앞으로 나갔다. 이제 더는 무릎도, 또 팔도 지지할 힘을 완전히 잃어갔다.

"놈을 잡아야 해요. 그놈은 잭 더 리퍼입니다. 그놈은……."

홈즈는 땅에 엎디었다. 필사적으로 팔을 뻗었다. 그러나 팔을 뻗으면 뻗을수록 정신은 가물가물해져만 갔다.

홈즈는 완전히 정신을 놓아버렸다.

암흑.

암흑이 홈즈를 감쌌다.

홈즈가 구해내지 못했던 수많은 사람들이 홈즈의 곁에 서 있었다. 그들은 홈즈를 향해 가만히 서 있기만 했다. 홈즈는 그들을 향해 무언가 말하고 싶었다.

왜 이곳에 있어요? 나와 함께 갑시다. 일어나세요, 어서.

홈즈는 그들에게 말하고 싶었지만 마치 입이 없어지기라도 한 것처럼 입 바깥으로 목소리가 나오지 않았다.

가만, 당신들은 죽지 않았습니까?

홈즈는 묻고 싶었다. 이번에도 입 바깥으로 말이 나오지 않았다. 그런데 한 남자가 고개를 끄덕였다. 누구였더라.

가만, 누구였더라. 아버지. 아버지, 사이거 홈즈였다.

"아버지!"

그제야 말이 입 바깥으로 나왔다. 홈즈는 허공을 향해 손을 내저었다. 마치 천장에 아버지가 있기라도 한 것처럼 손을 휘저었다.

"일어나셨소?"

이제마였다. 알렌이 통역했다.

"움직이지 마시오. 아직은 상처가 완전히 아물지 않았소이다. 알렌 공사가 외과 수술을 했고 나 역시 옆에서 거들었소. 와선이 당신의 치료를 잘했던 모양이오."

"잭은, 잭은 붙잡았습니까?"

"제물포 바닷가에서 잭으로 추정되는 시체가 한 구 떠올랐습니다. 등 뒤에 가위가 박혀 있었답니다."

홈즈의 물음에 알렌이 대답했다.

"그런데 잭을 본 적 없던 우리는 그가 잭인지 아닌지 알 수가 없었습니다."

"시체를 볼 수 있겠습니까?"

"내직로 부윤이 끝까지 고집을 부려 사설 석빙고 속에 넣어두었습니다. 아직은 어렵지 않게 볼 수 있을 것입니다."

알렌이 이제마와 상의하며 신중하게 말했다.

"와선은……. 와선은 어떻게 되었습니까?"

"그게……."

이제마가 말을 흐렸다.

"죽었습니다."

맙소사! 제기랄! 홈즈는 땅이 꺼지듯 한숨을 내쉬었다. 와선이 죽다니. 머리를 감싸 쥐었다. 와선이 죽다니. 눈을 감았다. 괴로웠다. 너무나도 괴로웠다. 살리지 못했던 사람과 모리어티 교수, 잭 더 리퍼라고 주장했던 사람들의 얼굴이 차례로 스쳐갔다. 그런데 와선의 얼굴이 떠오르지 않았다. 골똘하게 와선만을 생각했다. 홈즈는 누가 시킨 것도 아닌데 깊은 잠에 빠져들었다. 쇠약할 대로 쇠약해져버린 몸이 충격을 이기지 못하는군요. 그저 귓가에 맴도는 그 말만이 홈즈에게 다가왔을 뿐이었다.

암흑.

다시 한 번 암흑이 홈즈를 감쌌다.

28
셜록, 조선을 추리하다

암흑을 헤매던 홈즈는 문득 따스한 체온을 느꼈다. 엄마의 품속에서나 느끼던 따스함이었다. 홈즈는 따스한 온기가 느껴지는 곳으로 발을 내디뎠다. 홈즈가 발을 내디디는 곳으로 영롱한 색깔의 오라가 홈즈와 함께 움직였다. 오라는 홈즈와 움직이다 앞서가기 시작했다.

오라가 천천히, 그러나 또렷하게 하나의 형체를 만든다. 그러곤 이내 익숙한 한 여인의 모습으로 변했다.

"와선!"

홈즈가 손을 내밀었다. 그러나 와선은 손을 내미는 만큼 멀어졌다. 한 걸음 다가가면 한 걸음 멀어지며, 도무지 가까워지지 않았다. 홈즈는 참지 못하고 와선을 향해 뛰었다. 와선은 가만히 있는데도 홈즈는 붙잡을 수 없었다. 와선, 와선. 애타게 부르던 홈즈가 눈을 번쩍 떴다.

"깨셨습니까?"

알렌이 이마에 물수건을 갈아주며 물었다.

"와선이…….. 제가 또 정신을 잃었습니까?"

"생각하기 나름이겠죠. 그냥 잘 주무셨습니다."

알렌 공사가 홈즈를 안심시켰다. 홈즈를 가두어 보나 싶더니 일어나 바깥으로 나간다. 병실 안은 침묵이 가득했다. 얼마 지나지 않아 이제마와 알렌이 병실에 들어왔다. 두 사람이 들어왔지만 병실 안에 들어찬 침묵은 그대로였다.

으흠, 헛기침을 한 이제마가 홈즈를 가만히 내려다보았다.

"저기, 홈즈 씨. 와선은 당신을 돕기 위해 필사적으로 포구까지 갔다오. 하지만 그즈음에서 나는 알고 있었습니다. 와선이 홈즈 씨를 찾는 것은 불가능하다는 것을요. 살인자가 활개를 칠지 모르는 종로 일대나 당신이 살인자와 대치하고 있을 그 어디보다는 와선이 불규칙하고 감상적으로 움직이는 게 오히려 안전할 거라고 보았소. 뭐랄까…….."

"천방지축으로 날뛰는 사람은 그만큼 예측하기 힘든 법이지요."

알렌이 통역하다 머뭇거리는 사이 홈즈가 말했다.

홈즈의 말에 알렌도, 또 이제마도 고개를 끄덕였다.

"어떻게 해서 와선이 당신을 찾아가게 되었을까요?"

이제마가 물었다.

잠시 홈즈는 생각에 잠겼다. 뻔하다. 그렇지만 와선이라면, 하는 생각이 든다.

"답은 하나입니다. 와선이 저를 찾아온 것은 우연입니다."

"당신이 그렇게 내세우는 추리가 아니라?"

알렌이 놀란 얼굴로 물었다.

"네, 우연입니다. 추리를 했다면 와선은, 그래요, 와선은 저를 찾아올 수 없었을 겁니다. 증거는 조각나 있었고 그것마저 지워져 있었으니까요. 혹시 비호를 만났습니까? 비호에게 와선을 보호하라고 일렀는데요, 그러지 않았던 거군요. 저는 이제마 씨가 이곳으로 올 줄은 몰랐으니까요. 그 탓에 오히려 와선에게서 정의감이랄까, 아니라면 불의를 보고 참지 못하는 마음이 불타오른 것이군요."

홈즈의 말에 이제마가 크게 한숨을 내쉬었다.

"비호가 어렴풋이 외우고 있을 거라고 생각은 했습니다. 하지만 경황이 없어서 확인을 못 했었는데."

이번에는 홈즈가 크게 한숨을 내쉬었다.

"사건을 해결하다 보면 우연이 작용하는 경우는 거의 없습니다. 아니, 없다고 단정할 수 있습니다. 하지만 이번만큼은 설명하기 힘들 정도로 와선에게 우연이 작용했군요. 특히 그것만은 해석해내지 못할 거라 생각했는데."

홈즈는 자책했다. 살인자가 상 위에 사람의 머리를 얹어놓은 것은 명백한 암호였다. 살인이라는 거대한 공포가 눈을 흐리게 되면 이를 암호라고 받아들일 사람은 드물다.

"제가 너무 안일했습니다. 제물포까지는 찾아올지도 모른다고 생각했습니다. 하지만 그곳까지 오더라도 비호와 아이들이 함께일 거라 여겼습니다."

"그 아이는, 당신이 몸이 약해져 살인자와 대적하지 못할 거라 판단했습니다. 아마도 당신이 살해될 거라 생각해서, 어떻게든 당신을 살려야겠다는 마음뿐이었을 겁니다."

이제마는 딸을 잃은 아버지라고는 느끼기 힘들 정도로 담담하게 말했다.

"사건은 어떻게 된 것입니까? 기장에서 죽은 제시는 어떻게 해서 지붕 위에 얹혀진 것인지……."

알렌이 분위기가 처진다고 느꼈는지 사건을 복기했다. 제시의 시체는 매 바위 아래에 있는 정자 지붕에서 발견되었다.

"그건……."

와선에 대해 몰두하고 있던 홈즈는 잠시 제시에 대해 생각했다. 정말이지 간단한 문제였다. 지금쯤이면 마롱휘나 내직로가 사건의 전모를 파헤쳤으리라 여겼다. 그런데 이제마도, 또 알렌도 홈즈를 뚫어져라 바라보고 있었다.

"고무였습니다. 고무줄이라고 해야 할까요. 잭과 같은 재단사에게 고무줄이 어떤 중요한 의미인지는 모르겠습니다만 빈번하게 사용했겠지요. 이를 활용해 시체를 지붕 위에 둔 것입니다."

"어떻게?"

알렌이 재차 물었다.

"아. 이런. 그것을 좀 빼주십시오."

홈즈는 이제마의 도포에 있는 허리끈을 가리켰다. 고개를 갸우뚱하던 이제마가 허리끈을 홈즈에게 건넸다.

"자, 보십시오. 이 끈에⋯⋯."

시체를 대신할 홈즈의 눈에 젓가락이 들어왔다. 홈즈는 허리끈을 반으로 접었다. 그런 뒤 젓가락 양쪽 끝을 허리끈으로 돌돌 말았다. 손바닥 안에 끈과 젓가락이 들어왔다.

"젓가락을 시체라고 생각하십시오. 그리고 허리끈을 고무줄이라고 생각하세요."

홈즈는 손바닥에 있던 젓가락을 엄지와 검지로 붙잡았다. 왼손으로는 반으로 접었던 허리끈의 중앙을 잡았다. 이를 그대로 알렌에게 건넸다.

"여기 중앙을 잡으시고 다른 손으로는 제가 한 것처럼 젓가락을 쥐세요. 그런 뒤 침대 아래를 향해 젓가락을 잡은 손을 놓아보십시오."

알렌은 홈즈가 시키는 대로 했다. 알렌이 젓가락을 잡은 손을 놓자, 말았던 허리끈이 풀리기 시작했다. 동시에 젓가락이 회전하며 바닥으로 내려앉았다. 그러나 일반적인 물체가 바닥에 떨어지는 것과 달리 줄이 풀리는 만큼 속도가 늦춰지며 하강했다. 줄은 감아두었을 뿐이라 회전하다 줄이 끝나는 지점에서 젓가락만 바닥으로 떨어졌다. 소리도 툭, 약하게 났다.

"아시겠습니까? 물론 고무줄은 시체의 무게를 받칠 수 있을 정도의 굵기였거나 아니라면 여러 가닥으로 시체를 감아두었을 겁니다. 매 바위 위에서 지붕을 향해 풀었다면 데구루루 시체는 회전하면서 지붕 위에 사뿐히 내려앉게 되지요. 탄성이 있으니까요. 지금 실험으로 보여드린 허리끈에 감아둔 젓가락처럼 툭 떨어지지는 않을 겁니다."

아. 알렌이 탄식을 내뱉었다. 이제마도 실험을 보고는 이해한 듯했다.

"정자 지붕 위에 떨어질 때 고무줄처럼 탄성이 없는 끈으로만 했다면 바닥에 조금 강하게 떨어졌을 겁니다. 그렇지만 시체가 회전하다 떨어질 때 낚시를 하듯 당기는 힘을 주었다면 시체는 지붕 위에 큰 파괴력을 주지 않고 내려앉았을 겁니다."

알렌의 설명으로 통역해 들은 이제마가 고개를 끄덕였다.

"그렇다면 장좌도에서 발견된 애나벨의 시체는 어떻게 된 겁니까? 시체를 실은 배는 노가 없었어요. 금사에 싸여 있었고요."

알렌도 어느 정도는 이해하고 있을 것이다. 만약 장좌도에 있던 시체가 금사에 싸여 있지 않았다면 사람들이 발견하지 못했으리라는 걸. 살인자는 그만큼 섬세했다. 꼭 그날 발견되기를 바랐다는 뜻이다.

"그 역시 고무였습니다. 혹시 조선에 동력이 있는 배가 있습니까?"

"아직 조선에는 동력이 있는 배는 없는 것으로 압니다. 해외에서 온 배들이야……."

이제마가 홈즈의 질문에 대답했다.

"그렇지요, 증기선입니다."

알렌에 이어 홈즈가 말한다.

"동력이 있는 배에는 바닥에 스크루가 달려 있지요."

통역을 하려던 알렌이 애를 먹기 시작했다. 스크루를 설명할 마땅한 단어가 없어서였다. 결국은 알렌이 그림을 그려 손가락으로 회전하는 모양까지 흉내 냈다. 이제마는 알 듯 모를 듯한 얼굴이 되었다.

"어쨌든 그런 스크루가 있으면 사람이 노를 젓지 않아도 배가 저절로 갑니다. 동력 장치이지요."

아. 이제마가 크게 감탄사를 터뜨린다.

"거기에 조선의 낚싯배를 생각해보십시오. 조선의 낚싯배는 앞이 뾰족한 반면 뒤는 평평한 단면으로 이루어졌더군요. 다 그렇지는 않겠지만 적어도 장좌도에서 발견된 배는 그랬지요."

"그런데 어떻게 증기선도 아닌 배가 장좌도까지 직진해서 간단 말입니까? 그것도 시체를 싣고서?"

이제마가 목소리를 높였다.

"그것도 고무줄이었습니다. 스크루는 조선의 솜씨 좋은 장인이라면 금세 만들 수 있을 것입니다. 아니 스크루가 아니어도 되지요. 그저 나무판자 몇 개를 적절히 조합하거나 동판을 적절히 망치로 때리고 철사로 엮어 만들어도 됐을 겁니다. 거기에 고무를 걸 수 있거나 통과시킬 수 있는 고리나 구멍을 만들어둡니다. 미리 시체를 넣어둔 배 앞부분에 반으로 접은 고무줄의 중앙을 걸쳐서 뒤까지 당겨옵니다. 그런 뒤 스크루에 고무 끝을 묶지 않은 채로 통과시켜서 계속해서 꼽니다."

홈즈는 바닥에 굴러다니는 짚신 하나를 이제마와 알렌에게 가리켰다.

"고무줄을 저렇게 꼬는 겁니다. 최대한 꼬아서 더 이상 꼬기 힘들어졌을 때 그냥 놓아버립니다. 그러면 스크루는 고무줄의 반탄력 때문에 회전하게 됩니다."

"고무줄이 풀리면서 회전한다는 겁니까?"

이제마와 달리 고무에 대해 상식이 있었던 알렌이 홈즈에게 물었다.

"그렇습니다. 큰 힘이 아니어도, 또는 오래도록 스크루가 회전하지 않는다 하더라도 배는 직진할 동력을 얻게 되지요. 이게 썰물 때와 맞았다면 배는 그대로 직진해 장좌도까지 갔을 겁니다. 해안에서 그리 멀지 않은 섬이었잖습니까? 물론 부수적인 장치를 했을 수도 있습니다. 직진력을 더하기 위해 낚싯배 중앙에 기다란 나무 막대기 같은 것으로 고무줄을 최대한 길게 장치했을 수도 있지요. 무엇보다 이렇게 장치했을 때, 스크루의 무게나 파도에 의해 고정하지 않은 스크루와 나무, 고무줄은 고무줄이 완전히 풀려버렸을 때 바다로 가라앉았을 겁니다."

"그렇게 되면 그저 시체를 실은 배만 장좌도에 가 있는 것처럼 되는군요. 마치 귀신이 시체를 옮겨놓은 것처럼요."

알렌이 고개를 끄덕이며 말했다.

"네, 그런 해괴한 상황을 연출하는 것이 살인자의 목적이었을 겁니다."

"커스틴의 시체를 가져온 것은 일종의 알리바이 트릭과 착시 현상이었죠. 노인을 통해 사람들의 혼을 쏙 빼놓은 다음 적절히 시체를 가져다 놓은 것이었으니까요. 살인마 잭이 얼마나 영민한 사람인지를 알려주는 방법이었죠."

"영악했겠지요."

이제마가 홈즈의 말을 정정했다.

"그는 정말 잭 더 리퍼였습니까?"

"그 질문은 모순입니다."

"모순이라니요?"

알렌의 눈이 커졌다.

"저도 그렇고 알렌 공사도 그렇고, 영국에서 살인을 일으켰던 잭 더 리퍼가 누구인지를 알지 못하니까요. 무엇보다 지금에 와서 조선의 잭 더 리퍼가 아니라 영국의 잭 더 리퍼가 누구인지를 밝혀내는 것은 불가능하지 않습니까?"

홈즈의 말에 알렌이 고개를 끄덕였다.

"제가 정신을 차렸을 때 언뜻 시체가 발견되었다고 들었습니다만."

"몸이 나으면 확인해보시겠습니까? 사설 빙고에 시체를 두었습니다."

알렌이 홈즈에게 물었다.

"물에 빠져 퉁퉁 불어버렸을 텐데 제가 본다고 해서 그를 알아볼 수 있을지 모르겠습니다."

홈즈가 낙담하며 대답했다.

알렌도 고개를 끄덕였다. 홈즈의 말은 틀리지 않았다. 홈즈와 와선이 상처를 입고 제중원까지 이송되고 사흘이 지난 뒤에야 시체가 제물포에서 떠올랐다. 머리카락이 금발이 아니었다면 이미 부패되고 미끈거리며 부풀어버린 시체를 색목인이라고 단정할 근거는 지극히 희박했다.

"잭 더 리퍼, 조선의 잭 더 리퍼라고 해야 할까요? 그는 도대체 조선에서 무엇을 꿈꾸었던 걸까요?"

이야기를 가만히 듣고 있던 이제마가 물었다.

"날카로운 질문입니다."

홈즈는 이제마를 향해 고개를 끄덕였다.

"조선은 격변하고 있지요. 아마도 이 땅에 조선인들이 살게 된 뒤로 이만큼 격변하는 시기는 드물 겁니다."

홈즈가 알렌과 이제마를 보았다. 두 사람은 홈즈의 말에 긍정하는 눈빛을 보냈다.

"생각해보십시오. 왕도, 귀족도, 평민도, 노비도 없는 사회, 만약 조선이 그런 사회가 된다면요?"

"맙소사."

알렌이 탄식을 터뜨렸다.

"그 중심에 돈이 있다면!"

"그렇다면 잭 더 리퍼는 조선을 그런 사회로 만들려 했다는 것입니까? 단순히 기녀를, 그저 기녀 몇 명을 죽이는 것으로 그런 세상이 된다는 말입니까?"

이제마가 고개를 내저었다.

"섣불리 상상한다면 그럴 리 없다 여길 수도 있습니다. 하지만 지금 조선만 해도 그렇지요. 돈이 없다면 일반 백성들은 밥조차 굶지 않습니까? 계급보다 돈 많은 이들이 점점 우위에 서기 시작한다는 사실을 어느 정도 알고는 있을 겁니다. 다만 인정하려 들지 않을 뿐이죠. 그런데 거기에 정보가 더해진다고 생각해보십시오."

"정보가 더해진다?"

이제마가 반론하듯 홈즈에게 묻는다.

"그렇습니다. 낮과 밤은 분명 다르지요. 낮에는 고관대작인 사람도 밤이면 내일을 도모합니다. 바로 기방에서 말이지요. 기방에서는 온갖 밀담들이 오갑니다. 그러한 밀담들을 누구 한 사람이 통솔하고 움직이려 든다면 어떻게 될까요?"

모리어티 교수와 같은 자가 조선이라고 생겨나지 말라는 법은 없다.

"그것참."

이제마가 주먹으로 무릎을 때렸다.

"강석범은 마이클 델라, 이미 고인이 되었습니다만, 즉 그가 데려온 살인마 잭 더 리퍼가 그러한 일을 획책한다는 사실을 꿰뚫었던 겁니다. 그것을 죽음으로라도 막아내려 했고요. 그리고 그 핵심에는 잭이 길들인 주홍이가 있었지요. 주홍이 소재는 파악되었습니까?"

"그게 저……."

알렌이 낙담했다. 마롱휘와 내직로가 한양 곳곳을 뒤졌지만 주홍의 소재는 파악되지 않았다. 순간 홈즈는 직감했다. 잭은 죽지 않았다. 잭에게는 잭의 꿈을 실현시켜줄 수 있는 오른팔이 필요하다. 조선에서 처음 선택된 동업자는 마이클 델라였다. 그러나 주홍의 영민함과 소중함을 파악한 뒤 과감하게 델라를 내쳤다. 주홍이 보이지 않는다는 것은 이 사건이 끝나지 않았음을 의미한다. 그러나 잭의 시체가 바다에서 떠올랐다.

만약 그가 잭이 아니라면? 두 달 전 사망했다던 마이클 델라의 시체였다면? 알렌이 그랬다. 사설 빙고에 시체를 두었다고. 잭이라고 그러지 않았으리라는 보장은 없다.

홈즈는 땅이 꺼져라 한숨을 내쉬었다. 잭은 조선에서 몸을 숨겼다기보다 사라지는 것을 택했다. 그것이 홈즈의 영향인지 아니면 와선과 주홍 같은 조선인을 본 뒤 그가 꿈꾸려는 무대를 옮기려한 것인지는 현재로는 알 수 없다. 마롱휘의 집요한 추적에서도 단번에 벗어난다.

잭은 죽지 않았다. 홈즈는 분명 그럴 거라 생각했다. 그런데 잭이 다시 돌아온다면 조선은 어떻게 될까?

"와선의 죽음에 대해서는 뭐라 위로의 말씀을 드려야 할지 모르겠습니다."

홈즈는 이제마를 향해 고개를 숙였다. 그리고 결심했다. 와선의 넋을 위로하기로.

"조선에서는, 소중한 사람이 죽었을 때 얼마나 그 죽음을 위로 합니까?"

잠시 고민하는 듯하던 이제마가 무겁게 말을 꺼냈다.

"부모님이나 그에 준하는 존재가 세상을 떠났을 때는 삼년상을 치릅니다. 그게 아니라면 사십구재를 치르기도 하고 1년 동안 죽음을 기리기도 합니다."

"누군가의 죽음으로 흥정을 하려는 것은 아닙니다만……. 제가 와선의 죽음을 다음 두 해 동안 이곳에서 기린다면 폐가 될까요?"

"홈즈 씨. 당신이 왜 그런단 말입니까? 당신은 와선의 가족도, 특히 와선의 남편도 아니지 않습니까?"

"적어도 그녀를 죽음에 이르게 만들었다는 데서는 자유로울 수 없겠지요. 비약이 심하고 변명 같습니다만, 와선이 저를 위해 목숨을 던졌다는 것은 저를 가족, 아니 남편과 다름없는 존재로 여겼던 것은 아닐까요? 그리고 와선은……. 제물포로 향하는 배에서 저를 살리기도 했습니다. 1년 동안 죽음을 기린다면, 살아난 것까지 합쳐 그녀의 죽음을 2년은 기려야 하지 않겠습니까?"

"말도 안 됩니다. 어서 쾌차하셔서 고향으로 돌아가셔야지요. 홈즈 씨의 출중한 능력을 기다리는 사람들이 얼마나 많겠습니까."

홈즈의 제안을 이제마가 에둘러 거절했다.

"이제마 선생, 앞으로 두 해 동안만이라도, 제가 당신의 조수가 될 수는 없겠습니까? 그렇게라도 와선의 죽음을 애도하게 해주십시오."

홈즈가 간절히 부탁했다.

끙. 한숨을 내쉰 이제마가 대답 없이 천장을 바라보았다. 그러더니 눈시울이 붉어진 채 말한다.

"와선이 그러기를 바랄까요?"

이제마의 말에 홈즈는 고개를 끄덕였다.

"단언컨대 저 홈즈는 앞으로 두 해, 아니 그 이상 와선의 죽음을 조선의 방식으로 애도하겠습니다. 그리고 이제마 선생의 조수가 되어 조선의 의술을 배우겠습니다."

홈즈의 말에 알렌은 그만 소리를 내지를 뻔했다.

로마에서는 로마의 역사가, 조선에서는 조선의 역사가 이어지는 법이다. 홈즈가 단언한 저 말은 홈즈의 역사가 앞으로도 조선에서 이어진다는 뜻이다. 얼마간 와선과 함께했던 홈즈의 역사가 이제 이제마와 함께한다는 풀이로도 해석할 수 있었다. 더불어 이제마의 통찰력에도 혀를 내둘렀다. 이제마는 이러한 상황을 훤히 내다보고 있었다.

홈즈와 이제마라. 아니 이제마와 홈즈라.

와선의 죽음은, 그렇게 말해야 하는 심정은 더없이 안타까웠다. 그러나 지금, 이 밤부터, 홈즈와 이제마의 새로운 역사가 시작된다. 알렌은 몸을 스쳐가는 미열과 소름에 짧게 헛기침을 내뱉었다. 알렌은 홈즈와 이제마를 수도 없이 번갈아 보았다. 홈즈와 이제마 사이에는 제중원 창을 통해 들어온 달빛만이 두 사람을 갈라놓고 있었다. 더없이 그윽한 12월의 밤이었다.

29
이제마, 홈즈를 조선의 방패로 삼다

홈즈가 깨어나기 하루 전이었다.

알렌과 이제마는 사이좋은 오누이처럼 호흡을 맞추며 홈즈를 치료했다. 알렌도 느꼈고, 이제마도 알아차렸다. 홈즈는 더없이 고른 숨을 내쉬기 시작했다.

"완연하게 회복이 되는군요. 걱정하지 않아도 되겠습니다."

알렌의 말에 이제마의 낯빛이 오히려 어두워졌다.

"맞습니다. 곧 깨어나겠군요."

"그렇겠지요. 아편만 아니었다면 워낙에 건강한 체질이었지 않습니까?"

"알렌 공사님, 홈즈 씨가 깨어나면……."

"왜 이리 뜸을 들이십니까?"

알렌이 걱정스레 물었다. 이제마답지 않았다. 과거라면 어땠을지 몰라도, 지금의 이제마는 모든 사물과 이치에 대해 한마디로 통달했고, 그래서 통쾌했다. 와선이 말했던 '조선 최고의 명의'라는 말을 인정했다.

"저기……."

"말씀하십시오."

"와선의 존재를 숨깁시다."

"네?"

알렌은 이제마의 제안에 화들짝 놀랐다. 딸을 홈즈에게서 숨기자니?

"말도 안 됩니다. 어떻게 숨긴단 말입니까? 천하의 홈즈입니다. 홈즈가 그깟 거짓말 하나 파악하지 못할 거라 보십니까?"

알렌은 고개를 내저었다.

"와선이 죽었다고 말하는 겁니다. 와선은 내 가족입니다. 내가 죽었다고 한다면, 홈즈라고 별도리는 없을 겁니다. 알렌, 당신만 입조심을 해준다면 홈즈도 속일 수 있을 거예요. 살인자가 죽었는지 살았는지 몰라 공사님과 제가 와선을 숨겼습니다. 그러니……."

그의 말은 틀리지 않았다. 와선의 위중한 상태를 아는 사람은 조선에서도 알렌과 이제마뿐이다. 숨기려고 한 것은 아닌데 그만큼 급박했다. 아무리 그렇다고 해도……. 알렌은 화들짝 놀랐다. 홈즈도 그렇지만, 이제마 역시 사람을 꿰뚫어 본다. 홈즈가 범죄에 관련된 것과 사람의 외모를 통해 꿰뚫어 본다면, 이제마는 대화에서 느껴지는 인성, 생년월일 등을 통해 외면이 아닌 내면을 본다는 정도만 다를 뿐이다.

불끈 화가 치솟기도 한다. 마치 모든 것을 안다는 듯한 저 표정.

홈즈와 이제마의 공통점이다. 이제마가 웃으며 알렌의 어깨를 두드렸다. 역시나 알렌의 마음을 다스리려는 행동이다. 그 손길에 불끈했던 마음이 단번에 사그라졌다. 이제마도, 또 홈즈도, 참으로 불가사의하다.

"제가 홈즈의 생년월일을 물은 적이 있지요. 올해 셜록 홈즈는 서른일곱 살이 되었습니다. 소띠더군요. 굳이 해를 나누자면 흑우에 해당합니다. 소라는 동물이 그렇듯 남을 위하여 살게 되는 운명입니다. 그것도 우직하게."

사주에 관한 이야기였다. 남을 위하여 산다니, 응당 수긍이 된다. 홈즈는 남을 위해 산다. 그가 알든 모르든.

"사주와 팔자, 120간자를 살폈을 때 홈즈의 상은 흙 속에 파묻힌 나무라고 볼 수도 있습니다. 보통은 나무가 흙 위에 드러나야 하는데 오히려 나무가 거꾸로 처박힌 듯하니, 이런 팔자는 상당히 보기 드문 팔자입니다. 홈즈의 사주와 팔자를 종합해보면 타인을 위해 꺼낸 말은 어떻게든 지키는 사람입니다. 홈즈 역시 그런 성향을 알기에 함부로 말을 내뱉지는 않지요."

"그런데 그것이 왜……. 그녀를 숨기는 것과 무슨 관련이 있습니까?"

와선에 대한 이야기를 하마터면 내뱉을 뻔했다. 아무렇지 않게 이름을 꺼내는 이제마에 비해 알렌은 마치 죄를 지은 듯하다.

"제가 먼저 와선에 대한 이야기를 꺼내야겠지요. 늘 배려하기 바쁜 공사님 성격이라면 속으로 생각만 하실 뿐 입 밖으로는 도무지 내뱉으려 들지 않으실 테니까요. 물론 짓궂은 장난은 간혹 친다는 사실을 압니다."

중배인가? 이토록 미주알고주알 알렌에 대해 떠든 사람은? 저도 모르게 알렌은 이제마를 겨누어 보고 말았다.

"네, 중배입니다. 그렇다고 중배가 많은 이야기를 한 것은 아니에요. 간혹 공사님께서 납득하기 힘든 행동을 하신다는 정도였어요. 들어보니 그냥 장난이더군요. 사람들을 유쾌하게 해주신다고 많은 의녀들이 웃으며 말하더군요."

이제마의 말에 알렌은 얼굴이 달아올랐다.

"와선은 목숨이 경각에 달했지만 아편에 중독되었던 홈즈보다 회복 속도는 빨랐습니다."

"그야……."

와선의 외과 수술을 알렌이 직접 집도했다. 모를 리 없다. 홈즈와 달리 이틀 만에 깨어났다. 다만…….

"그런데 아시다시피……."

"홈즈와 관련된 기억만 잃고 말았죠."

그랬다. 이제마도 알렌도, 멀쩡히 회복을 하던 와선에게서 무언가 이상하다는 사실을 파악했다. 알렌은 와선과 영어로 대화를 시도했고, 이제마는 조선말로 대화를 나누었다. 두 사람의 진단은 똑같았다. 기억상실!

"조선에서는 사람이 무모하거나 겁이 없으면 간이 배 밖으로 나왔느냐, 하고 묻습니다."

말도 안 된다. 알렌은 이제마가 넌지시 꺼낸 말에 힘없이 웃어버렸다.

"저도 이러한 구전되는 말은……. 처음에는 말도 안 되는 소리라 치부했습니다. 그런데 사람을 연구하며, 특히 장기를 연구하며 겁이 많은 사람일수록 간의 크기가 작다는 것을 알게 되었습니다. 이 말은, 비약이 심하지만, 간이 배 바깥으로 나올 정도인 사람은 겁도 없다는 뜻으로 해석할 수 있다는 겁니다. 물론 이러한 일들을 서양의학의 관점에서 따지자는 것은 아닙니다. 한의학에서 보니 그렇더라는 겁니다."

외과적인 상처를 집거나 절개하고, 병에 적확하게 화학적으로 조제한 약을 처방하는 서양의학과 달리 한의학은 사람을 애초부터 건강하게 만드는 것에 주안을 둔다. 당장에는 서양의학이 놀라워 보이지만 장기적으로 보자면 어느 의학이 우수하다 말하기는 힘들다. 물론 서양의학 역시 외과의에 대해서는 닥터라 부르지 않고 surgery, 기술자와 같은 개념의 단어로 부르기도 한다.

"그러나 뇌만큼은, 서양의학도 또 한의학도 한동안은 정복하지 못할 분야라고 생각됩니다."

알렌은 이제마의 말에 반론할 수 없었다. 이제마가 덧붙인다.

"기억상실도 그중 하나라고 생각됩니다. 알렌 공사, 당신의 생각에 기억상실은 병입니까?"

"병이라기보다는 상처이겠지요. 서서히 아물어야 하니까요. 하지만 모든 상처는 흉터를 남기기 마련입니다."

"그래요. 기억상실이라는 거, 회복할 수도 있고, 그렇지 않을 수도 있지요."

알렌의 말을 이제마도 인정했다.

이제마는 와선이 미국으로 가는 것은 어떠하겠느냐는 제안을 했다. 와선이 회복하고 며칠 지나지 않아서였다. 홈즈를 기억하지 못한다는 사실은 파악했다. 그런데 밤이 되자, 몽유병 환자처럼 제중원 근처를 어슬렁거렸다.

"왜 그러느냐?"

이제마가 다가가 물었다.

"아빠, 엄마는 어디 있어요? 미국인 엄마 루이즈. 그런데 왜 아빠는 여기 있어요?"

이제마는 통한의 눈빛으로 알렌을 깨웠다.

알렌도 그날 밤, 와선을 보고는 커다란 충격에 휩싸였다. 와선의 기억이 마치 헝클어진 실타래처럼 꼬여버린 것이었다.

알렌은 와선을 재운 뒤 이제마에게 와선이 가장 평안하게 보낼 장소를 찾아야 한다고 제안했다. 그러자 와선이 미국으로 다시 가는 것은 어떠하겠느냐고 이제마가 물었다. 알렌도 반대하지 않았다. 그러나 이번만큼은 와선 혼자 여행하게 내버려둘 수 없었다.

"마롱휘에게 도움을 청합시다. 그게 최선이 아닐까요?"

알렌이 이제마에게 물었다. 고민하던 이제마가 고개를 끄덕였다.

마롱휘는 풀 방구리에 드나드는 쥐처럼 재빨리, 그리고 소리 없이 달려왔다. 마롱휘를 불러 와선이 홈즈에 대한 기억을 잃었다는 것과 그것도 모자라 기억 역시 뒤죽박죽 꼬여버린 것 같다고 설명했다.

"마롱휘, 자네에게 내 사위가 되어달라는 말은 하지 않겠네. 하지만 이 아이가 기억을 회복하고 안정이 될 때까지 미국에서 돌봐줄 수 없겠나?"

"조건이 있습니까?"

이제마가 고개를 끄덕였다.

"지금 와선에 대한 일은 모두에게 숨겼네. 심지어 내직로 부윤에게까지도. ……와선을 데리고 조선에서 사라져줄 수 없겠나? 아무도 모르게. 나는 와선이 죽었다고 소문을 낼 거야. 홈즈에게도 그렇게 할 거고."

천하의 이제마도 이번만큼은 마롱휘의 눈치를 보았다. 그런데 마롱휘는 마치 이 질문을 기다린 사람처럼 단번에 대답했다. 좋습니다!

"이유가 있으시겠지요. 다만 와선만을 위한 문제는 아닌 것 같습니다만."

"마롱휘 자네에게……."

"걱정하지 마십시오. 비밀은 지키겠습니다. 대륙 남자의 약속은 부모나 황제도 제지하지 못합니다. 비록 청나라를 떠나온 몸이지만 사랑하는 와선을 위해서라면 무엇이든 할 수 있습니다."

"진심으로 사랑하는가?"

"진심입니다. 그래서 조선까지 왔습니다. 그녀를 위해서라면 무엇이든 할 수 있습니다."

"남자로서 맹세할 수 있겠나?"

이제마의 말에 마롱휘가 무릎을 꿇었다. 그러더니 절을 한다. 아마도 마롱휘는 이제마가 딸을 맡긴다 생각했기에 나름 정성을 다해 예를 올리는 것이리라.

"듬직하군. 왜 와선이 자네를 믿지 않았는지는 모르겠네만, 그건 자네가 바꾸어야 할 숙제겠지."

"어떻게든 와선이 저를 믿게 하겠습니다. 지금 저는, 와선 말고는 어떠한 삶의 이유도 없습니다."

마롱휘의 말에 이제마는 부쩍 안심한 눈치였다. 한때 급작스레 끼어든 마롱휘가 범인일지도 모른다는 섣부른 생각을 했던 알렌은 부끄럽기 그지없었다.

일어선 마롱휘가 두 주먹을 모아 포권을 한 뒤 이제마에게 허리를 숙여 예를 다했다. 아마도 남자의 약속을 지키겠다는 맹세를 하는 것이려니 알렌은 생각했다. 마롱휘는 알렌을 향해서도 그렇게 했다. 멀뚱히 보던 알렌은 마치 전염이라도 된 듯 포권을 했다.

그날 이후 단 이틀 만에, 마롱휘는 증기선 한 척을 제물포로 들어오게 만들었다. 그가 상해에서 얼마나 엄청난 영향력을 가졌는지 보여주는 대목이었다. 뒷일을 부탁한다는 말을 남기고 마롱휘는 와선을 데리고 조선을 떠났다.

알렌은 두 사람을 축복했다. 비록 부부가 되는 일이야 조선의 말처럼 하늘에 맡긴다지만 그들에게 신의 가호가 있기를 기원하는 것은 알렌의 일이었다.

와선이 제물포를 떠나기 전 이제마가 와선에게 다가갔다. 이제마가 와선에게 무어라 속삭였다. 그때 와선의 눈빛은, 뭐랄까 '아름다운 놀라움'으로 빛났다. 알렌은 황홀했던 와선의 미소와 놀라움에 차마 끼어들지 못했다.

떠나는 증기선을 보다 이제마에게 물었다.

"와선에게 무슨 이야기를 하신 겁니까?"

"와선이 돌아온다면 이야기해드리지요. 그때까지는 비밀로 둘 수밖에 없습니다."

이제마가 코끝을 찡긋거렸다. 그의 눈빛이 알렌을 외면했다.

와선이 떠나간 이후, 이제마와 알렌은 홈즈의 치료에 전념했다. 그리고 그가 깨어날 것을 확신한 뒤, 이제마가 제안했다.

와선이 죽은 걸로 하자고.

"알렌, 당신은 조선을 사랑합니까?"

이제마가 알렌에게 물었다.

"그럼요."

너무나도 당연한 대답이다. 알렌이 왜 이곳에서 공사까지 하며 있겠는가. 물론 미래는 모른다. 조선의 기간산업이 일구어질 때 이를 미국에 팔아먹는 사람이 되어버릴지도. 그러나 지금은, 적어도 아직은 아니다.

"만약에 말입니다. 서양의 자본이, 또 기술이 조선에 들어오기 시작한다면, 이 조선은 과연 그런 것에서 안전할까요?"

이제마가 던진 질문은 묵직한 쇠구슬이 되어 알렌의 가슴을 통타했다.

"그런데 말입니다, 자본도, 기술도 좋다고 칩시다. 마이클 델라와 잭 더 리퍼 같은 사람이 계속해서 들어온다면 어떻게 될까요?"

통타했던 쇠구슬이 알렌의 가슴을 헤집고 지나간다.

"저는 솔직히 무섭습니다. 조선은 그런 것에 대비가 되어 있지 않거든요."

이제마의 말은 틀리지 않았다.

"그렇다면 왜 와선이 죽었다고?"

차마 마저 이야기를 마칠 수도 없는 물음이었다.

"홈즈는 죄책감을 배겨내지 못하는 성격입니다. 와선이 죽었다고 한다면 홈즈는 어떻게든 그 보상을 하려 들 겁니다. 그것을 이용합시다."

"이……용한다고요? 천하의 홈즈를? 진심입니까?"

알렌의 목소리가 커졌다. 그 탓인지 침대에 누운 홈즈가 뒤척였다.

"뭐라고 했던가요? 모리……어티?"

홈즈가 사경을 헤맬 때였다. 그가 헛소리를 지껄였다. "모리어티, 죽어."라고. 이제마가 물었다. 모리어티가 누구냐고. 알렌은 그가 접한 정보와 홈즈를 통해 들었던 범죄의 제왕 모리어티 교수에 관해 설명했다. 수학 교수였던 그가 런던의 범죄를 떡 주무르듯이 주물렀다고. 특히 범죄의 제왕이 되는 데에 들어간 시간은 고작 3년이 전부였다고.

스쳐가듯이 이제마가 물었던 것이 기억났다.

"만약 조선에 모리어티라는 교수가 온다면 몇 년 만에 범죄를 장악할까요?"

"글쎄요, 범죄에 대한 내성이 상대적으로 약한 조선이라면, 2년이면 충분하지 않을까요?"

알렌은 장난삼아 말했지만 그 순간 이제마의 눈은 어느 때보다 어두워졌다.

와선이 떠나고 홈즈가 깨어날 것을 확신한 오늘, 이제마가 말했다.

"홈즈를 조선의 방패로 씁시다."

"조선의 방패?"

"그래요, 홈즈라면 아마 조선을 지켜줄 수 있을 겁니다."

조선의 방패라.

알렌의 귀에는 더 이상 이제마의 말이 들리지 않았다. 그저 창밖에서 반짝이며 명멸하는 새벽 별만이 눈 안으로 짓쳐들어올 뿐이었다. 차고 매서운 겨울바람에도 굴하지 않는 별이 그저 부러웠다. 그리고 어쩌면, 혹한의 겨울에도 흔들리지 않는 조선의 별이 되어줄 사람은 홈즈이지 않을까, 생각했다.

조선의 방패, 홈즈. 그래 그것도 나쁘지 않겠다. 문득 그런 생각이 스쳐갔다. 말을 꺼낸 이제마는 벌써 알렌에게서 돌아서서 아무렇지 않게 홈즈의 맥을 짚을 따름이었다.

밤은 더없이 깊어갔고 알렌의 시름도 더없이 깊어만 갔다.

퀸 앤 스트리트에서(on the Queen Anne Street)

　탐정을 시작하고 23년이 지났다. 크다면 큰 사건도, 시끄럽다면 시끄러운 사건도 꽤나 해결했다. 탐정으로 비어 있던 시간을 제외하면 19년 차가 되었다. 그러나 사건을 해결하면 해결할수록, 또 탐정으로서 드높은 명성을 쌓아갈수록 홈즈는 우울해졌다.

　왓슨과 처음 해결한 사건은 '주홍색 연구'였다. 홈즈는 기세를 몰아 왓슨과 함께 런던 최고의 탐정 콤비로 활약했다. 물론 왓슨은 단순한 조수 역할을 넘어 친구이자 조언자였으며 의사이자 기록자이기도 했다. 수많은 홈즈의 사건이 기록으로 남을 수 있었던 것은 부지런한 왓슨의 덕분이었다. 홈즈와 왓슨이 베이커가 221B에 하숙을 하게 된 것은 1881년 초였다.

　숙적 모리어티를 만난 것은 사람들이 생각하듯 범죄를 통해서가 아니었다. 왓슨을 비롯해 많은 이들이 알고 있는 바이지만 모리어티는 홈즈의 가정교사였다. 어떻게 해서 그가 런던의 범죄 제왕으로 군림할 수 있었는지는 실로 의혹이 아닐 수 없었다.

　"자네는 모리어티를 만난 이후로 변했어. 사건을 해결해도 즐거워하지 않고 오히려 우울해지니 말일세. 앞으로 자네가 얼마나 더 사건을 해결할 수 있을지 몰라도 자네 마음이 내키지 않는다면 난 군이 사건 해결에 뛰어드는 것에는 그렇게 찬성할 수가 없네."

언제인가 왓슨이 술에 취해 이런 말을 건넸다. 술의 힘을 빌려 했던 이 말은 진심이었을 것이다.

왓슨에게도 말하지 않았다. 그저 뜬구름 잡는 소리처럼 티베트 일대를 돌며 구도의 여행을 즐겼다 말했을 뿐이다. 홈즈도 마찬가 지였지만, 탐정은 피해자의 장례식에서도 범인을 찾아 들쑤셔댈 정도로 일반적이지 않은 족속이다. 다만 범인을 찾겠다는 논리의 회로만은 누구보다 빠르고 거대해서 사건 이외의 것은 무시해버 리는 바보 같은 성향도 가지고 있다. 그러나 홈즈만큼 노련해지다 보면 사건 이후를 생각하게 된다. 사건의 피해자에게 2차, 3차의 피해를 끼치지 않을 수 있는가. 사건을 해결한다는 명목으로 그들 을 오히려 더욱 구렁텅이로 내모는 것은 아닐까.

1894년 4월, 홈즈가 도서 수집가로 변장해 켄싱턴에서 왓슨을 만났을 때 왓슨은 그만 정신을 잃고 말았다. 왓슨을 만난다는 즐거 움이 컸지만 덜컥 겁이 났던 것도 사실이다. 아무에게도 말하지 않 았지만 홈즈는 왓슨의 역할을 대신할 수 있었던 사람을 몇 해 전 에 잃었다. 너무나도 사건에 깊숙이 개입시킨 결과였다. 그래서 홈 즈는 다짐했다. 왓슨을 반드시 지키겠다고.

홈즈가 바람처럼 나타나 왓슨을 만난 날은 아이러니하게도 홈 즈 인생에서 가장 많은 거짓말을 지어내야 했다. 티베트와 라마에 대한 이야기, 심지어 설인에 관한 이야기까지도. 게다가 왓슨에 대한 다짐이 무색하게도 그를 사건 깊숙한 현장으로 데려가야 했다.

베이커가 221B, 하숙집 근처에는 희대의 사냥꾼이 홈즈를 저격하려 대기하고 있었다. 로널드 아데어를 살해했던 세바스찬 모런 대령이었다. 홈즈가 정의한 범죄자 중 런던에서 두 번째로 위험했다. 적어도 홈즈가 안전하다고 확신하는 범위 안에서 왓슨이 권총으로 사냥꾼을 때려눕혔다. 홈즈가 미끼가 됐기 때문이었다. 물론 모든 공은, 적어도 이에 대해 왓슨이 소설을 발표하기 전까지, 레스트레이드 경감의 몫이 되었다.

다른 사람들이 홈즈가 죽었다고 믿었던 날은 런던에서 가장 무섭고 위험한 범죄자를 처리했고, 홈즈가 귀환한 날은 런던에서 두 번째로 위험한 범죄자를 붙잡았으니 홈즈의 등장으로는 이보다 좋을 수 없었다. 그러나 왓슨의 견해는 달랐던 모양이다.

"홈즈, 자네가 즐거울 수 있는 일이 무엇이 있을까?"

언제부터인가 왓슨은 종종 그런 질문을 던졌다. 왓슨은 홈즈의 우울증을 꿰뚫어 보았다. 홈즈는 그의 다짐을 왓슨에게 말하지 않았다.

탐정으로 딱 10년만 더!

홈즈가 결심했던 '앞으로 10년, 탐정 생활 20년'이 1년여 남았던 1903년 10월 말, 깊어진 가을에 그는 은퇴를 결심하는 사건을 만난다.

전날 밤늦게까지 방사능에 관한 논문을 읽고 잠들었던 터라 허드슨 부인이 가져온 쪽지를 읽었을 때는 정오도 지난 시간이었다. 허드슨 부인은 마치 엄한 사감처럼 "당장 읽으세요." 하고 주의를 주었다. 사건에서도 점점 흥미를 잃어버린 홈즈에 대해 왓슨만큼이나 허드슨 부인도 잘 알고 있었다. 허드슨 부인은 급기야 이렇게 말했다.

"제가 읽을까요?"

홈즈는 몽롱한 눈을 뜨고 고개를 끄덕였다.

"'한가하면 당장 오게. 한가하지 않아도 당장!', 왓슨 선생님이 보내셨네요."

홈즈는 허드슨 부인이 읽은 쪽지에 그만 콧방귀를 뀌고 말았다. 저걸 저렇게 써먹다니. 왓슨도 능구렁이가 다 됐다. 메모의 말은 홈즈가 왓슨에게 장난삼아 보내던 쪽지였다. 사건 해결의 말미에 결정적인 순간을 보여주려거나 왓슨과 사건 현장으로 떠날 때 보내고는 하던.

"어디에 개업하셨는지는 알고 계세요? 저는 몇 번이나 진찰을 받으러 다녀왔습니다."

허드슨 부인이 덧붙인다.

"메모, 마저 읽을까요?"

이번에는 허드슨 부인을 향해 콧방귀를 뀌었다. 허드슨 부인도 능구렁이로 변하고 말았다. '빈집'에서 마룻바닥을 기며 홈즈를 본떠 만든 인형을 약속한 시간마다 움직이던 헌신적인 모습은 어디로 갔단 말인가.

"'이러면 오지 않을 것 같아 덧붙이네. 한 동양인, 물론 영어는 유창하다네, 여자가 우리 주소를 가지고 있지 뭔가.' 여기까지네요."

허드슨 부인이 쪽지를 건네며 고개를 끄덕였다.

동양인 여자라. 그 한마디가 홈즈를 움직이게 만들었다. 쪽지의 정보가 너무 적었다. 어쩌면 비호 안경신일지 모르겠다고 생각했다. 경신은 열심히 한글과 영어를 배웠다. 간혹 단어가 틀리기는 하지만 한번 보낼 때마다 빽빽하게 내용을 채운 10여 장의 편지를 홈즈에게 보냈다. 조선의 상황이 좋지 않다며 이렇게 가다가는 나라가 열강에 먹혀버릴 거라고 걱정했다. 경신이 말한 열강이란 영국과 미국, 러시아 등으로 특히 영국이 해당된다는 사실에 홈즈는 늘 미안했다. 그렇다고 해도 경신이 영국까지? 의아해하며 일어섰다.

가볼까, 그럼.

낡아서 올이 삐져나온 프록코트와 헌팅캡을 쓰고 거리로 나섰을 때는 한 시간이 지난 뒤였다. 허드슨 부인이 단단히 일렀다. 걸어서 15분이면 충분하니 마차를 잡을 생각일랑 하지를 말라고. 그녀의 말을 따르기로 했다.

남쪽으로 베이커가를 걸어가다 브랜드포드가가 있는 서쪽으로 꺾었다. 걸어서 7분, 꺾어서 5분 정도를 바삐 걸으면 왓슨이 개업한 내과가 보인다.

홈즈는 부지런히 걸었다. 퀸 앤 가에 있는 왓슨의 병원 문을 밀자 몇몇 인테리어가 눈에 띄었다. 바로크풍의 가구와 어울리지 않는 양탄자 따위였다. 아마도 새로운 왓슨 신부의 취향일 것이다. 접수대에 있는 부인이 알은체를 하며 미소를 지었다. 간호사가 없었나? 왓슨의 부인에게 가볍게 목례했다. 그러자 벌떡 일어선 그녀가 진료실로 안내한다. 양탄자에는 오른쪽에서 시작된 반원이 왼쪽 위로 시곗바늘의 회전 반대 방향으로 흔적이 남았다. 그녀는 오른손잡이이니 아마도 왼손잡이 하인을 둔 모양이다. 반들반들해진 양탄자로 보건데 꽤나 하인을 구워삶는 모양이었다.

진료실에 들어서자 신문을 보던 왓슨이 일어선다.

"신문을 이제야 읽다니, 아침부터 환자를 받았던가 보네."

"그랬지."

"왕진을 다녀왔겠군."

홈즈는 먼지가 묻은 왓슨의 구두를 보았다. 걸어서 갈 거리, 개업한 지 며칠밖에 되지 않았는데 왓슨을 왕진으로 부를 정도라면 그의 명성을 알고 있는 곳이리라. 홈즈는 5분 이내에 있는 호텔 하나를 떠올렸다.

"랑함 호텔에 갔던 겐가?"

홈즈가 물었다.

"여전히 당할 수가 없군, 자네에게는. 자네의 비상한 이성은 늙지도 않는 겐가?"

왓슨이 웃으며 물었다.

왓슨의 부인이 금세 차와 쿠키를 내왔다.

"아직 식전이시죠?"

왓슨의 아내가 물었다.

왓슨 부부가 잘 어울린다는 말을 하고 싶었다. 그런데 홈즈는 가볍게 고개를 끄덕이는 것으로 대신했다. 이야기가 길어질 게 뻔했기 때문이다.

"동양인이라니 무슨 이야기인가?"

"대서양을 횡단해 온 여인이었어. 완벽한 미국 북부 지방의 영어를 썼고."

완벽하다는 말에 비호, 안경신은 대상에서 제외된다. 홈즈는 계속하라, 왓슨에게 눈짓했다. 차를 마시며 호흡을 고르던 왓슨이 이야기를 시작했다.

여인은 뉴욕에서 살았다. 그녀를 보호하던 남자와 뉴욕에 정착한 것은 10년에서 15년 전이라고 한다. 왓슨이 문진 반 호기심 반으로 물었을 때 여인은 이렇게 대답했다.

기억이 정확하지 않아요.

그 말을 듣고 왓슨은 뉴욕까지 오기가 쉽지 않았거나 정착한 것이 불법이지 않았을까 짐작했다. 그러니 굳이 밝히려 하지 않았을 것이다.

여인은 대서양을 횡단하는 증기선에서 감기를 앓았다. 10박 11일이 걸리는 증기선 횡단에서 제대로 된 치료를 받지 못했다. 결국 그녀의 감기는 폐렴으로 번지고 말았다. 그녀의 하인들이 어떻게든 치료를 하려 했지만 런던에 내리자마자 황급히 의사를 수소문하기에 이르렀다.

"왜 자네를 부른 것이지?"

그 순간 의문이 들었다. 랑함 호텔이 유서 깊고 좋은 호텔이기는 하지만 왓슨은 하인들, 이라고 표현했다. 그랬다면 더 비싼 호텔도 많다. 그리고 템스 강 남쪽에나 정박했을 증기선에서 내려 이곳까지 왔다면 하인을 데리고 온 여인이 랑함 호텔을 고집했다는 뜻이다.

"내 명성과는 무관하다네."

"이미 짐작하는 바이네."

"이 사람 참."

혀를 찬 왓슨이 말을 이었다.

"여인이 나를 불러달라 말했다는군. 아니 이 말도 정확하지는 않아. 그녀의 하녀가 호텔 보이에게 주소를 말해주었다고 하더군. 그런데 하인들이 안주인이 몸이 매우 아프다는 말을 덧붙였다는 게야. 그래서 호텔 보이는 의사를 찾는다고 생각하고 나를 부른 거였지. 랑함 호텔에서 여기까지 달리면 2분이면 충분하니까."

"진료는?"

"말 그대로 동양 여인이었네. 어디라고 묻지 말게나. 난 그 사람이 다 그 사람 같으니까. 동양 여자치고는 키가 컸네. 5.6피트 정도 될까? 이곳에는 남편의 유언으로 왔다고 했네."

"남편?"

"그런데 조금 그 단어에서 머뭇거리더군. 그래서 물었다네. 단도 직입적으로."

"단도직입적?"

"그렇지. 내 직감이 번뜩였거든. 나이 많은 미국인에게 시집을 가셨던가 보군요, 하고."

왓슨의 말에 하마터면 그의 코를 비틀 뻔했다.

"자네, 인종차별주의자인가?"

"내가? 그럴 리……."

왓슨의 얼굴이 붉어졌다. 그가 동양 여인에 대해 지껄인 말의 의미를 깨달았던 것이다.

"이런. 여인이 나를 어떻게 생각했을까? 바보 같은 실수를 저질렀구만."

"괜찮네. 자네는 살면서 그런 실수가 많았다네."

왓슨의 얼굴이 더욱 붉어졌다. 그가 무언가 떠들려는 걸 홈즈가 재빨리 막았다.

"어서 동양 여인 이야기나 해보게, 어서."

홈즈는 점점 자신이 들뜨기 시작한다는 걸 알아차렸다. 그러나 멈출 수 없었다. 왓슨이 고개를 끄덕이며 이야기를 이었다.

왓슨이 열을 재고 처방을 한 뒤 수액을 놓았다. 호텔 웨이트리스를 시켜 약국에도 다녀오게 했다. 열이 39도에 가까워 얼른 내려야만 했다. 여인을 침대에 눕힌 뒤 최대한 가벼운 차림과 얇은 이불을 덥게 조치했다. 머리에는 물수건을 얹었다.

그제야 왓슨은 다시 한 번 여인에게 물었다. 남편의 유언이었다니 어떻게 된 겁니까?

글쎄요, 저는 특정 시점에 대한 기억이 없는 건지, 아니면 혼란스러운 건지 모르겠어요. 분명히 미국에 살았던 것은 맞아요, 그런데 마치 잠에서 깨어나듯 정신이 들었을 때는 미니애폴리스에서 뉴욕으로 온 뒤더군요. 더구나 남편도 있었고요. 신기하지요? 여인이 아픈 웃음을 지었다.

신기하네요. 왓슨이 대답했지만 아무리 그녀를 살펴도 거짓말은 아닌 듯했다. 그렇다면 단 하나, 기억상실을 의심해볼 수 있다.

여인은 남편에 대해 말했다. 일반적인 남편과 달리 그녀의 남편은 웬만해서는 그녀의 털끝 하나 건드리지 않았다고 한다. 왜냐고, 몇 번 물었을 때는 시기와 상황이 맞아떨어지면 말하겠다고 다짐했다. 세월이 지나, 남편은 공부를 계속해 전도사가 되었다고 한다. 남편은 마치 총잡이와 갱처럼 변해 거리를 장악하려는 중국인들을 종교로 귀화시키려 했단다. 하루도 빠지지 않고.

거리에서 총을 맞았어요. 그것도 같은 중국인들에게. 여인의 목소리에서 감정의 너울이 느껴졌다. 병원으로 달려갔을 때는 이미 늦었더군요. 그때 제 손에 이걸 꼭 쥐여주었어요. 그러고는 눈을 감았죠.

마치 그날의 남편처럼 여인이 손에 꽉 쥔 것은 주소였다. '베이커가 221B, 런던'이라고 적힌.

순간 홈즈는 왓슨의 말을 제지했다.

"어느 손에 쪽지를 쥐고 있던가, 어느 손에?"

홈즈의 눈시울이 저도 모르게 붉어졌다. 그런 뒤 프록코트를 집으며 일어섰다. 왓슨이 채 대답하기도 전에 홈즈는 왓슨을 일으켜

세웠다.

"왜 이러나 홈즈?"

"어서 가보세, 어서. 그 여자를 만나야만 한다네. 어서!"

홈즈가 허둥거리는 통에 왓슨도 덩달아 허둥거렸다. 채 코트에 팔을 넣기도 전에 홈즈는 왓슨을 데리고 나왔다. 말만 데리고 나온 것이지 홈즈는 혼자 뛰고 있었다. 홈즈는 마치 눈앞에서 살인자를 쫓는 것처럼 전력을 다했다. 숨을 헐떡일 새도 없이 다다른 곳은 랑함 호텔이었다. 1865년도에 개장해 리젠트가 모퉁이를 지키고 선 고색창연한 호텔.

유리문을 밀자 호텔의 짐꾼이 가장 먼저 인사했다. 그를 볼 새도 없이 접수대로 뛰었다. 접수대에 있던 직원이 홈즈를 보자 눈을 맞춘다.

"어떻게 오셨습니까, 손님?"

"혹시 동양에서 온, 아니 정확하게는 미국에서 온 동양 여인이 머물고 있는 방이 어디인가?"

"그런 건 저희가 함부로 가르쳐드릴 수 없습니다. 손님은……?"

"홈즈이네. 셜록 홈즈."

"홈즈 씨라고요?"

접수대 직원의 눈이 한없이 커졌다. 그때 숨을 헐떡이며 왓슨이 도착했다.

"508호부터 10호까지 방 세 개를 쓰네. 지금쯤 그녀의 진찰을 한 번 더 할 때도 됐으니 같이 가세."

왓슨이 홈즈의 어깨를 붙잡고 엘리베이터를 가리켰다. 그러나 채 말이 끝나기도 전에 홈즈는 계단을 뛰어오르고 있었다. 왓슨은 "망할 놈의 홈즈."라 한탄하며 뒤에서 따라왔다.

5층까지 쉬지 않고 뛰어간 홈즈가 508호 앞에 섰다. 왓슨이 올 때까지 숨을 고르고 기다렸다. 왓슨이 홈즈의 곁으로 와 겨우 숨을 내쉴 때 홈즈가 보챘다.

"8호인가, 아니면 9호에 있나?"

"10호이네."

"빨리 말하지."

홈즈는 10호 앞으로 가서 프록코트의 단추를 여몄다. 그리고 헌팅캡을 고쳐 썼다. 왓슨이 다가가자 홈즈가 귓속말을 했다. 그의 목소리는 흥분해 있었고 또 떨리고 있었다.

"자네는 내가 티베트에 다녀왔다는 말을 믿었나?"

홈즈의 말에 왓슨은 힘차게 고개를 끄덕였다.

"그거 다 뻥이었네. 허풍이었다고. 그때 나는……, 그래, 동양의 어느 나라에서 열네 건의 사건을 해결했다네."

왓슨은 홈즈의 말에 정말로 놀란 표정으로 변했다.

"그렇다고 왓슨 자네에게, 거짓말했던 것이 미안하지는 않네. 진실은 보는 방향에 따라 달라지니까."

왓슨이 무언가 말하려는 순간을 가로채며 홈즈가 문을 두드렸다. 에이프런을 두른 앳된 하녀가 문을 열었다. 왓슨을 보자 하녀는 미소를 지었다.

"선생님, 또 오셨네요?"

"아, 환자를 자주 만나 진찰해야 좋은 의사지."

흠, 헛기침을 하는 왓슨의 옆구리를 홈즈가 쿡 찔렀다. 그리고 덧붙였다.

"자네, 여인에게는 한없이 거짓말을 잘하는군."

왓슨이 홈즈를 소개했다. 그러자 앳된 아이의 눈이 조금 전 접수대 직원처럼 커졌다. 왓슨이 성큼 안으로 들어가 여인이 있는 침대로 다가갔다.

이럴 줄 몰랐다. 만감이 교차했다. 바르르 손까지 떨려왔다.

홈즈를 제치며 왓슨이 먼저 침대 곁으로 다가갔다. 여인의 머리를 짚고 열을 재보았다. 그 순간 여인이 눈을 뜨며 상체를 일으켰다. 홈즈도 성큼 침대 곁으로 다가갔다. 그때 두 사람의 눈이 마주쳤다.

"왓슨? 왓슨?"

홈즈는 왓슨이 마치 저 멀리라도 있는 것처럼 세차게 그를 불렀다.

"이제 나 은퇴하겠네. 결심한 것보다는 1년쯤 빠르지만 나, 이제 은퇴하겠네."

"무슨 소린가?"

왓슨이 의아한 눈으로 홈즈와 동양 여인을 번갈아 보았다.

"당신 때문이었군요. 제 기억이 봉인된 것은."

여인이 홈즈에게서 눈을 떼지 않으며 말했다.

"그리고 남편이 왜 때가 되면 모든 것을 말하겠다고 했는지도……."

홈즈는 살짝 고개를 끄덕였다. 이러려던 것은 아닌데 끄덕임에 맞추어 눈물 한 방울이 바닥으로 떨어졌다.

"이제야 모든 의문이 풀렸어요. 홈즈 씨, 바로 당신 때문에."

와선의 눈가에 눈물이 맺히기 시작했다. 명백히 홈즈를 알아본 와선이 힘주어 한 번 더 말했다.

"홈즈, 당신 때문에."

하인들과 왓슨은 무슨 일인지 몰라 우두커니 서서 두 사람을 가만히 바라보았다.

"맞아요, 홈즈……. 바로 나 때문에. 와선, 당신이 그리웠어요. 정말이지 너무나도."

홈즈는 한 달이 지나 서섹스 다운스의 남쪽 비탈에 있는 풀워스의 별장으로 이주를 했다. 왓슨은 동양 여인과 홈즈 사이의 이야기를 기꺼이 쓰지 않았다. 그 어디에도.

홈즈가 허드슨 부인과 함께 풀워스에 있는 조용한 별장으로 옮겼을 때 와선을 따르는 하인 셋을 위시한 네 사람이 홈즈와 허드슨 부인을 맞았다. 허드슨 부인은 정말로 놀란 눈치였다. 홈즈는 어디서부터 이야기를 해야 하나 망설였다.

그때 홈즈는 14건의 사건에 대해서 이야기하는 것이 맞겠다고 판단했다. 물론 와선과 만났던 사건까지 보탠다면 하나가 늘어난다.

저녁이 지나 모두가 한가해졌을 때 홈즈는 벽난로 앞에 와선과 허드슨 부인, 그리고 하인들까지 모았다. 아직 이름도 물어보지 못한 앳된 하녀는 브랜디와 치즈를 챙겨와 이동식 협탁에 놓았다. 허드슨 부인이 언질을 준 모양이었다.

홈즈는 손바닥을 비비며 와선을 바라보았다. 와선이 고개를 끄덕였다. 홈즈는 허드슨 부인과 하인들을 차례로 보며 말했다.

"자, 오늘 밤은 길어질지 몰라요. 제가 해야 할 이야기가 열다섯 개나 된답니다."

순간 허드슨 부인이 가장 먼저 웃음을 터뜨렸다.

"드디어 홈즈의 로맨스를 듣게 되는 건가요, 아니면 사건 이야기를 듣게 되는 건가요?"

허드슨 부인의 웃음은 어느 때보다 아름다웠다. 허드슨 부인이 홈즈와 와선의 손을 동시에 쥐더니 서로 맞잡게 했다. 재빨리 허드슨 부인은 손을 빼냈다.

홈즈는 벽난로 가에서 자리에 앉은 사람들을 하나하나 둘러보았다. 그리고 마지막에 딱 와선과 눈을 맞추었다.

"음. 로맨스이기도, 사건 이야기이기도 하네요. 먼저 저와 와선의 이야기부터 시작할까요?"

    분노와 불만이 많았던 어린 시절, 싸움과 폭력에 자주 의존하던 나쁜 습관을 고치게 된 계기가 책 속의 '셜록 홈즈'였다. 폭력이 아닌 철저한 조사와 분석, 명석한 두뇌 활동으로 난마처럼 얽힌 사건의 진실을 찾아내고 음험한 범인(들)의 술수와 계략을 간파해내는 셜록 홈즈는 어린 내겐 영웅이자 롤 모델이었다. 세월이 흘러 형사가 된 내게 닥친 범죄 사건들, 그중에서도 추리소설 속 사건을 닮았던 '화성 연쇄살인사건'과 '부천 대학입시 시험지 도난사건' 앞에서, 내 마음은 셜록 홈즈였지만 현실은 무기력과 무능력에 의한 수사 실패로 이어졌다. 이대로 주저앉을 수는 없었다. 셜록 홈즈가 되어야 했다. 영국에서 보낸 5년간 범죄학과 범죄심리학, 범죄수사학을 배우고 영국 전역에 있는 스물여덟 개의 지방경찰청 형사과를 찾아 사건 사례와 수사 과정을 분석할 수 있었던 것은 행운이었다. 다시 돌아와 접한 사건들, 비록 이제는 직접 수사하는 형사의 자격이 아닌 분석과 자문을 해주는 학자의 역할이었지만, 피해자들의 고통과 아픔, 유가족이나 피해자 가족들의 상처와 슬픔은 마치 나무의 나이테처럼 마음에 하나씩 새겨졌다. 그 경험들과 실제 사건 분석 내용들을 담은 『한국의 연쇄살인』과 『프로파일러 표창원의 사건 추적』 같은 책들은 범죄분석자의 아픈 속살, 두터운 껍질 속 나이테를 따갑고 쓰라린 바깥 공기 앞에 내어놓는 과정이었다. 더 이상은 그 생생한 아픔과 상처들을 내어놓을 용기와 엄두가 생기지 않았다. 이젠 어린 시절 날 이끌었던 셜록 홈즈처럼 '꾸며진 가상의 이야기'로 상상의 나래를 맘껏 펼치며, 아픔과 상처 없이 이야기를 풀어내고 싶었다. 재미있고 부담 없는 읽을거리 속에 범죄에 대한 경각심과 범죄심리의 내면, 범죄 예방을 위한 메시지를 몰래 숨겨놓는 나만의 '보물찾기'를 하고 싶어졌다. 내 어린 시절의 '셜록 홈즈'와 청년 시절의 '영국 유학'처럼 천재적인 추리소설 작가 손선영을 만난 건 이즈음이다. 서로 사연을 가진 두 남자가 많은 차이에도 불구하고 의기투합을 했다. 함께 추리소설을 써나가기로 한 것이다. 그 첫 작품이 『운종가의 색목인들』이다. 우리나라에서는 처음 이루어지는 협업 시도라는 의미뿐 아니라, 독자들에게 새로운 읽는 재미를 듬뿍 줄 수 있길 꿈꿔본다. 앞으로도 이어질 조선에서의 셜록 홈즈의 활약을 기대하며, 회를 거듭할수록 재미가 더 커질 수 있도록 최선을 다하겠다는 다짐을 한다. 책 속의 셜록 홈즈가 어린 내게 그랬듯, 우리가 펼쳐내는 새로운 한국형 셜록의 이야기가 많은 분들에게 즐겁고 스릴 넘치는 상상과 영감의 촉매제가 되길 바란다.

표창원

어린 시절 읽었던 책 중에 가장 기억에 남는 것이 무엇입니까?

만약에 이런 질문을 받는다면 저는 주저하지 않고 학원출판공사에서 나왔던 셜록 홈즈 시리즈였다고 대답할 것이다. 영국, 영국인, 런던, 사건, 탐정의 활약, 정의의 실현. 실로 경이로움의 연속이었다. 소설, 드라마, 영화 등 불세출의 콘텐츠가 된 홈즈에 대한 설명은 생략하겠다.

후대 작가들은 코난 도일이 창조해낸 홈즈의 명맥을 잇는 것에 기꺼이 동참했다. 셜록 홈즈의 설정과 캐릭터를 그대로 가져온 패스티시나 작가가 자유롭게 재해석한 패러디까지, 후대 작가들이 셜록 홈즈를 통해 새롭게 창작한 주요 작품만 해도 2천 편이 넘는다고 하니 어마어마하지 않을 수 없다. 홈즈 패스티시와 패러디 리스트는 매년 업데이트되고 있다. 다만 한국에서는 홈즈에 대한 열풍에 비해 홈즈 관련 작품이 생산되지 못했다. 그런 의미에서 보자면 이번 홈즈 패스티시는 뜻 깊은 출발이라 여겨진다.

협업이 낯설 텐데도 여러 부분에서 양해를 해주셨던 표창원 의

원님께 깊은 감사를 드린다. 또한 시작부터 마무리까지, 그래서 마침표까지 찍을 수 있도록 이 글에 도움을 주신 모든 분께 머리 숙여 감사드린다. 작은 출발점이겠지만 지속적인 출발점이 될 수 있도록 작가로서 노력할 것이다.

손선영

운종가의 색목인들

초판 1쇄 발행 2016년 7월 8일
초판 3쇄 발행 2016년 8월 31일

지은이 표창원 손선영
발행인 최봉수
편집장 김문식
기획편집 권은정 최민석 김민혜 이미리
마케팅 안익주 이승아
제작 한동수 장병미 이성재 최민근
발행처 메가스터디(주)
출판등록 제2015-000159호
주소 서울시 마포구 상암산로 34 디지털큐브빌딩 15층
전화 1661-5431 팩스 02-3486-8458
홈페이지 http://www.megabooks.co.kr

ISBN 978-89-6280-665-6 03810